U0679986

东阳文史资料选辑第四十六辑

元代东阳文选

东阳市政协文史和学习委员会　编

东阳博物馆藏元代青瓷缠枝花瓶

中国文史出版社

《元代东阳文选》编纂委员会

主　　任：方宪文

副 主 任：黄阳明

委　　员：胡　心　张忠鸣　史　莹　吕楚麟

主　　编：胡　心

执行主编：华　柯

编　　辑：吴立梅　陈齐金　单国炉　周英华　顾旭明　楼天良

封面制图：陈一中

封底篆刻：陈金彪

前　言

　　"东邑才薮名邦，夙称邹鲁"，盖因其文教兴盛，人才辈出，著述丰赡而名。历唐而宋，人文荟萃，文章典籍，庋架盈壁，元继宋绪，虽不足百年时光，犹文采炳焕，声著两浙。

　　其时境内书院规模恢宏，名师高徒，灿若星河。许谦讲学八华书院，远及幽冀齐鲁、近至荆扬吴越的"学者翕然从之……及门之士，著录者千余人"；王庭槐自创义塾，讲学于画溪之浒，与许谦为"咫尺两贤"；横城蒋氏之横城义塾，每年"砻石"题名七百多人，自宋历元至明初，三废四兴，引刘基、宋濂、王袆等诸贤前来就学，刘伯温为之题写"两朝义塾"匾额，一时驰名江南。

　　教育领先自然人才鼎沸，有人统计《元史》《新元史》《宋元学案》《元儒考略》等四部史籍对元代儒学人物，元代儒学籍贯以江南人士为主，而江南儒学又以浙江人数为最多，浙江又以金华为盛，东阳又占金华四成。合计元代儒学人物籍贯可考的六百四十二人，浙江三百零三人，金华八十七人，其中东阳二十三人，占全国百分之三点三，可见元代东阳儒学之发达。

　　人才鼎沸引发诗文著述蔚兴。枫山先生章懋说："予惟东南文献之邦，称吾婺为最。婺之东阳，故多衣冠望族，由宋以来，有所谓五府、三大宅、四名门者，皆以诗书礼义世其家。"因东阳雕版印刷之便利，汇编成册尤多，据道光《东阳县志》载，元朝东阳士人文献（经、史、子、集）达八十部之多。另外还有散落于其他家谱、史志、文集中的诗文，也大为可观。

　　然元代东阳学人著述留传于今的却很少。如陈樵著述二百余卷，多毁于兵燹，如今仅存《鹿皮子集》四卷。以学术见长的王庭槐不见片文，以诗歌称雄的吕默仅留诗一联，元代文献保存至今的可谓凤毛麟角吉光片羽。"以东阳为浙水东文献之邦而无所取征"，杜储遂最早对东阳文献整理作《东阳文献录》，可惜《东阳文献录》竟也早已失传。

故元代东阳的文献搜罗范围颇广。援引《金华丛书》《金华文统》《金华诗粹》《东阳历朝诗》《桂坡集》《全元文》《全元诗》、历代《东阳县志》、《东阳丛书》以及邑内外宗谱之文献，以"思想性、学术性、艺术性、史料性"为标准，选取五十位东阳士人的文章八十八篇、诗词三百六十五首，以及邑外十六位士人写东阳的文章二十四篇、诗词六十一首，分内、外二编，辑录而成《元代东阳文选》一书奉献给大家。

元代东阳作者主要有以下几类：一类南宋遗民。宋濂道："吾婺旧称礼义之郡，士生其间，皆存义气，仗忠义，而东阳为尤盛。"其人多义不仕元，为文砥节高迈，气宇浩然。一类隐士。这类人或明学修道，或吟诗唱酬。杨维桢评价陈樵诗同李贺，赋比刘禹锡，著述可比欧阳修、韩愈，左丞危素等赞李序诗为"入神妙品"。一类为仕者。如吴澄评胡助诗"如春兰苗芽，夏竹含箨，露滋雨洗之余，馥馥幽媚，娟娟净好"。李裕诗篇秀丽，尤工七言，乐府出入二李（李白、李贺）间。还有一类由元入明者。这类人大多时间生活在元代，如李唐、杨苊、徐黼、胡维扬，元、明两朝皆不仕，或偶一入仕即归田，也有入明虽仕而不久即去世者，如李思齐、陈显道、胡协中。

胡凤丹在《纯白斋类稿序》"吾郡当有元时，其讲明理学而兼工词翰者有许白云，原本经术而共推词宗者有吴立夫，他如黄文献、柳文肃无不笃守圣经，以文章著誉，先生皆引为文字交。其同以诗赋雄一时者，惟胡与陈。陈则鹿皮子，胡即先生也。"所列金华元代文章大家六人，东阳家占一半。虞集也曾说："若比诗赋，鹿皮子为当今第一。"

因元代时间跨度短，作者大多跨两代，本书尽量选作者在元代撰写的诗文，偶涉他朝。对于存世文献多的士人，我们适当放宽篇数限定，并做了简单注释。因水平所限，书中疏漏和不当之处难免，敬请读者批评指正。

编　者

目　录

外 编

内　编

一、徐　矩

　　徐矩（1245—1309），字元范，又字允中，号西山，又号浩堂。孝顺乡苓谷（今东阳江镇岭下）人。从孙德之之门，守约操志，气宇浩然。南宋末年，筑室于西山之下。于花圃中罗结海棠洞、木香棚、佳致亭。于下列石，引山阴之醴泉，作流觞曲水，与宗族彦俊四十二人结西山诗社，文风辉焕，极一时之盛，元大德间以儒户授本路斋长，胡瀞称其为一时儒宗。著有《西山杂吟》《浩堂小稿》《经论解义》。

序跋四则

王朝瑞《训蒙集》序[1]

《记》曰"人其父生而师教"[2]，信斯言也。虽然，经师易遇也，贤父兄不易得也。今观志隐王君《训蒙》一编，其裒[3]纂甚博，其记录有条，所以期望阿荀[4]何如也，自非薄籯金[5]之遗，而笃志义方，安能及此？

余不才，误为其令子声父[6]来学，敢不敬承美意，为申过庭之训，而敦诵之是义，不顾蜀日越雪[7]之诮者也。若夫拳拳服膺，孜孜时习，以副贤父兄之望，则诚贤子弟责也，惟声父其茂[8]之。

---

[1] 此文及以下三篇见光绪戊申版《河汾王氏宗谱》卷廿三。王朝瑞（1200—?），王奕次子，东川人。原记时间为嘉定己卯（1219），然据该谱行传：王朝瑞时年仅十九岁，而徐矩未出生。从文中称其令子声父来学，则徐矩应三十余岁，故此四文写在元时。

[2] "人其父生而师教"：见《礼记·礼运》。原文为"故天生时而地生财，人其父生而师教之。四者君以正用之，故君者立于无过之地也。"原意为：（圣人）顺四时以养财，尊师以教民，而以治政则无过差矣。此则即取其义而发挥之。

[3] 裒（póu）：聚集。

[4] 阿荀：按上下文，当为后代子孙之意，不知出自何典。

[5] 《汉书·韦贤传》："遗子黄金满籯，不如一经。"后以"籯金"指儒经。

[6] 王伋（1231—?），字声父，号殖斋，东川人，有《解嘲诗》。后同。

[7] 蜀日越雪：喻少见。

[8] "茂"：通"懋"，劝勉。

跋子瑞《绎论语》文[1]

戒冰至于履霜[2]，惧齿寒而唇亡。世之防微杜渐者，类能言之。

余友王君子瑞，东川善士也，居常摭先圣"人无远虑，必有近忧"之语，而绎其说焉。曩岁文会次，出以示余，余把玩数四，下视庸人惰夫，架漏过时[3]者，得不使之骇汗愧恧[4]欤？窃为子瑞思之，彼超轶于陶朱之右，涵泳于汗青之间，固已权衡乎润身润屋[5]，似无足虑也。顾于常人无足虑之时，轸深足虑之念，是又不待履霜戒冰，至唇亡而惧齿寒者。吁，虑既远矣！它日之远且大者，皆自此基之矣。岂曰无近忧而已哉！越明年，因整篋中见其文而壮之。遂泚笔以书其后云。

王顺父《类编》序[6]

入陶朱[7]之室，物物可以济贫；发仓扁[8]之篋，药药可以疗疾；惟富于文者亦然。

东川王君省轩，一日以所作《类编》见示，余受而阅之。读其诗，森乎规矩，李杜也；读其词，绳乎步武，欧苏也。读其他什制，炳乎摘屈宋光，艳而熏班马香也。圭复以还，良多发蔀，如枵斯殫，如疢[9]斯瘳，然后知余向所睹之未尽也。若王君之《类编》，其殆陶朱之室、仓扁之篋也欤。

---

[1] 子瑞（1197—?）：王奕子，东川人，著有《绎论语》。
[2] 语出《易·坤》："初六，履霜坚冰至。象曰：履霜坚冰，阴始凝也；驯致其道，至坚冰也。"后以"履霜坚冰"比喻事态逐渐发展，将有严重后果。
[3] 架漏过时：喻无准备。
[4] 愧恧（kuìnǜ）：惭愧。
[5] 润身润屋：语出《礼记·大学》："富润屋，德润身。"
[6] 王良肱（1224—1276?），字顺父，东川人。有诗集《类编》。谱记"元时以儒奋身登第不仕"，则卒时有误。
[7] 陶朱：传范蠡助越灭吴后，弃官至陶，经商致富，自号陶朱公。
[8] 仓扁：古代名医仓公扁鹊并称。
[9] 疢（chèn）：烦热、疾病。

王声甫《解嘲诗》跋

汉公孙宏以布被贻讥当世；我朝[1]寇忠愍[2]，所处青幄帷二十年，识者贤之。俭一也，而或讥之，或贤之，贤否之异何哉？是固有真伪存于其间耳。今夫肥马轻裘，扬扬闾里，皆曰此富贵人也；衣敝缊袍，出入圭窦[3]，皆曰此困厄人也。往往外饰是取，其人之贤否何如，所不暇计。仆亦韦布之俦也，常以是为世病。

一日东川王君殖斋见过，乃以诗示，指所服青布道服而言曰："吾近服此而访旧焉，或乃讥鄙交至，故有此作。"不觉相视一笑。大凡仕宦不履其真，而止弸中彪外[4]，与夫色厉内荏者，自有公论。在于君子三复以还敬，引笔而为之跋。

---

[1] 我朝：南宋遗民在入元后依旧称宋为"我朝""本朝"。

[2] 寇忠愍：即寇准。

[3] 圭窦：形状如圭的墙洞。借指微贱之家的门户。

[4] 弸中彪外：才德充实于内，则文采发扬于外。弸，音péng。本指弓强劲有力，引申为强盛、兴盛。

诗四首

东川山馆二首

山房才斗大，客至不容与[1]。空壁残碑补，疏棂废纸糊。草生檐下砌，露浥案间书。野叟来相问，问子谙此无。

傍馆溪山景最清，我来徙倚眼偏明。云烟杳霭浑如画，鸥鹭往来若有情。康节[2]窝中潜妙道，渊明琴上不容声。冷观世事随时改，见定欢娱总是赢。

王朝瑞斗室书堂

斗室谁云便可嗤，安身不在务求奇。窗前隙地宜栽菊，却看黄花晚节时。

翼夫公松冈图[3]

佳山佳水四为邻，山水中间意趣深。况是松风最清处，一樽酣饮恣讴吟。

---

[1] 容与：从容闲静。此处不容与指转动不便。
[2] 康节：指邵雍（1011—1077），字尧夫，宋范阳（今河北涿州）人。精先天之学。寓洛四十年，称所居为"安乐窝"，卒谥康节。著有《先天图》《皇极经世》《渔樵问答》《伊川击壤集》等。
[3] 见《三元徐氏宗谱》卷之一。

二、吕文老

　　吕文老（生卒年不详），谱名若文，字子雅，号澹斋，又号澹翁。瑞山乡泷湫（今马宅镇殿下村）人。孝友迈伦，慷慨仗义。宋末，世乱岁祲，听母刘氏出粟赈济。至元二十五年（1288）宪台奏授月泉书院山长。寻调包山书院山长。平素工诗词，善墨竹，长于琴棋。浦江月泉吟社同题征诗，获第十名。执事评价："月泉里社，分来邻烛之光；春日田园，搅动奚囊之兴。翩其寄驿，幸甚盟鸥。执事骏极岘峰，渊源丽泽。洛中富贵，斜阳追恨于繁华；绵上勋劳，终古慨思于羁绁。寓吟不尽，覃思何深。某饱观瑰奇，只觉隽永云云。"吕文老并作《复执事》："夏盟有主，池塘之旧梦唤醒；春兴无边，田园之新吟阅遍。自愧非坛场之作手，亦浪叨乡党之荣名。"

诗一首

春日田园杂兴[1]

　　月筒纪闰附青炜[2]，民野陶然化日熙。祀备松榆祈稔岁，宴醑花柳乐清时。洛中富贵斜阳恨，绵上[3]劬劳[4]千古思。浩兴归来吟不尽，陶诗和后赋豳诗。

---

[1] 见《月泉吟社》《东阳历朝诗》。
[2] 月筒：即律管，古代亦用作测候季节变化的器具。附：符合。青炜：古代五行说指东方青色的光华，引申为春天。
[3] 绵上：地名。春秋晋地，在今山西省介休县东南。相传介之推于该地因隐遁焚身而死，晋文公于是以绵上之田作为其祭田。
[4] 劬劳（qúláo）：劳累、劳苦。

三、李直方

　　李直方（1240—1311），一名幼直，字良佐，号德方，城内人。为人沉毅方介。后学称其为复庵先生。治《尚书》及河洛之学。德祐元年（1275），会宋帝求直言，抗疏阙下，不报。更潜心六籍，穷搜百氏之书，议论风生，声实并著。宋亡，隐居不仕，教授生徒，其受业弟子如陈樵、胡减、陈士允，皆以文学著名。晚岁家益贫，行益尊，与其子耦耕南山之麓，人将其比作东汉名士庞德公。

　　所著书百余篇，多未完稿，惟《易象数解》完整，《正性论》一卷存宁波天一阁。遗著辑为《复庵集》。至元中，史官辑录直方给宋丞相的书信，"至其家，则焚且久矣"。

清四府君行状[1]

太学生陈君，讳取青，改性之，字希舜。世为东阳亭塘人也。

其先豫九教授，自富春徙东阳。传至六世祖讳沐，与曾祖同胞者，早登进士，累官至资政大夫。曾祖洪，幼业儒学，常与建安真德秀为友。祖居仁，议论慷慨。父喆，为县簿。伯父镐，有文武才，官拜礼部尚书。

迄今清四陈君，敬慎以自持，坚毅以自立，颖悟通敏。下帷发愤，沉潜反复，精彻《尚书》及《周易程氏传》。有司嘉其才，补太学生。与乌伤王龙泽善，而君之学尤龙泽之所畏也。自龙泽遭际后，君未一与通，惟是布衣交，朝夕往来亲厚。呜呼！若希舜者，是岂以势利动其心哉？

予方与子耦耕于南山之麓，亦闭户不与势利接。一日念君契爱之雅，竟辍犁锄来候。与居，孰知君已构疢疾剧甚矣。予见之，不能若是恝[2]，挽手面省，君豁然开怀如平生。与之药，强为予饮，不逾岁而亡。伤哉！伤哉！

其子樵，管受业予门，号鹿皮子，君采其字也。文学德行，表为缙绅所重，至是泣血顿首，丐余为文以示不朽。嗟乎！吾尚忍状吾兄行也。不得已而诺，遂按状而直书焉。

君娶邑巨族郭氏为配，淑慎慈爱，真贤内助也。生子男一，即樵也。孙男六人，延年、大年、祈（也作蕲）年、乔年、昌年、逢年，贤子贤孙俱为人望，真足以彰君之德于不朽矣。我固不为清四公悲，而深为清四公庆也。

姑作此以俟后之君子志思焉。

---

[1] 见2006年版《亭塘陈氏宗谱》，而光绪戊寅版《亭塘陈氏宗谱》未见。
[2] 恝（jiá）：淡然，不在意。

诗四首

雨后江行[1]

急雨洗尘氛，江平生縠纹。年光前后浪，世态往来云。
崖远山才出，林深树不分。暮帆渔火乱，江郭一钟闻。

暮　雨

薄暮来山雨，窗虚野雾横。点花幽径僻，堆草曲池平。
林湿鸟分宿，浪翻鱼逆行。坐来萧瑟甚，盈耳是蕉声。

山居二首

高斋终日坐，人静意俱闲。作计偏宜酒，论心只有山。
书抛潜索解，诗就辄加芟。万木青苍里，春风一鸟还。

霞壁映晴虚，萧然半亩居。到门参野叟，隐几味农书。
啸寄寥天外，心游邃古初。归云将倦翼，雨后独踟蹰。

---

[1] 以下见《桂坡集》《东李宗谱》。

四、张观光

　　张观光（1246—1332），字直夫，一字用宾，号屏岩，乘骢乡屏岩（今属横店镇）人，娶金华潘氏，遂家于金华。性通敏，涉览经史。少游太学。元初，荐授婺州路儒学教授，是金华首任学官。婺有学校，自观光始。调绍兴路平准行用库大使，以母老辞。有《屏岩小稿》。《四库全书》中张观光《屏岩小稿》与黄庚《月屋漫稿》是同一部书，存疑。

　　张观光的诗"格意清浅，颇窘于边幅；然吐属婉秀，无钩章棘句之态"。越中诗社曾以枕易为题，李应祈次其甲乙，以观光为第一，并批其"若纷纷盆盎，中得古罍洗"。

诗十七首

晚春即事[1]

园林芳事歇，风雨暗荒城。转眼青春过，临头白发生。啼鹃亡国恨，归鹤故乡情。三径多荒草，东还许未成。

纪　梦[2]

是岁大旱。

老年屏人事，北窗寄高眠。梦魂御风去，金阙开九天。虎豹狞不嗔，知予有仙缘。玉座拥五云，香炉飞紫烟。青衣两童子，举手导我前。下土虮虱臣，愚衷欲敷宣。兵戈幸休息，饥馑方连绵。洪惟大生德，实司水旱权。愿言回哀眷，与世解倒悬。上帝允臣请，乃曰赐丰年。再拜谢阙下，回飙堕林泉。夜雷声殷殷，甘泽朝满田。沉思喜且惊，异梦非偶然。士怀当世忧，膏泽期无愆。贞观有房杜，斗米三文钱。

---

[1] 见《屏岩张氏宗谱》《屏岩小稿》。
[2] 元天历二年（1329）东阳大旱，作者时年84岁。

漫述十首

百拙懒营生计事，一贫方识丈夫心。箪瓢陋巷皆真乐，何用多藏郿坞金[1]？

青春易过不多日，白昼得闲能几人？有限光阴空役役，堆钱难买百年身。

对客莫谈当世事，闭门且读旧时书。蓬莱献赋心犹在，只恐无人荐子虚。

楚江何忍沈清客？周粟安能活饿夫？慨想前修千古事，孤忠高义后来无。

逢人休要说公卿，老去无心慕宠荣。李不封侯刘不第[2]，千年青史亦传名。

世事艰难如意少，功名荣耀误人多。浮云富贵非吾愿，且买扁舟理钓蓑。

脱巾漉酒心先醉，著屐登山脚便轻。浩饮清游忆陶谢，古人千载尚留名。

---

[1] 郿坞金：汉末奸臣董卓在其家郿坞藏许多金银，为其政治失败后的退路。喻要钱不要命的人。
[2] 指李广和刘蕡。

眼前万事等一梦，世上几人能百年？千古英雄今已矣，北邙荒冢草芊芊。

文盟无主江湖冷，诗社欠人风月闲。老去盍为归隐计，却于何处买青山？

烘柳日高花院暖，炷沉烟冷竹窗虚。闲编怕见伤怀事，不读《离骚》读《四书》。

宿甘露寺

山险疑无路，萦迴一径通。钟声寒瀑外，塔影夕阳中。窗出茶烟白，炉分蔀火红。禅房遇耆旧，清话数宵同。

枕《易》

越中诗社试题都魁[1]

古鼎烟销倦点朱，翛然高卧夜寒初。四檐寂寂半床梦，两鬓萧萧一卷书。日月冥心知代谢，阴阳回首验盈虚。起来万象皆吾有，收拾乾坤在草庐。

---

[1] 考官李侍郎应祈批：诗题莫难于"枕易"，自非作家大手笔，讵能模写？盖以其不涉风云、雨露、江山、花鸟，此其所以为难也。予阅三十余卷，鲜有全篇纯粹，正如披沙拣金，使人闷闷。忽见此作，若纷纷盆盎中得古罍洗，把玩不忍释手。此诗起句倦字便含睡意。颔联气象优游，殊不费力，曲尽枕《易》之妙。颈联"冥心""回首"四字，极其精到。结句如万马横奔，势不可遏，且有力量。全篇体制合法度，音调谐宫商，三复降叹。此必骚坛老手，望见旗鼓，已知其为大将也。冠冕众作，谁曰不然？

梅　魂

武林试中

梦觉罗浮迹已陈，至今想像事如新。相思一夜窗前月，似见三生石上春。的的孤芳冰气魄，疏疏冷蕊雪精神。料应楚些[1]难招至，欲倩花光为写真。

寓浦东书怀

子规声里已非春，消遣光阴只苦吟。肘后无方医白发，床头有《易》胜黄金。年来不作功名梦，老去全灰富贵心。独抱焦桐游海角，纷纷俗耳少知音。

送别胡汲古[2]

自怜身是客，又送客登舟。虽有重来约，难禁一别愁。风烟迷柳驿，草树暗春洲。后夜怀人处，山空月满楼。

---

[1] 楚些：《楚辞·招魂》是沿用楚国民间流行的招魂词的形式写成，句尾皆有"些"字。后因以"楚些"指招魂歌。

[2] 胡汲古，名侨，号天放，严州人。

五、陈取青

陈取青（1246—1316），后改名性之，字希舜。甘泉乡亭塘（今属江北街道）人。与乌伤王龙泽（南宋状元）同受学于石一鳌，慷慨有志节。《东阳县志》载："其先居睦之富春，宋中叶来徙邑之太平里。先生国学进士，与闻考亭（朱熹）之学，自号闲舣翁。"坚毅自立，颖悟通敏，下帷发愤，沉潜反复，精彻《尚书》及《周易程氏传》，传有司嘉其才，补太学生。

玉雪亭记[1]

　　玉雪亭者，予之所作且自命其名也。始予以愚蒙固陋，而不通当世之务，则厌为世俗交，若将浼[2]我者，故常有出尘之思。冀得高蹈远举[3]，谢势利之纷华，比玉雪以俱洁，此予之素志也，因以玉雪名予亭焉。

　　继而思之："夫玉与雪，非不洁且白矣，然必磨之而不磷，涅之而不缁[4]，然后见玉之为美也；不择地而处，而物不我污。由所积之厚，而物为我变，然后见雪之为贞也。士君子之处世，唯见离于俗而不溷[5]于俗，斯善矣！岂必高蹈远举，然后足以遂吾之志哉？"

　　于是，益取先人之书读之，以讲先王之道，讨论当世之务，其遇事虽不敢放旷以为达，而亦非苟利而忘义也；其接人虽不敢矫洁以为高，而亦非与时沈浮，谀悦[6]以取容也。孔子称颜渊"用之则行，舍之则藏，唯我与尔有是夫！"而孟子亦云"可以仕则仕，可以止则止"，吾窃取法于是焉。夫时行则行，不必于隐。彼有山枯槁，长往而不返者，非也。时止则止，不必于行。彼有奔走势利，溺焉而不知止者，亦非也。吾之出处，唯其中而已[7]矣。世之情，或以为处富贵易，处贫贱难，其得富贵则喜，不得则或戚以忧，亦非也。

----

[1] 以下三篇见于《岘北陈氏宗谱》。

[2] 浼（měi）：沾污、玷污。

[3] 高蹈远举：意为隐居避世。

[4] 磷（lìn）：变薄、减损。涅（niè）：用黑色染料浸染。缁：黑。

[5] 溷（hùn）：同混，混浊。

[6] 谀悦：谄媚讨好。

[7] 唯其中而已："中"，不偏不倚，指浩然正气、刚直不阿等多重意思。

富贵贫贱等外之物也，何足以累吾心哉。守道而不回，知有命而安于义，则富贵福泽之来天也，顺受之其可矣；贫贱尤戚之来亦天也，庸可却而避之乎？吾之取舍，亦唯其中而已矣。然后能磨而不磷，涅而不缁，物不我污，而反变于我也。斯非玉雪名亭之意哉？书其说以为记，朝夕观焉以自励。因以玉雪自号，以见志也。

闲舣记[1]

闲舣主人少往来吴楚间，家居多暇，而有江湖舟楫之思。作室池水上，枵然如空舟焉，曰闲舣焉。居其中，盖垂钓于枕，濯足于床，莲与泛而水与依也。

尝酒酣，仰卧舟中，使左右为《越人拥楫之歌》[2]，自为《小海》以和之。为举足扣舷之声以节之，水光月景，飞动几席，真以为舣舟江上，在吴思越时也。舟之不进，则欲解衣挽舟，以佐舟子，而舟无其具，冷然[3]而醒，则自吴归越。盖四十余年矣。

客或闻而诧之，曰："先生误耶，室耶？舟耶。以欺人乎？抑自欺也。以欺己而己信之，兹非惑耶？不然，则长乘舴艋[4]将安之耶？"

主人浏然[5]而笑曰："夫舟人之居水也，舟之所舣而家在焉。为行者乎？则未尝去家也。为居者乎？则舟有行色。盖朝齐民而暮楚户者也，而吾甚爱之。太公之居海也，五十年于屠钓之间，吾甚慕之。虽然太公尝以渔钓欺天下矣，而卒用于世。种司谏[6]又尝以樵夫欺天下矣，而天下旋知之。盖放之拜山，太公之舍鱼，欲盖焉而彰之者也。嗟夫，谓太公非渔耶？则持竿五十年

---

[1] 舣（yǐ）：使船靠岸。此指泊岸之船。此篇亦见于《自堂存稿》卷四。

[2] 《越人拥楫之歌》：即越人歌。

[3] 冷然：清醒的样子。

[4] 舴艋（zéměng）：小船。

[5] 浏然：洒脱的样子。

[6] 种司谏：即种放（956—1015），宋洛阳人，字明逸，号云溪醉侯，又号退士。不事举业，隐居终南山豹林谷，以讲习为业，凡三十年，其间数召皆辞。著有《种放集》等。《宋史》卷四五七有传。

矣。以为渔也，则五十年未尝得一鱼也。以五十年而不得鱼，是犹标表以求知者之为也。而放也迤巡[1]而拜，甚似而几[2]矣。风期[3]一接，己莫之掩然。则荷蓧植杖、苇间拏舟之子不旋去之[4]，亦将得其人矣。避世之士不亦劳乎？士之避世夫若是其劳也！而走[5]也，一前一却，无以自附于屠钓之间，烟波之兴无所于托，则作室为舟，临风把钓，而舟中之乐已不减五湖，非真为戏焉耳。"

客曰："先生诚戏之耳，夫苇间之去善矣，而有避世之迹焉，无他，我未忘也。不然，则出没于烟波渔钓中，而莫求其迹，箬笠之前，皆渔樵推驾之地，安事一室乎？夫挟是以往，吾不知其有我矣，人孰从而求我哉。"

主人辗然[6]而笑，使其子樵书而刻之舟中。

延祐二年七月十一日记。

---

[1] 迤巡：迤邅逡巡。

[2] 几：近。

[3] 风期：风度品格。

[4] 荷蓧丈人、苇间渔子，皆为隐者。见《论语·微子》《庄子·渔父》。

[5] 走：牛马走，作者自谦。

[6] 辗然：笑的样子。

六、李　珏

　　李珏（1249—1314?），字光润。长于诗文，好古篆，有文武才。官处州路总管都使，宋亡后，隐东阳县治之东北隅筑亭自老。手植木香一本，因名木香亭（址在城内新安街李品芳故居一带）。为东阳木香李氏始祖。

诗九首

宋亡诗

闻道官家失所尊，孤臣饮恨困柴门。民遭涂炭乾坤倒，寇乱中华日月昏。愧有蜉蝣难苟活，事仇狐鼠易忘恩。冲冠怒气思椎击，南北终宵涉梦魂。

自题木香亭八首[1]

击楫浮江汉，褰[2]裳隐薜萝。朝廷徒慨息，将帅尽婀娿[3]。一溃怜横草，孤忠枕誓戈。得生餐木子，余荫待如何。

蚁聚襄阳久，军容已阒然[4]。鼓鼙寒急雨，城郭委空烟。树木余香气，蟠根属大年。步趋亭在即，相与数花砖。

---

[1] 木香亭在县治东北隅，元李珏建。
[2] 褰（qiān）：通"搴"。揭、提起。
[3] 婀娿（ānē）：依违阿曲，不坚持原则。
[4] 阒（qù）然：空无所有。

种树枌榆社[1]，从军细柳营。指挥空蒉相，慷慨有田横。生戴吾头在，难为孤掌鸣。倘能支大厦，培植励坚贞。

托命依长镵，归装屈宝刀。偏师庸义愤，许国尚悲号。玉辂驰烽火，崖山撼海涛。一群空相马，为谢九方皋。

天水依然碧，吴山不断青。六更嗟识验，三日已潮停。莫救残棋劫，空悲裂瓦形。林深啼杜宇，愁苦不堪听。

五柳陶潜宅，三竿庾信园。萧萧听风雨，莽莽对乾坤。顦顇[2]羞看镜，荒凉自闭门。闻鸡空起舞，肝胆向谁论？

退隐无余事，谁曾七不堪。和交烦袖刺，感旧忆刀环。夜雨潇湘水，春云宛委山。柯亭早罢笛[3]，清梦有无间。

何处埋忧地，凭栏更几回。春风余燕雀，荒径自蒿莱。牢落双蓬鬓，艰难一酒杯。零丁身后死，长啸独登台。

---

[1] 枌榆社：秦汉时祭祀土地神的场所。枌榆即白榆树。
[2] 顦顇：憔悴。
[3] 柯亭早罢笛：《后汉书·蔡邕传》记蔡邕经柯亭，取屋檐竹为笛，发声嘹亮。后以之喻良笛或良才。

七、赵若恢

赵若恢（1254—1335），字文叔，又字文用，号桃岩居士。原城南岘山下（今南市街道大寺下北），后迁居城内潼塘（今解放路东北）。生而秀异，从杜幼存学，成童后辄能默诵五经，为文数千言立就。学识渊博，尤精于风角兵议、山川边塞。宋咸淳元年登进士第。宋亡，不去宋服，杜门自守，埋名隐居新昌桂山书院，邀集志士辈，讲切不论寒暑，其学无所不窥。东阳赵氏多为其后裔，巍山赵氏始迁祖次偲（号环清）系其曾孙。

宋故进士武训郎惠庵先生传[1]

先生讳元吉，字伯裳，别号惠庵。性敏慧，慷慨有大志，貌丰伟修长，力举百钧，神色不变，善骑射疾驰，引满发矢必破的。

笑语父曰："吉试，当迎阵接战匈奴，中取河北，犹反掌耳。"父曰："不然。李将军广善射名天下，数亡北，失侯。射，一人敌，不足学，何如习古兵法乎？"

乃取太公《六韬》、黄石公《三略》、司马、尉缭、孙吴、左史古名将兵阵法，一一研之。宝祐丙辰岁对策右科，洋洋数千言，悉中肯綮[2]。上览曰："何物神奇乃尔，度非夸而无当者，其举进士高等。"授承节郎、武冈军新宁尉，敕元吉："尔以文武通材擢巍科，□□效于即戎。用试尔能崇爵，往勤厥职，尚有殊恩。"

其尉新宁也，以事郎方集，诸生曳襟裾，缓步徐行，纵谈性命。按剑起曰："当今中州陆沉，乘兴播越，正臣子枕戈衽甲，义不共戴天之日，岂谈性命时耶？"言讫，发上指冠，目眦尽裂，涕泪交横。幕下士相饮泣，莫能仰视，咸视为尉用命者从之。所司知其贤，累疏荐辟，未及用。

会宫车宴驾[3]，青宫[4]定鼎，覃恩中外。复降敕："尔等无大小次武臣僚，皆我先朝官使之旧也。因兹霈泽叙阶，其以尔承节郎元吉特进武训，勿谓例得而忘懋勉。钦哉此牒。"公拜恩感激，上恢复机宜，凡十二疏，干政忌之，

---

[1] 见《锦溪卢氏宗谱》。
[2] 肯綮（qìng）：指要害、关键的地方。
[3] 宴驾：帝王驾崩。
[4] 青宫：古指太子所居的东宫。亦借指太子。

留不报。叹曰："夫有干将之剑，匣而藏之，示不用矣。久淹，辱且至。"遂乞骸骨归。

过乌伤，谒留守宗公泽冢，瞻拜移时，低回不能去，复为文吊之，其略曰："嗟古稠兮伟士，返曦驾兮虞渊。捣穹庐兮指顾，拔名将兮囊鞬。俄营中兮星殒，奈渡河兮不前。洒英雄兮襟泪，徒取次兮相怜。"

自是家居，辟一室，危坐竟日，足迹不窥园圃，所著有《名将列传》《兵法玄机》《八阵图演》共二十卷，兵燹不传。

论曰：

世未尝无真才也，顾惟其遇耳，遇则丰、沛诸臣，依日月而位王侯者接轸；不则，磊落如李将军，而封侯不能自致。伯裳之厄于郎，殆是故也。然其《八阵图演》，变化侔鬼神，深得武侯秘诀，而亦毁不传，惜哉！呜呼，惟秘戒泄毁，若或使之已。

元大德庚子菊月，潼塘赵若恢撰。

诗一首

程矩夫惠茶[1]

　　卧病文园[2]日正长，斜题远寄雨前枪。黄绫不羡龙图贵，紫笋还闻雀舌香。一砚落花人醉醒，半帘飞絮燕归忙。新泉活火松风细，何处黄州白玉堂。

---

[1] 见《浚仪赵氏宗谱》《东阳古诗文选》。程矩夫（1249—1318），初名文海，号雪楼，又号远斋。建昌（今江西南城）人，元朝名臣、文学家。
[2] 文园：即孝文园。汉文帝的陵园。后亦泛指陵园或园林。

八、葛佑僧

　　葛佑僧（生卒年不详），字子贤，号一斋。葛洪侄孙，城内里仁坊（今东阳市图书馆西）人。承荫任将仕郎、杭州昌化县主簿，改宣教郎、宣礼司参议官。不久辞官归隐东岘峰下，著书立说。有《〈周易〉说传》。

东阳岘峰寺重修记[1]

岘峰之东，先有佛刹，创建始末不可考，废久而兴，岂偶然哉？

夫今之岘峰[2]，古之三邱山也。为婺中阜，尝与四明并称。宋殷仲文[3]谪守婺日，县犹未基，而山并隶乌伤。仲文不远百五十里，游憩于此，则知三邱之胜，自非赤松金华之亚矣。时仲文甚有惠政，人怀去思，致拟襄阳岘山之慕羊叔子予而名之也。东西两岘，此山则其一也。至是，三邱之名若泯没而无闻矣。且自古奇山怪势，皆仙佛所庐，东岘之有寺，固其宜焉。

宋宝祐乙卯，开山僧处日、斯孝乡单氏子，一日道经钱塘，与三僧共渡，皆曰东岘僧也。因语处日来山中，行数日，复约于途。言讫，忽失所在。处日异之，还里搜访，行至是山之麓。问一田叟，指山上曰："古尝有寺，适值洪水泛溢，漂流寺钟因果湖[4]之东。僧犹持咒[5]，顷之，钟忽浮涌，既而复沉。其迹犹在，后寺遂废。"

处日闻之，即入山，得故基于荆棘草莽中，结庵危坐不食者五日。天大雨雪，虎狼之迹相环，而其入定自若。忽三僧复现于前，自是处日益加敬信，化缘于市，计楹拓址，拟创精蓝。

耆阇寺僧了彻闻之，首捐金谷以助工食。斯孝王师严、吕佑冶金铸钟，乞

---

[1] 选自《荷塘单氏宗谱》，也见于康熙《东阳县志》。

[2] 原写作"岘峰寺"，今据义改。

[3] 殷仲文：南朝宋东阳郡守。

[4] 因果湖：湖在旧东阳县城西北。

[5] 咒（zhòu）：真言，梵语陀罗尼。唐卢纶《送恒操上人归江外觐省》："持咒过龙庙，翻经化海人。"

铭于水心叶公[1]，各施良田以供斋粮。依止僧若淖、暨阳僧如莲嗣住持。二僧殁，而寺寻废。

广严院僧从本踵如莲后，心拟兴建而力有未遑。泗渡王善进，乡之善人，拟日修治广佑大路，即卿相乔公[2]墓道。里人卢大顺嘉其善行，因以是寺颠末语之，遂同跻攀，穷其胜概，赏叹终日。善进欣然舍居屋、财物、田亩无靳色。复化募，檀越施与，寺僧思齐、觉善分董毕役。经始于延祐乙卯之孟春，落成于庚申之仲秋。栋宇翚飞，金碧照映，殿堂楼阁，廊庑山门。中外咸备，设像庄严，钟鼓铿𬭤[3]，晨香夕灯，专心焚诵。又运石堑砌[4]路以便登陟，创立小亭为往来流憩之所。卢大顺、陈吉子成、骆先王寿星、李清、蒋善庆、潘庆等亦皆信响，施舍良田。而善进又率母兄子侄各助分业田若干亩。新安沙门文远亦以山水之胜，喜寺重建，慨施私亩，悉助给用。未几，而思齐圆寂，觉善因自谓弗克终事，卢大顺、王善进等遂延致从本之徒智灯住持，以永其传。则审之详而虑之至矣。

呜呼！是寺之盛于今日，殆有数耶！处日建于宝祐之乙卯，善进又建于延祐之乙卯。则三邱之形胜其复翼四明并著于东南哉！檀越元续助田若干亩，并刊详列碑阴。俾后传守者庶乎有考云。

至元二年二月望日当山住持智灯立石，台州府儒学教授葛佑僧撰，承事郎前绍兴府嵊县丞杜荣祖书，承务郎前松江嘉定等处海盐千户何贯道篆。

---

[1] 水心叶公：即叶适，宋永嘉学派学者，曾执教东阳石洞书院。唯宝祐乙卯（1255）时叶适已去世。或另一人，不详。或为后人追述之误。

[2] 乔公：即乔行简。

[3] 铿𬭤（kēnghóng）：形容声音洪亮。

[4] 堑：疑是錾（zàn）字形近而误。錾，凿也。"錾"误作"堑"，义不可通，遂加一"砌"。故"砌"字为衍文。

九、何贯道

何贯道（1254—1312），字廷实，号平野。何梦然子。乘骢乡南上湖（今属横店镇）人。以父泽补海运总管，敕封奉议大夫，兼知东阳县事。有遗诗杂文。

东阳县令题名记[1]

　　皇朝声教南暨，典章文物之盛，迈越邃古，建官之制，尤重亲民。县列三等，上县置二令、丞、簿，复简拔公族忠厚者，绾铜章，班于令之右，凡政令出入，佥议同署，无俾专焉。东阳地邻会稽、赤城，为浙左山水县。

　　延祐七年秋，庐陵戴公璧来二令，德操卓荦，负剸烦理剧之材，雍容琴堂之上，发摘奸伏如神。越二年，政修民阜，弦歌暇适，讨文献之旧，辑邑志而规新之，诚著治绩矣！令尹任公谦，出宰百里，恩意素孚。簿领康公孝祖，中都宿德，赞邑循谨公。相与谋曰："至元中，江表郡县尽入版籍，逮今四十余年，历任名氏漫不可考，非阙欤？"于是极旁搜之力，仅得于上府，乃序名次，乃纪岁月，伐山镌石，用垂不朽。仍虚其左以待后人，公之用心诚古矣！

　　是记之作，清议之所高也，岂徒为美观哉！吁！公道人心，千载一日，建中戴令之遗爱，俨然丰碑，若珪璋鼎篆，列在东序，摛景光[2]于婺女之次，异时父老因名氏而兴去思之心，其必有继芳前休者矣。

　　实，邑人也，天相斯文，何幸见屡书不一书而止焉？

　　至治二年五月望，奉议大夫昆山崇明等处海运千户何某记。

---

[1] 见道光《东阳县志》。

[2] 摛（chī）景光：放射阳光。

诗七首

咏骤雨[1]

警雷引电光，四顾黑茫茫。山挟风声响，云拖雨脚长。
溜悬翻败瓦，水满醒枯秧。更喜尘襟散，空斋倚竹床。

夜　晴

一雨过横塘，纱帏纳夜凉。林深云绕屋，窗破月窥林。
熟寐忘家远，冥心笑客忙。鸡鸣天已晓，山色又苍苍。

宝山上冢

停烛问行装，清钟近晓长。微云初出岫，落月半含窗。
事往人何在？时危道不荒。佳城瞻望处，古木尚苍苍。

---

[1] 以下七首见《东阳何氏宗谱》。

赠徐仲修兼呈方蛟峰、厉山房二老二首

三精忽暗尘，辇路重离群。回首千年梦，相思一片云。
见来同是客，话久叹斯文。世态纷纷里，衣冠尚有君。

今昌今健否？清梦几相寻。乱后音书小，闲中道义深。
桐江谁共约，石峡自长吟。更喜山房老，轩车不动心。

望宋故宫有感

一堵倚嵯峨，宫梅竟若何？山荒青树小，江近白云多。
旧事成春梦，闲愁入醉歌。寒鸦三四点，犹带暝烟过。

秋　思

西风动客裳，客况易凄凉。去燕怜秋色，归鸦背夕阳。
稻收青草长，荷老白蘋香。屈指流年换，无言倚石床。

十、吴方正

吴方正（1257—1333），字元表，号勉斋。南岑（今城内南街）人，南岑吴氏之祖。从许谦学于八华山，以词章著名，陈樵称其与胡仲子、张枢诸公相颉颃。元大德间，以文翰荐补婺州路提领。延祐初，应贤良方正举，里人因称其为方正。除漳州路龙溪县主簿，兼县尉劝农事，阶登仕郎。晚年不仕，课宗族子弟为乐。

家训[1]

忠君亲上以报国恩；孝亲敬长以笃人伦；尊祖敬宗以溯源本；教子训弟以守典型；兄友弟恭以重手足；夫义妇顺以正家道；敬老慈幼以睦宗族；尊师重道以培书香；崇正黜邪以端学术；持廉立节以敦品行；力耕勤织以趋本务；作工行商以正事业；致敬尽诚以奉祭祀；急公奉上以完钱粮；安分守己以保身家；忍忿思难以释怨仇；周贫恤乏以厚族谊；好义行善以绵世德。积善余庆，不善余殃。用期后嗣，俾炽而昌。因垂家训，教以义方。凡我子孙，不愆不忘。

---

[1] 见《南岑吴氏宗谱》。

十一、杜荣祖

杜荣祖（1259—1338），字仁叟，号竹处。杜士贤长子。城内北宫（今解放路北段）人。授严州儒学正历，官至承直郎、湖州路同知长兴州事致仕。

元重修《东阳县志》总序[1]

钦惟世祖皇帝以神武定天下，梯山[2]航海，执玉帛者万国。乃至元癸巳，召柏心虞先生于西蜀，乘传至都，诏授翰林直学士，领秘书监，编撰《大元一统志》。于是内府赐笔札，大官给牲豢，选士十人，以天下郡邑图经传记纂而辑之。荣祖岁贡于京，忝在选中，凡十越月而书成。丞相议同进呈，天颜大悦，命藏之秘府，以备考索焉。列圣相承，议礼协乐，一代之典章制度焕然大备。皇上龙飞丽极，圣学日跻[3]，开经筵，进儒臣，讲经论道，立太平之基，致雍熙之治，垂统万世，民物阜康，熙熙乎如登春台，故郡邑司民社之臣莫不纂修志书，以纪圣治之盛，丕休哉！

东阳为邑，远在吴越之交，洽王化，归版图，非一日矣。衣冠人物，千载一时。真定赵公，簪缨华胄，来绾铜章，五载政成，行且受代，独以邑志之缺歉然于怀。适际郡府檄诸县，搜访图经事迹，条目彰而限期迫，亟会同寅而谋之曰："是不可缓矣！"时沿海上千户缪公分镇斯邑，力赞其成。令尹诸公佥以纂修之事相属。荣祖一介寡陋，浮沉宦海，转徙四方，告老归休，已逾数载。迩者致仕老臣浡拜明诏，优礼赐帛，恩宠熙渥，钦若更生。自揆不可辞也。乃约邑士胡㵤、王奎、陈伋、蒋玄、李序，皆名家之裔，选士之秀者。相与网罗散逸，参核是非，集郡邑之旧，考传记之实。若夫历代沿革、地理出入、治境之异同、山川之支派以及疆域、城社、风俗、赋贡、学校规模、人物辈行，率

---

[1] 见《岷北杜氏宗谱》、道光《东阳县志》。此序隆庆志、康熙志不收，道光志从《岷北杜氏宗谱》采入，以备辑修年代。

[2] 梯山：攀登高山。

[3] 跻（jī）：登升、晋升。

考其源。至于廨舍驿馆、寺观祠庙，必究其废兴之始末。僧衲悟禅，道流修真，医之神，卜之玄，土产之宜，亦本其旧而增新之。门类胪列，各著序论于卷首，复采古今名哲题咏记述于其下以证之，命曰《东阳邑志》。其凡例祖述古人成规，非敢徇一己之私。

将脱稿，或者曰："一邑之小，何用志为？"吁，是岂知道之士乎哉！天下之事皆原于邑，上之教令至是而行，下之贡赋由是而出，而郡实总之。近民者莫先于邑，谓邑为小而可乎？昔大业初，命窦威等撰区宇志，乃以吴人为东夷，上不悦，遣内史诏责之曰："江东之吴、会以人物称。尔等其风俗为'东夷之人，度越礼义'，于尔等可乎？"即命秘书十八学士修十郡志，以虞世基总之，序各郡风俗，而山川、郡国、城隍有图，序列于卷首。修成简奏，帝曰："学士修书，颇得人意。"各赐帛。由是而观，古今乘志以风俗为第一事，此人伦风化之原也。乃若驾虚语怪，以无为有，紊浑纲常，矫饰辞巧，其为越礼度义，亦已甚矣，安知序风俗之道乎？

荣祖学昧识凡，偕二三友绅绎[1]讨论，本之公论，以成令尹之美意。天相斯文，幸有次序，敬归之明府。复访耆德校正之而后镂诸梓，庶可备职方采择之万一云。

令尹赵公名铉，元鼎其字也。

至顺二年八月既望，承直郎湖州路同知长兴州事致仕东白杜某敬序。

---

[1] 绅绎（chōuyì）：引出端绪。引申为阐述。

诗十五首[1]

天 台

药径行吟俗客疏，岩花低处挂琴书。风声过耳晚潮落，山色多情春雨余。竹外人家眠老犬，市中村妇卖时鱼。卜居终有投闲日，碌碌何劳走传车。

冬 夜

飘泊十年梦，多情旧布裘。寒威欺酒力，晚色上诗愁。天寂雁初过，江空水自流。早知儒术误，何不着兜鍪。

应贡别乡里

应诏河汾策，休题进士衔。双亲将白发，一子未青衫。春意邮亭酒，晴晖远浦帆。别怀愁思里，二岘野云纤。

惠山寺行殿

渡江五马竟忘归，愁见年年雁北飞。千里版图非故国，六朝基绪几危机。烟藏经叶闲僧锡，风落松花上客衣。前代衣冠已尘土，空留碑碣枕前晖。

---

[1] 见《岘北杜氏宗谱》，民国戊寅年版。

惠山鼋池

山色当年映衮衣，至今荒寺锁朱扉。戎车不返池空在，行殿将颓海燕飞。豆蔻花残悲宿雨，怪松枝老恨斜晖。可怜东晋无人物，偏将犹能战合淝。

甘露寺

铁瓮城荒野烧青，重来楼阁不堪凭。江山形势无今古，南北封疆有废兴。风递榔声催客棹，月移潮影暗渔灯。离怀正与诗愁竞，空忆琼花醉广陵。

调吏部

诏举江南士，惭非观国宾。平生空壮志，双鬓老征尘。谒选官曹冷，思归客路贫。不愁留滞久，家有白头亲。

有所思

一片西山几落晖，江空枫冷暮云飞。去年今日同游客，独有凄凉人未归。

偶　作

绿展秾阴雨又晴，异乡愁里遍清明。草窗斜月留春梦，柳岸轻风破宿醒。几点残星天向曙，一声归雁客关情。此来未取封侯印，不到邯郸道上行。

逢故人

故人南北路，乍见各凄然。一别又十载，相看非少年。雨声空野店，潮影暮江天。樽酒平生话，客灯人未眠。

上毕舜举佥事

绣衣行部古今闻，凛凛清风始见君。马蹄霜沙随楚月，龟衔冰篆[1]渡淮云。驿亭近水江声合，石径依山树影分。夜犬不惊民乐业，前村桑麦自耘耕。

齐 安

蹇驴千里一官卑，日日乘闲野鹤随。郡邑版图今内地，江山形势古边陲。斜阳又暮人空老，寒月三更雁正悲。目断长天痴立久，候门童稚怨归迟。

归 兴

木落山城冷，故人商别离。雨深归径滑，江阔渡舡迟。夜饮烹葵荚，晨炊拾豆箕。关河万里志，不似在家时。

趣翁来岩

月夜平生话，松阴古殿边。相逢已是晚，一别又经年。径草留饥马，庭槐噪嫩蝉。思君不可见，携于石岩前。

廿五里山

水绕青山山绕屋，矮篱红蓼作秋花。小舟时出鱼脍，晚秫初收酒可赊。沙上寒芦来宿雁，岩边枯水立昏鸦。江天清淡景无尽，付与寻常渔父来。

---

[1] 龟：官印，因作龟形，故称。冰，指李阳冰。篆即篆字。

十二、胡南金

胡南金（1259—1316），字德宝，号竹溪。孝德乡前山（今歌山镇西宅）人。宋开庆年间，以乡贡授婺州路教谕。有诗名，与陈樵、黄溍有唱和，五言有陶（渊明）韦（应物）风。诗入《金华诗录》。

诗六首

东皋（用陶诗韵）[1]

引领联东皋，农事相煎迫。麦老覆陇亩，秧青出阡陌。运镰童发绿，荷蓧翁鬓白。回观内境旷，翻觉四野窄。登高一舒啸，感慨百代客。咫尺吾旧隐，恍若渊明宅。

赠司理赵西村茧室之作

门庭三月芝兰秀，兄弟千秋在莩均。东岘山川三秀士，西村风月一闲人。天边落日书楼晚，地底潜阳茧室春。先甲自铭藏箧笥，乐天端的是前身。

题陈君采闲舣斋

笔床茶灶两边安，泛宅浮家一样看。南岸即移帆影过，北窗不隔水光寒。此身大舶横沧海，世路胶舟漏险滩。骚客何如檐上燕，自来自去落江湍。

---

[1] 以下六首见《金华诗录》卷五五。

和陶用二疏韵[1]

渊明何旷达，浩然赋归去。故园虽云芜，日涉亦成趣。景慕汉廷人，二疏此高举。广不爱太傅，受不恋少傅。设祖东都门，此是还乡路。簪组人爵荣，堕甑[2]了不顾。贤哉二丈夫，天下蔼清誉。仕宦要知足，人生急先务。故旧相娱乐，依然如布素。富贵多危机，俗子多不悟。黄金弗储藏，岂为子孙虑？挂冠神武门，洪景名亦著。

寄黄晋卿[3]

风标炯炯玉壶冰，文学渊源独有声。白发双亲天下乐，青毡一第世间荣。松厅已喜海洋近，梓里先传湖水清。每夜溪边山上望，天心霁月照窗明。

晋卿见和复用前韵奉答

岁晚天寒水欲冰，寄诗心画写心声。津亭竹叶人相别，驿路梅花物向荣。回首岘山青嶂峭，到家绣水碧波清。锦囊杰作烦酬答，珠玉光华照眼明。

---

[1] 二疏：指汉宣帝时名臣疏广与兄子疏受。广为太傅，受为少傅，同时以年老乞致仕，时人贤之。归日，送者车数百辆，设祖道，供张东都门外。

[2] 堕甑：《后汉书·孟敏传》："（孟敏）客居太原。荷甑堕地，不顾而去。林宗见而问其意。对曰：'甑已破矣，视之何益？'"后因以"堕甑"比喻事已过去，无法挽回，不必再作无益的回顾。

[3] 黄晋卿：即黄溍，见外编注。

十三、胡宗寅

胡宗寅（1266—1290），字德和，号双峰。胡南金弟。孝德乡前山（今歌山镇西宅）人。宋咸淳间乡贡，入元授建德路桐庐县教谕，不赴。著有《覆瓿集》《载人集》，已亡佚。

西山庵记[1]

一保，土名野草塔，即落地梅花。[2]

家之西有阜焉，相距几一里，枕平陆而俯长江，先人卜藏于此。既殁数载，吾兄弟甫治圹，继而失恃，遂合葬焉。非择乎风水形势之雄美，尚利便也，既而创草庐于墓南。

因其地居家之西名曰西山庵，爰以栖神置像，命僧以奉香烛，晨夕守望松楸[3]。僧归寂，卒无以为继，偻指又三十稔，而蚁蠹其木，日就倾圮。遂于山之旁，随其面势，辟地数弓[4]，架数楹，不朴斲[5]，不丹漆，昭其俭也。昔者便于家而为墓，今则便于墓而为庐，又何足以成西山之为西[6]也？

夫西山[7]为洪都之望。盖以天地发育万物，挈[8]敛于西，延庚揖辛，秀气所钟，神仙辈出，闻播四表，是皆名公达宦之所游适，骚人墨客之所题咏，不过览风景、娱耳目而已。今余窃慕其名，以扁吾庵，其名虽同，而其意则异。夫西山，秋杀之气，于时为义，凝而为霜露，使人履之，而焄蒿[9]凄惨之心愀然以生，感时追远之念勃然而兴，至于饯纳日[10]，导初月，经而昼夜，旋而乾

[1] 见民国丁巳版《前山胡氏家乘》卷廿八。
[2] 野草塔：地名，又名落地梅花。宋元时设保甲，西山庵在七都一保。
[3] 松楸：松树与楸树。墓地多植，因以代称坟墓。特指父母坟茔。
[4] 弓：量词。原为与弓间距离的长度单位，与步相应。后亦用作丈量地亩的计量单位。其制历代不一：或以八尺为一弓，或以六尺为一弓。东阳旧时以五营造尺为一弓（约一点六米）。
[5] 朴斲：斫削。此指雕凿。
[6] 西：于时为秋，于行为金，五常为义；主肃杀、聚敛。后文发挥"西"之义理。
[7] 西山：指江西省新建县西山，又名南昌山，即古散原山。唐王勃《滕王阁序》："画栋朝飞南浦云，珠帘暮卷西山雨。"即此。
[8] 挈（jiū）：收敛、聚集。
[9] 焄（xūn）蒿：祭祀时祭品所发出的气味。此指祭祀。
[10] 饯纳日：送落日。

坤，登斯山也，必将有以感夫运之不息，以成其相为悠久之道乎？

虽然，规模简陋，或可至于盛大，而不至于衰替者焉。矫饰侈靡，以夸一时美观，吾所不取，况谦益满损，天道之常。所以维持古今者存乎道，而维持斯道者，则又存乎人焉。伯儵与兰而善后[1]，禹钧感德以延年[2]，人其人者犹有望于祖父之灵，则西山一篑之进，亦庶乎其有待。

元统甲戌十一月朔，男宗寅百拜谨记。

---

[1] 伯儵，姞姓，又作伯倏，黄帝后裔，南燕国的始祖。文公有贱妾，名燕姞，梦帝与兰，曰："吾乃伯儵，尔之祖也。"燕姞言之文公，幸之，遂生兰。
[2] 窦禹钧，五代后周渔阳人。以词学闻名。唐昭宗天祐末起家幽州掾，后周显德中官至右谏议大夫。持家克俭，乐善好施，高义笃行，家法为一时表式。尝建书院四十间，聚书数千卷，延名儒执教，并供给衣食。五子窦仪、窦俨、窦侃、窦称、窦僖相继登科，时号燕山窦氏五龙。卒年八十有二。

诗二首

剪羊毛供用因慨而赋[1]

龟藏宁虑钻，龙亢乃有悔。象焚为齿牙，雉翳[2]为文彩。杀身蚕煮丝，祸胎蚌剖琲[3]。蒙茸一毡根，畜牧出北海。寒御风厉严，湿障雨流浼。畜之谨食之，嗷嗷哺有待。人物两相资，革氄[4]应时采。方当煎剔时，恻然彼何罪？剥之几及肤，血进慎危殆。风絮堕纷纷，雪花蜚皑皑。皮毛剥落尽，骨肉依然在。回视胸臆中，一毫了无馁。利而害已洪羊烹，食不避难仲由醢。君不见阳城山头遽如许，阿瞒纵怒难屠宰；又不见番禺[5]五仙去乘云，所骑化作石磊磊。

题鼓灯

外面无非革，中心本自明。火光圆寂照，至乐妙无声。

---

[1] 以上见《金华诗录》卷五五。
[2] 翳（yì）：通殪，死亡。
[3] 琲（bèi）：珠。
[4] 氄（rǒng）：绒毛。
[5] 番禺：今广州。

十四、许　谦

许谦（1269—1337），字益之，自号"白云山人"，世称白云先生。西部乡笠泽村（今属白云街道）。受业于金履祥（仁山）先生。

许谦学识渊博，举凡天文、地理、典章、制度、食货、刑法、文学、音韵、医经、术数以及释老，无不该贯。身在草莱，而心存当世，宣扬程朱之学甚力，后人评"程子之道，得朱子而复明；朱子之大，至先生而益尊"。当时四方之士以不及门为耻。门人许孚吉迎至八华山讲学。亲撰《八华讲义》及《学规》。《元史·许谦传》："延祐初，谦居八华，学者翕然从之。寻开门讲学，远而幽、冀、齐、鲁，近而荆、杨、吴、越，皆不惮百舍来受业。其教人也，至诚谆悉，内外殚尽……及门之士，著录者千余人，随其材分，咸有所得。然独不以科举之文授人，曰：'此义、利之由分也。'"

著述宏富，有《读〈书〉丛说》六卷、《假借论》一卷、《〈尚书〉蔡注考误》一卷、《〈四书集注〉丛说》二十卷、《〈诗集传〉音释》二十卷及《〈春秋〉三传义疏》《〈春秋〉温故管窥》《读书记》《自省编》等，其《白云集》四卷、《〈诗集传〉名物钞》八卷、《观史治忽几微》收入《四库全书》。

及门弟子各有成就，叶仪、胡翰、范祖干、朱震亨（丹溪）等皆名留青史。吴莱、黄溍、柳贯、吴师道等则闻风私淑。卒谥文懿。《元史》有传。元末，金华建何基、王柏、金履祥、许谦"四贤书院"。清雍正三年（1725），从祀孔庙。

拟古战场赋[1]

客有好游者，籝金橐粮，脂车[2]秣马。四海之广，万里之遥，谓皆始于足下。盖将追竖亥[3]之遗踪，继子长之辙迹，于以观天地之大。

于是浮河绝江，登陇下阪。途平马疾，地险车缓。或临深而俯瞰，或升高而望远。对景物之虚旷，每徘徊而周览。爰至巨野，恍若望洋。右倍山陵，前阻大江。纷灌莽之杳杳，郁丛薄之苍苍。纵一瞬而莫际，眇乎其数十里之封疆。尔乃心存目想，计度数量，岂古人有事于此，遗迹尚存乎渺茫？周回隐隐，若城郭之逦迤。峻隅已坏，而块土成冈。颓垣断续，绵延将百雉，类乎筑甬道以取粟于敖仓。其污下而渐渍者，盖昔池而今隍。毁辕败辐，朽腐而仅存其仿佛；断刀折戟，消剥而何有乎锋铓？是时也，林木将脱，原草未黄。风飔飔兮吹籁，日淡淡兮流光。羌四顾而无人，几欲去而彷徨。就熟路以骋驾兮，久而至于野人之篱落。召彼故老而讯之，然后知为古之战场也。

感慨前修，俯仰陈迹。肆盘桓以夷犹[4]，不忍去者累日。行战地，吊遗址。连井灶，缀壁垒。守则负险，攻或背水。料胜败之靡常，嗟岁月之已几。吾尝缅想英雄角力于斯地也，发卒募兵，聚刍积粟。破钼耰[5]而成棘矟[6]，买刀剑而卖牛犊。贲育之士，肩摩袂属。勇敌虓虎，捷若飞鹄。一鼓气作，三令

---

[1] 以下诗文以同治退补斋本《金华丛书》所收《白云集》为底本，校以康熙、道光《东阳县志》所收许谦之诗文，择善而从。

[2] 脂车：以油涂车轴，以利运转。借指出行。

[3] 竖亥：神话传说中人物。《淮南子·墬形训》："使竖亥步自北极，至于南极，二亿三万三千五百里七十五步。"高诱注："太章、竖亥，善行人，皆禹臣也。"

[4] 夷犹：亦作"夷由"，犹豫，迟疑。

[5] 钼耰（chúyōu）：也作锄耰、耡耰。锄草、平地的农具。

[6] 矟（shuò）：长矛，槊。

容肃。雷轰炮石，电掣神矗。奋戈扬盾，穿胸洞腹。短兵近接，铁骑横麾。杀气排空，黄埃乱目。或乘利而得隽，或逐北而遇伏。或集厚陈而制胜，或悬孤军而全覆。及乎弓已绝弦，矢不遗镞；积骸为观，断指可掬。姑小却以俟后图，宜戢兵而虞大衄[1]。以今度古，不能尽变化之万一。而战陈之具，钲鼙之声，虽百年而犹信宿。是以竹树吞吐烟尘之表，目眠眠[2]乎昆阳之旌旗；鹳鹤嘹唳风云之间，耳聩聩乎八公之草木。月白兮髑髅[3]寒，天阴兮鬼声哭。彼战取之君，争城争地，而暴白骨如草菅，忍使天下之人，兄散弟离，子孤父独。自夫达者而观之，何异左蛮而右触也哉？

方今堪舆坱圠[4]，开统拓迹。自江左之献版图，未尝复有干戈之役。遐荒莫敢不来王，所谓不嗜杀人者，能一民皆安。土地不遗力，睠此大墟，固可制井经而务稼穑。飞潜动植，皆囿于发生之仁，熙熙如登春台，而享太牢之物[5]。于是舞干羽于两阶，朝衣冠之万国。

---

[1] 衄（nù）：失败，挫折。
[2] 眠（máng）眠：眼睛不明的样子。
[3] 髑髅（dúlóu）：头骨。多指死人的头骨。
[4] 堪舆：天地。坱圠（yǎngyà）：漫无边际。
[5] 物：杂色牛。

赠李仲谦序[1]

　　古之教者，自里间至国都皆有学，自八岁至成人皆有教。其教之之术固详，要其归，礼乐二端而已。抑俎豆登降、音器歌舞为之礼乐乎哉？反而求于吾心，则敬者礼之原，和者乐之本。然所以动息有序，不使斯须去身者，正以培植其本原。积于中者广大成全，则其发于外者沛然有余，措诸事业无不当，盖内外交养而相为用也。三代而下，教者异法，至于以文辞诱人，可谓外其所当务。而今复翰墨诗章论材，抑末矣。

　　东阳县学博李君仲谦既莅事，执脯脩之赞于郡庠，而某适与之会。视其容貌甚温，听其言，舒徐而有文，庶几习于礼乐者。君故名家，其所养有素。愿推所蕴以淑诸人，俾学者幡然知礼乐为先务，厚其积而痛抑其末，斯善矣。

　　东阳为婺望县，山水佳秀之气所钟，名哲辈出，今以经学文章名家者有其人。昔子贱治邑[2]，所父事者三人，兄事者五人，矧君掌教乡邑，而年且富，是宜效先觉之所为，取人之善以为善。且古教人者必以身先之，而圣贤之阃[3]未易造。幸君亦毋亏一篑之功，以率先之，将见百里彬彬于礼乐，岂不盛欤！

　　居数日，来别，求赠言，谬书此为李君勉。

---

[1] 李益亨（1287—），字仲谦。东阳城内人，本邑教官，仕至饶州学正。

[2] 子贱，即宓不齐（前521—？）：春秋时鲁国人，字子贱。孔子弟子。尝为单父宰，鸣琴不下堂，能任人而治。孔子称之曰君子。

[3] 阃（kǔn）：门室。喻学问、事理的精深之处。

跋陈君采家藏东坡墨迹[1]

伊尹元圣一德，身任天下，其就汤、就桀，动皆至诚，固不可以后世常人之心议之也。子厚、东坡之论，亦各有所见尔。坡翁词翰绝古今，其片言只字皆可宝。此纸笔法精妙，凛有生气，观之使人兴起。陈君其为天下宝之。

---

[1] 陈君采即陈樵。据李声信札，则许谦与陈樵关系甚好，当指陈樵。

送胡古愚序

东阳，婺望县，东南山水嘉处。自天台、赤城蜿蜒盘礴，绵延数里，亘为玉山，又数十百里，峙为双岘，经野[1]建邑，于焉是依。山之幽深秀特者，水必源于其间，稽之郡乘，浙江之浸[2]，实肇林壑之下。经流曼衍，过于双溪城南，澄莹甘美，澜涌湍激，不舍昼夜。天雨时至，滇洞[3]奔放，势可胜万斛之舟。气之积也厚，故其发也巨，终至于不可量也。山结水融，生物必异。灵而为人，亦必有奇俊超迈，不规规于流俗者。夫良材美箭、佳果旨酒，人皆得以为利。士君子之敦诗书、修辞蹈礼者，籍籍满耳。而余之所见，多侈辞宏论，凌绝卓越。听其言，观其容，发扬蹈厉，每恍然自失。以余之驽下，固不足窥其际矣。意山水之钟而奇俊超迈者，殆不必于此欤？余固有所待也。

尝闻胡君伯仲子姓，皆务学深造，未能尽交。往年遇古愚子于市，友人苏世贤指曰："此东阳学者胡君也，将试仕于金陵泮宫，今行矣。"揖而过，不暇交一语，余重恨之。皇庆二年夏，余游金陵，而君尚在讲席。其气粹温，其仪济跄[4]，诵其文若诗，皆清平古雅。余向之有待而欲见者，其在古愚子乎？

夫圣人之道，常道也，不出于君臣、父子、夫妇、昆弟、朋友应事接物之间，致其极则中庸而已尔，非有绝俗离伦，幻视天地，埃等世故，如老、佛氏之所云者，其道虽存于方册，而不明于世久矣。周、程、张、朱诸子出，而辟

---

[1] 经野：治理乡村。
[2] 浸：蓄水可以灌溉的川泽。此指源头。
[3] 滇洞：弥漫无边际的样子。
[4] 济跄：仪容敬慎。济，通"齐"。

邪扶正，破昏警愚。秦汉以来千五百年，英才多矣，而有昧于是。吾侪生于斯时，未必能躐于千五百年之才，而独有见于圣人之道如是其明也，幸而生于诸子之后，固当平气虚心，随而求之，阶之梯之，以达乎上，顾实有益于己而止，何庸倔强自喜，撼奇务新，力与作者争衡，又将轹而践之哉！古之立言者，诵于口而可以心存，存于心而可以身践，而成天下之务，则圣人之道也。今口诵之而不足明乎心，降其心以识之而不可施于事，是则老、佛之流之说尔。为老、佛之说者，措之事固不能行于跬步，而自理其身，庸可以为善人？则好为异说者，其风又下于彼矣。道在天地间，弘博精微，非可以懆心求也。而乃攘袂扼腕，作气决眦，售其说而竞后息[1]，欲以厌今人，陵古人，则吾未之信也。

　　古愚气和心广，余尝欲与从容论之，而以满秩解去。君采芹藻之英，将以道淑诸人者也。以余之说评之，然欤？否欤？余非敢为子勉也，子固余所敬也。

---

[1] 竞后息：语出《韩非子·外储说左上》"郑人有相与争年者。一人曰：'吾与尧同年。'其一人曰：'我与黄帝之兄同年'。讼此而不决，以后息者为胜耳。"

复张子长文[1]

　　窃惟二仪坱圠，万汇阜蕃。气立乎表，人生其间，得形质之正，赋性命之全。躯七尺而充塞宇宙，量[2]方寸而包括乾坤。备其体而极其用，惟圣人其至焉。若夫哲人知几，君子务本，微显阐幽，探赜索隐；相彼稼穑，基此耕垦，步终海岳，足始寻引。战战兢兢，勤勤恳恳，岂曰能贤，惟惧不敏？盖其一心危微，万变参伍，下器上道，来今往古。融一理而会通，贯万事之旁午[3]。学不究于至善，人虽生而何补？

　　爰乃反身而诚，修己以敬，心存道德，膺服谟训。期不违以乐颜，必有事而希孟[4]。欲内外之两得，岂口耳之四寸？及乎心广体胖，面睟背盎[5]，知本先而末后，乃旁通而曲畅。稽理乱，鉴兴亡，涉百氏，猎骚庄。或游戏翰墨，或发挥文章。既自得于黾勉，随所往而徜徉。其家也，瓮牖荜门，水饮蔬食，秋灯简编，春雨耒耜。入则家庭无间言，出则乡党有美誉。吟风弄月，总属闲情；随柳傍花，无非乐意。其通则致尧舜，达礼乐，振遗音，返淳朴。富贵若其固有，俯仰曾无愧怍。然且藏器待时，居易俟命。静而有常，动必以正，不矫矫以洁身，不汲汲以干进。嗟小人之务得，非君子之所性。至于呷喔呢訾，卑疵嬫趋[6]，望尘下拜，自鬻上书，营蝇苟狗，膻蚁饵鱼，势引利导，身辱名

[1] 张枢字子长，博学著书，屡辟不仕，请就许谦弟子列，许不可，终以友待。

[2] 量：思虑。

[3] 旁午：交错，纷繁。

[4] 乐颜，希孟：颜指颜回，孟指孟轲。

[5] 面睟背盎：即"睟面盎背"。语出《孟子·尽心上》，意谓仕义礼智根植于心，其生发的清和润泽之气睟然现面，盎然发于背，后以睟面盎背为仕德者修养到家的表现。

[6] 呷喔呢訾（zúzǐ）：呷喔：象声词，承顺应答貌。呢訾，阿谀奉承。卑疵嬫趋：《史记·日者列传》"卑疵而前，嬫趋而言"，自卑谦恭。

污，彼其之子，何其谬与！亦有伪行钓誉，假隐求知，世俗易罔，君子可欺，少室索价，北山勒移，华而不实，亦无取诸。

顾余下学，慕古莫企。小从大违，寸进尺退。功期九仞，业止一篑。昼荒游而放心，夜起舞而攘袂。道途修跻而天长，岁月苍茫而水逝。以为诡随非计，便佞乏才，稽往事以慷慨，怀良辰以徘徊。苟有徇以达义，宁不俟乎良媒？何好友之未述，乃飞书而见识。

子也夙知，尚友古昔，范模经训，驰骋史籍，虽百家之纵横，犹三余之掎摭。目五行而俱下，口一诵而终忆。援弓矢以有待，兹墉隼之可射[1]。尔其致广极高，抑锋止锐，茂华发于深根，大声发于宏器。诚既积而莫掩，道何远之不至？殷勤以毕余言，庶几其感君意。

---

[1] 墉隼可射：《易·系辞下》："易曰：'公用射隼于高墉之上，获之，无不利。'子曰：隼者禽也；弓矢者器也；射之者人也。君子藏器于身，待时而动，何不利之有。"后即以"射隼"为待机之喻。

《〈论语〉〈孟子〉集注》考证序[1]

古之圣人得其位，皆因时以制治。孔子酌百世之道以淑[2]天下，而其事主于教。孟轲氏推尊孔子，传于后世，以迄于今。故《论语》《孟子》者，斯道之阃奥[3]也。

繇汉而还，解之者率有不获。至二程夫子，肇明厥旨，今散见于《遗书》。嗣时以后，诸儒所著，班班可考，然各以所见自守，有得有失，未有能搜抉融液[4]，折诸理而一之者。

子朱子深求圣心，贯综百氏，作为《集注》，竭生平之力始集大成，诚万世之绝学也。然其立言浑然，辞约意广，往往读之者或得其粗，而不能悉究其义；或一得之致，自以为意出物表，曾不知初未离其范围。凡世之诋訾混乱、务新奇以求名者，其弊正坐此，此《考证》所以不可无也。

先师之著是书，或隐括其说，或演绎其简妙；或揾其幽，发其粹；或补其古今名物之略；或引群言以证之。大而道德性命之精微，细而训诂名义之弗可知者，本隐以之显，求易而得难，吁！尽在此矣。

盖求孔孟之道者，不可不读《论》《孟》。读《论》《孟》者，不可不由《集注》。《集注》有《考证》，则精朱子之义，而孔孟之道，章章乎人心矣。

谦自壮年服膺[5]师训，即知读朱子之书。其始三四读，胸中自以为洞然显

---

[1] 文渊阁四库本《论语孟子集注考证》卷首。
[2] 淑：通"叔"，拾取，获益。此为使动用法。
[3] 阃奥：深邃的内室。比喻学问或事理的精微深奥之所。
[4] 融液：融为一体。
[5] 服膺：铭记在心，衷心奉行。

白，已而不能无惑。学之颇久，若徐有得焉。及即其书而观之，乃觉其意初不与己异。学之愈久，自以为有得者不遂止于一，而与鄙陋之见合者亦大异于初矣。由是知圣贤之言，理趣无穷，朱子之说，隽永当味。童而习之，白首不知其要领者何限。先师是书，亦悯夫世之不善学朱子之学者也。

传曰："仁者见之谓之仁，知者见之谓之知，百姓日用而不知，故君子之道鲜。"谦于是深有感焉，故翻阅群书，用加雠校，藏诸家，传诸其徒。若好事君子能广而传之，是固谦之所望，亦先师之志云尔。许谦序。

学校论

三代取士于学校，为致治之术。后世养士于学校，为饰治之文。治道所以不同者，在于学校废兴而已。昔者圣人有高世之虑，绝人之智，举天下而经纶[1]之。以谓非人材不足以为治，而众人者，非教诲鼓舞之，不足以成其材。此学校所由兴也。自闾里之塾，至于党、庠、术、序、国学，教以三物，造以四术。尚贤以崇德，简不肖以绌恶。其教之也详，而取之也严。是故天下无不学之人，而用者无不材之士。以天下之大，付于人理之，而皆求备于学，故学校者，为治之原也。圣人百世之师，事不师古，而徒曰"我善为治"，而不本于学校，不法于三代"，吾未见其可也。

嬴政破灭吾道，非毁圣贤，销简编而尚锋镝，左仁义而右谋诈，遂使百世不复见三代之善治者，秦之罪也。秦不足道也，继秦之后，足以有为之时屡矣。将大有为之君时，出而习闻其说，乐为其所为，设科择人，而不取于学校，其流至于以文辞翰墨计[2]天下之士，亦陋矣！然则使百世无善治者，非独一秦也。魏、晋以变诈攘夺得天下，乌足以知此？陵夷[3]至于隋，俗益薄，而伪益滋，道日丧，而文日胜。虽或开学校，聚生徒，养之不能用，教之不法古。唐时立学遍郡县，得其名未见其实，大抵失于养士以饰治尔。夫天下之人，皆习今而厌古，以耳目之所迫者为常。一旦舍其旧而新是图，则将惊骇眩瞀[4]而不知所止。事之既失，不远而复可也。

---

[1] 经纶：整理丝缕、理出丝绪，编丝成绳，统称经纶。引申为筹划治理国家大事。

[2] 计：考核。

[3] 陵夷：由盛到衰。

[4] 瞀（mào）：目眩眼花，也指心绪紊乱。

隳三代之法者，固秦之罪。复三代之治以救秦之弊者，实汉之责。东都光武，起自诸生，故功成而兴学。明帝尊敬师傅，临雍拜老[1]，开学馆，招经生，近古为盛，亦不过举祖宗之旧法，未能复乎古也。其责岂不在西汉乎？高祖马上得天下，间关百战之余，继以乱臣叛将，承踵接武，弓不及韔[2]，胄不及免，已入于长陵之土矣。况以溺冠慢骂[3]之资，辅以叔孙通绵蕝卤莽[4]之学，责人不可求备也。文帝时，天下衣食足，可以施仁义，而谦退未遑，惜哉！然则使百世无善治者，汉文之过也。武帝举遗兴礼，置博士弟子，倡为章句训诂之学，岂经济之道哉？圣人之教，于此尽矣。

呜呼！或者以为汤举伊尹于野，高宗举傅说于徒，文王举太公于钓，岂必皆学校？曰：人生自八岁皆入小学，及十有五年，选其俊秀者，入太学以养成之。学校之外，岂有遗材乎？如伊、傅、太公之伦，学成而隐者也。尧之举舜也何如？曰：陶唐之学，其详良不可得闻。而尧、舜，性者也。亘古今一舜耳！当此之时，比屋可封，则其教化亦可知矣。礼乐至周而大备，非圣人之自私也，理也，势也。吾故曰：为治者不本于学校，不法于三代，未见其可也。

---

[1] 《后汉书》卷二《显宗孝明帝本纪》："（永平二年）三月，临辟雍，初行大射礼。……冬十月壬子，幸辟雍，初行养老礼。"

[2] 韔（chàng）：装弓的袋。

[3] 汉高祖刘邦解儒士之冠，溺其中。轻慢辱骂儒士。表示对儒生的凌辱。

[4] 绵蕝（jué）：《史记·刘敬叔孙通列传》，叔孙通为汉高祖立朝仪，将儒生学者及弟子为"绵蕝野外"，习四月余始成。绵蕝或绵蕞为制订朝仪典章之义，后引申为创建。

八华讲义[1]

《书》曰："惟学逊志[2]，务时敏，厥修乃来。允怀于兹，道积于厥躬。"人生无知无能，必学而后有所得。学者当顺逊其志，虚心以求，专以是为务，无时而不敏，则所修者即源源而来矣。盖为学之效甚速，人病不求耳。苟专力以求之，则无时无处非益也。其效之速既如是，能笃信而深念于此，攻之逾深，则道之积于身者日盛矣。逊志则有细密之功，时敏则无间断之患。其来其积，皆自此得之。古来论学，实始于此，固万世之成宪也。

然而所学果何事耶？学为圣人而已。圣人果何学而至耶？圣人之性非与人殊，不过尽人伦之至而已。学者以圣人为之标准，知其的，日行以求其至，明其道而不计其功。至于圣贤之分量，成效之浅深，皆自然而然，己不得预也。一有计较期必之心，则非所以为学矣。且天之生人也，其伦有五，曰君臣、父子、夫妇、长幼、朋友。五者天下之达道，举天下之事，错综万变，莫不毕在五伦之中。天之赋人以形，即命之以性。其类亦有五，曰仁、义、礼、智、信。五者天下之常道，举天下之理，支派万殊，莫不毕在五性之中。

《诗》曰："天生蒸民，有物有则。"人伦，物之大者也；五常，物之则也。昔者圣人使契为司徒，教以人伦，父子有亲，君臣有义，夫妇有别，长幼有序，朋友有信。曰"劳之来之，匡之直之，辅之翼之，使自得之，又从而振德之"。使教者以是而教，学者由是而学，盖人伦之外无余事也，五常之

---

[1] 以下四篇见《八华山志》。
[2] 逊志：虚心谦让。

外无余理也。父子之所以亲，为人心本有此仁；君臣之所以合，为人心本有此义。心本具乎礼，长幼所以有序；心本具乎智，夫妇所以有别。朋友之所以交，非心本有此信乎？五常之理，原具于吾心而无少亏；人伦之事，日接于吾身而不能舍。此道之所以不可须臾离也，此学之所以当逊志而务时敏也。五常之道，配乎人伦，虽各有所主，然而未尝不互相为用。父子主于仁，而深爱和气，愉色婉容，是仁之仁；父母有过，谏而不逆，是仁之义；应唯敬对，周旋慎齐，是仁之礼；先意承志，乐心不违，是仁之智；生敬死哀，事亲有终，是仁之信：此子事父之大略也。君臣主于义，而以君成礼，弗纳于淫，为义之仁；道合则从，不可则去，为义之义；责难于君，陈善闭邪，为义之礼；达不离道，泽加于民，为义之智；托孤寄命，节不可夺，为义之信：此臣事君之大略也。由是而推之，保身以尽夫孝，致身以尽夫忠，细微委曲，莫非五常之用也。又反而推之，父慈其子，君使其臣，亦莫非五常之用也。又广而推之，夫妇之别，长幼之序，朋友之信，而五常不可胜用矣。钧是人也，钧赋是性也，圣人生而知之，安而行之，众人则迷而渐远，故效先觉之所为，乃可明善而复其初。

然而天下之理岂易穷？天下之事岂易周？非尽博学、审问、慎思、明辨之功不可也。自中古君师之职分，则敬敷五教之任，不出于司徒；而切磋琢磨之责，全在于朋友，或扶持开导、奖劝诱掖于人欲未萌之先，或攻击淬砺、防闲禁遏于天理既亏之后。心之方虚，则使戒惧于不睹不闻之际；意之初动，则使谨慎于己所独知之时。是以讲贯乎仁之理明，则父子得其正；义之理明，则君臣得其正；礼、智之理明，则夫妇、长幼无不得其正矣。是故朋友之名虽居五伦之后，而于学问之事实先；朋友之职，较之四伦若轻，而于学问之功实重。学者欲极夫四伦之理，宜尽朋友之道。欲尽朋友之道，在明夫信而已矣！天之道一于诚，其流行则为元亨利贞之德；人之性一于信，其昭著则为仁义礼智之纲。故曰诚者天道，思诚者人道。信者诚之异名。能尽人之信，则可契于天之诚矣。朋友讲习，非信无以成德也。

某少而失学，长而寡闻，阘茸[1]迂疏，卤莽灭裂，虽尝立于硕师之门，历

---

[1] 阘茸（tàróng）：庸碌低劣。

时浅而用功微，环顾其中，未少有得。诸君过听，强要而来，欲以辅仁，内实怀愧。诸君天资卓荦，问学有素，年若道似，略无相逾，未知所以奉益也。然愚平昔诵圣人诲子路"知之为知之，不知为不知"之语，深所服膺，每欲以信自守。讲问辨析，有分寸之知，敢不倾竭为诸君言？苟所不知，不敢穿凿为诸君诳。诸君其亦笃于信以求天性，敦于朋友以求尽人伦，交劝互发，非彼得则此得焉，庶不孤此会也。

八华学规

诸君以某一日之长，来相与游，未必有益也。然群居而不同志，则事无成，故敢与诸君约：

心静明理之本——念虑驰骛，纷华牵引，皆心不静；貌恭进德之基——傲惰之气，戏慢之容，皆貌不恭；刚毅乃足自励——志不坚，必有退缩之心；谦让可以求益——气不下，必有拒人之色；有善当与人共——学问，人可共闻，不可私以自妙；有恶勿忌人攻——至友正欲闻过，不可阴为阳掩。

以上各自省察，去其所有，勉其所无。

出入以时——晨入，各书名于册，以至先后为次第，昏时，散归；有故必告——非时特出，必告，或一日、或半日不至，次日直书前故于名之下；言语毋杂——是非无预，于己、人之阴私，皆不必言；讲议毋哗——相与议论，当温言尽意以求理胜，刚暴之气，勿形；观书毋泛——所明经外，观通有常；作事毋惰——有为，期于必成；勿相尔汝——称友以字，自道以名；勿作无益——非进德修业，则为无益。

右请互相警省，同归于善。幸勿外敬内慢，面从退违。

童稚学规

仁、义、礼、智、信，谓之五常。父子、君臣、夫妇、长幼、朋友，谓之五伦。父子主仁，君臣主义，夫妇主智，长幼主礼，朋友主信。圣贤教人，是要尽此五者。学者所当知。

读书，是要学圣贤言行。所读经书，才晓得几句一义，便要反身依样子，着实为善去恶，如此，方不虚费工夫。

学者第一要守个"信"字。事事着实，便有长进。第二要用个"勤"字。一有怠惰，便无合杀[1]。

立身以恭敬逊让为本。立必拱手直身，不可跛倚。拱手必当心。坐必端正，不可身足动摇。行必安详，不可履阈[2]。言必诚实、和缓、明白。有问则对，应迟者罚。揖须低头、屈腰，眼视自足。谓揖为相唤者，挞三下。归见尊长，途中遇相识不揖，虽揖不如礼者，皆罚。

长幼当有序。坐则长居上，幼居下。立则长居中，幼居侧。行则长居前，幼居后。

凡与人言，自称其名。学中除亲戚有分者，随所当称相呼外，余皆以兄弟相呼，不得言尔我。长者有问，起而对；朋友有故到案前语话，起而答。

读书须要平仄端正，字句分明，不可杂以他声。缓诵、熟记、背念时，全无龃龉[3]为上。不通者，累至十本，挞三下。失误一字，则为不通。说书一诵本文，二明训诂，三解句义，四通章旨。不依此者，即以不通论。

---

[1] 合杀：了结，结果。
[2] 履阈：踩门槛。
[1] 龃龉（jǔyǔ）：上下齿不相应、不协调。此指说话不流畅。

朋友当相与切磋。有疑来问，当实告之，不可欺诳。知而不肯告，不知而撰说以误人，皆有罚。不可以小有才而陵人，当自黾勉以求进；不可以无知识而畏人，当自奋发以力学。

贵贱贫富，得之于天，各有定分，不可以己富贵而骄夸，不可以己贫贱而诌妒。

答或人问

　　《太极图》之原出于《易》，而其义则有前圣所未发者。周子探大道之精微，而笔成此书，其所以包括大化，原始要终，不过二百余字，盖亦无长语矣。谓之去"无极"二字而无所损，则不可也。"太极"者，孔子名其道之辞；"无极"者，周子形容"太极"之妙。二陆先生适不烛乎此，乃以周子加"无极"字为非。盖以"太极"之上，不宜加为"无极"一重，而不察"无极"即所以赞"太极"之语。周子虑夫读《易》者，不知"太极"之义，而以"太极"为一物，故特著"无极"二字以明之，谓"无此形而有此理也"，以此防民，至今犹有以"太极"为一物者，而谓可去之哉？朱子辨之精，而晓天下后世者亦至矣。此固非后学之所敢轻议也。此外，则无可疑、可辨者矣，非朱、陆二子之思虑不及也。"太极""两仪"之言，《图》本于《易》也，而"两仪"之义，则微有不同，然皆非天地之别名也。《易》之"两仪"指阴阳奇偶之画而言，《图》之"两仪"指阴阳互根之象而言也。《易》以一而二、二而四、四而八、八而十六、十六而三十二、三十二而六十四；《图》以一而二、二而五、五而一、一而万者也。《易》以阴阳之消长，而该括[1]事物之变化；《图》明阴阳之流行，而推原生物之本根。《图》固所以辅乎《易》也。惟以"两仪"为天地则大不可。以《易》之"两仪"为天地，则四象、八卦非天地所能生；以《图》之"两仪"为天地，则五行亦非天地所可生也。夫"太极"，理也；阴阳，气也；天地，形也。合而言之，则形禀是气，而理具于气中；析而言之，则形而上，形而下，不可以无别。

---

[1] 该括：包罗，概括。

　　所谓"《图》以阳先生于阴，与太极生两仪者异"，此犹有可论者。太极之中本有阴阳，其动者为阳，静者为阴。生则俱生，非可以先后言也。一元混沌，而二气分肇，譬犹一木析之为二，两半同形，何先后之有？《易》之辞简，故惟曰"生两仪"；《图》之言详，故曰"动而生阳，动极而静；静而生阴，静极复动"。阴阳既有两端，出言下笔，必有先后，其可同言而并书之乎？况下文继之曰"一动一静，互为其根"，则非先后矣。而下文又曰"分阴分阳，两仪立焉"，乃先言阴，而后言阳。此周子错综其文，而阴阳无始之义亦可见矣。当以上下文贯穿观之，不可断章取义也。虽然，动静亦不可谓无先后。自一气混沌，其初始分，须有动处，乃其始也。元会运世[1]，岁月日时，大小不同，理则一也。其气之运行，皆先阳而后阴。一岁之日，春夏先而秋冬后，春夏阳也；一元之运，子先而午后，子至巳阳也。数以一为阳，二为阴，一固先于二；人以生为阳，死为阴，生固先于死：孰谓阳不先于阴乎？但未动之前，亦只为静，此乃互根之体，终不可定以为阳先尔。

　　所谓"太极之下生阴阳，阴阳之下生五行，及乎男女成形，万物化生，《图》中各有次序，则是太极与天地五行相离"，则又不可也。阴阳不可名天地，前既已言之矣。太极、阴阳、五行，下至于成男女而化生万物，此正推原生物之根柢，乃发明天地之秘。而反以为病，何其异耶？太极剖判，此世俗相承之论，非君子之言也。太极无形，何可剖判？其所判者，乃一元之气。闭物[2]之后，溟滓玄漠[3]。至开天之时，则轻清者渐澄而为天，则重浊者渐凝而为地，乃可言判尔。太极、阴阳、五行之生，非果如母之生子，而母子各具其形也。太极生阴阳，而太极即具阴阳之中；阴阳生五行，而太极、阴阳又具五行之中，安能相离也？何不即"五行一阴阳，阴阳一太极"之言而观之乎？

　　所谓"'乾道成男，坤道成女'，则二气不待交感而各自生物"，又不可也。此一节自"无极之真，二五之精，妙合而凝。乾道成男，坤道成女，二气交感，化生万物"作一贯说下，安得谓不交感而自化生耶？成男成女，朱子

---

[1] 元会运世：北宋邵雍在《观物外篇》上所用的计算世界历史年代的单位。世界从开始到消亡的周期为元。一元有十二会，一会有三十运，一运有十二世，一世为三十年。故一元有十二万九千六百年。

[2] 闭物：指天地闭合，万物归藏。

[3] 溟滓：无边无际。玄漠：恬静，寂静。

谓："此人物之始，以气化而生者。气聚成形，遂以形化而无穷。真精合而有成，而所成者，则有阴阳之异。其具阳之形者，乾之道；具阴之形者，坤之道。又合则又生，至于无穷，皆不出乎男女也。"今所问之言，果有所疑耶？或直以周子之言未当也？如其果疑，则以前说求之，或得其梗概。直以言为未当，则非敢预闻此不趐也。

待承下问，敢以为复。

诗十五首

寄友人

丹凤止高冈，众鸟甘戢羽。昂昂九皋鹤，下上得所附。江南竹实多，朝阳自轩翥。延颈戛然鸣，四顾失其侣。岂不念相从，天阔无处所。凤兮归何时，耻与鸿雀伍。主人厌城市，爱此林泉居。下有石一拳，上有松数株。念兹冷澹物，可伴憔悴躯。所期在晚节，俯仰足与娱。我心不可转，比石坚有余。峰头问长松，岁寒知何如？

送胡秋白衢州学正[1]

东阳有佳士，簪盍[2]钟山下。变文摛风云，论事共樽斝。为言诸孙行，二妙皆作者。有怀不可见，情若江河泻。今此逢少君，秋月澄霁野。儒术久不振，屏弃如土苴[3]。泮林虽储材，樲棘乱梧槚[4]。固当距诐行[5]，扶植归大雅。太末古名邦，生才今岂寡。善性水同趋，范模待良冶。

[1] 胡世传（1278—1326），字朋寿，号秋白，东南湖人。衢州路学正。
[2] 簪盍：《易·豫》："勿疑，朋盍簪。"朱熹《本义》："至诚不疑，则朋类合而从之矣。"后因以"簪盍"谓朋友相聚。
[3] 土苴（zhǎ）：渣滓，糟粕。喻微贱之物。犹土芥。
[4] 樲棘：即酸枣。一说"樲"是酸枣，"棘"为荆棘，皆不成材。梧槚：梧桐与山楸。两者皆良木，比喻良材。
[5] 诐（bì）行：偏邪不正的行为。

蒋声父和前韵，后众不果迁，再用韵[1]

山虚风擅秋，林静露涵晓。楼居乐清净，简册肆探讨。岂云尚幽栖，盍亦庶闻道？跫然空谷音，为发苏门啸[2]。黄花成久要，纷披树烟岛。落英入齿颊，清气溢襟抱。石间渍芳泉，可使颜色好。南山有畸人，闲户独却扫。中军[3]招我来，云边弄瑶草。我将飞佩游，谁构如簧巧。争夸魏有珠，不悟楚无宝。子舆[4]昔尚友，从事犯不校。一勺覆易空，千顷浊难挠。是中存几何，胡乃不自保？润泽普沾濡，小草自胶扰[5]。君看击海鹏，霄壤随所造。车中有几马，御者握机要。事如枢得环，阖辟用皆妙。顾兹天衢遥，非可一蹴到。甚矣犹自欺，卑哉亦堪悼。

己酉，余年四十

白发三千丈，青春四十年。两牙摇欲落，双膝痹如挛。强仕非时彦，无闻愧昔贤。自期终见恶，未忍舍遗编。

花溪道中（二首）

板桥横古渡，村野带平林。野鸭寒塘静，山禽晓树深。雨微风栗烈，云暗雪侵寻。安道门前水，清游岂独吟。

---

[1] 蒋迅雷，字声甫，黄田畈人。善词赋，胄监刘必大取其文上之，授衢州柯山书院长。遭忧归，不复仕。柳贯、许谦皆尝与游。既老，与乡耆为会，称述古先长老遗训，间及风俗美恶。匾其堂曰"老老堂"，许谦为之铭。

[2] 苏门啸：典故名，典出《晋书》卷四十九《阮籍列传》。"籍尝于苏门山遇孙登，与商略终古及栖神导气之术。登皆不应，籍因长啸而退。至半岭，闻有声若鸾凤之音，响乎严谷，乃登之啸也。遂归著大人先生传。后以苏门啸指啸咏。也以喻高人的情趣。

[3] 中军：原本尾注，中军谓万户侯萧北野，与先生最善。许孚吉，北野外甥，因迎先生至山中。

[4] 子舆：曾参字，孔子高弟。

[5] 胶扰：搅扰。

天寒道路远，此去复何求？适意真为乐，浮生底用忧？云容低野树，风力逆溪流。喜见梅花笑，相迎傍驿楼。

酬胡古愚（三首）

扁舟下吴会，来看钟山云。文名久籍籍[1]，千里期遇君。笑谈屡款昵[2]，所见副所闻。襟怀秋水净，气宇春日温。试看一鹗举，肯与凡鸟群？瀛洲岂云远，薄言采其芹。

乾坤自阖辟，文章乃经纬。郁郁称宗周，趋下日以弊。风气有淳漓，恒性固无异。尽心全此天，言语亦余事。修辞拟盘诰[3]，微理犹恐泥。羡君嗜古学，撷藻发清丽。源浚流且长，唐虞力能致。

秋风迫归燕，宵露泫[4]衰草。我留清溪曲，君望双溪道。会合已恨迟，暌离奚遽早？论心议千古，何时一倾倒？为我谢白云，猿鹤故应好。

赠王斗山[5]

骨肉斯文气味投，春风芹藻忆同游。故人别后无青眼，此日相逢笑[6]白头。匣剑光横南斗夜，凤梧阴冷岘山秋。唯应且试连鳌手，未许江干下直钩。

---

[1] 籍籍：声名盛大。

[2] 款昵：友好亲昵。

[3] 盘诰：《尚书》中的《盘庚》《大诰》。

[4] 泫（xuàn）：露珠晶莹发亮。

[5] 王庭槐（1244—1315），又名德明，字茂叔，号斗山。画溪人。弱冠以举业名于时。执经于金履祥之门。以明经荐授台州府儒学教授，立义庄，启义塾，建画溪道院，时许谦讲学于八华山，与庭槐为忘年交，曾赠以诗，人称"咫尺两贤"。

[6] "笑"：《八华山志》作"叹"。

华盖山[1]

群山如斗形，华盖气独壮。奋身地势高，极目天宇旷。周回万象澄，一一来献状。中江漾孤屿，濒海横叠嶂。楼台市中居，棋列相背向。烈风搅苍林，落日鸣白浪。蜃气薄浮云，溟濛杳东望。长壕浸寒水，短楫起渔唱。同游岂特达，竟尔忘得丧。山下出蒙泉，夷坐待清涨。一搴襟怀空，自谓羲皇上。

游智者寺[2]（二首）

风日景飔飔，松阴系紫骝。白云千载寺，黄叶四山秋。地胜楼台接，林深虎豹游。人生自可乐，此外复何求？

梁朝旧兰若，雄踞北山南，衲子分诸榻，诗翁老一龛。登台生远兴，引酒纵清谈，更有黄冠叟[3]，玄玄得共参。

登清凉寺翠微亭故址[4]

梵宇峥嵘枕石头，倚风极目立荒丘。黄花覆地初经雨，白雁横云远带秋。城郭已非山故在，江淮失险水空流。衲僧八十仍多病，抆泪殷勤说故侯。

三月十五夜登迎华观[5]

夜深来此倚阑干，十二楼台俯首看。月到中天花影正，露零平地草光寒。气清更觉山川近，意远从知宇宙宽。长啸一声云外落，几家儿女梦初残。

---

[1] 见《婺诗补》卷之二。
[2] 智者寺：在金华北山麓。
[3] 原注：座中有赵石泉。
[4] 南京城西有清凉山，上有清凉寺。
[5] 迎华观：为八华一景，圮后，许一元于万历间建迎华亭。

十五、胡的传

胡的传（1273—1341），字端友，别字太古。东南湖人。善琴书，以文学见称于时，元时曾任月泉书院山长。

西明岩记[1]

凡天下名山胜地，每熟于见闻，及载之图志者，莫不知所持住矣。若夫深山穷谷奇峰怪石，多在于偏方僻境，为虎豹狐兔之场，渔人樵子所可知而轻视不以语人，名由是不显。其有隐于前而显于后者，岂天作地藏而神示之耶！

西明岩在县南七十五里万山之中，又名仙姑岩。故老相传，昔人尝见三仙姑扪藤萝而登斯岩，罔知其来去之迹。至宋嘉定间，莲社道人周戒满慕灵异于此开山建道场，剪榛焚萝而居焉。盖岩之腹有谷既深且广，垂顶砥平，落泉珠迸，东隘而西虚，天光所从入，号西明者，取诸此也。低入于地，高升于巅，若此谷而亚之而加小者，奚止一二。

原其所居，可不架栋梁，不覆椽瓦，不列墙藩，免伐木运土之劳，无补壤支倾之虑，惟化缘经工事庄严而已。中俨佛像以修净业，夏凉而冬温，谷梢曲为坐卧之室，其东祠伽蓝，外祠里社，俱有补于民瘼岁功。规模既盛而渐驰，继戒满之后，果志于道者固久不复得。

近马普通、马道真深历世艰，退藏于密，乃相与谋募缘起废，而邵善觉且至。始于延祐五年，锄荒芜，化钱米，竭力相先，积以岁月，重饰佛像金碧，为之明焕，置磬钹钟鼓，以作佛事，警朝夕其皆志于道者耶？

顾道场之西南，欹崖昂耸，旷乎无际，因建弥陀阁及小楼，壅而实之，时得临风雨，就岩瀑，玩啼鸟之去来，察闲云之变态，山川之胜接于目而快于心者，虽然呈露无间，远迩靡不至登览焉。道真又思所以深其源而衍其流，泰定元年，与妻道姑王氏妙爱，发心各出己田数亩，舍入岩中陪堂。表弟王世昌、

[1] 见《东阳茂陵马氏宗谱》。

世荣、世修，士寓徐新恩徐教谕及邻里人亦皆助田。庶几可以资斋粮，备接待，优游辩道，绵远后规。先是有以善男信女之骨殖寄留岩窦间者，理所未安，就别业立塔，徙去殊处，两得其宜。

泰定三年，马普通书颂身而逝，其徒为收坚固子五粒而藏之居，民尤加信之。越数载，其师兄善成一体，相视间乐施补所不及，似厌哗而嗜静，于是请主山中事，道真为之副，其能仿佛远陆之遗风乎？首给屋岩上为禅寂之地，复劝缘塑观音大士及罗汉像，炉烟四起，林壑氤氲。噫，何其备也！于兹祝天子万寿，与佛法相为久长，则生灵之饶益无涯矣。道真本马将军之裔，其曾祖贡元亦曾周戒满时，唱率乡人助田布施，般若灵验，有以感动其子孙不以盛衰移易其心，至于今如车合辙，岂偶然哉？

一日僧道皆来请曰："事托记以永传，境因人而愈显，愿得君之文以列石。"对曰："师言过矣，余何足以知之？"然嘉其志且乐岩谷，莫能辞，乃追思旧游所考，摭实而书助田细数，俾具碑阴，共垂不朽云。

至顺二年岁在辛未八月十五日，前婺州路月泉书院山长胡的传撰。

诗二首

寒碧亭[1]

稍远红尘市，渐入青树阴。回峰秘灵秀，净沼蓄深沉。山风自朝夕，天影照古今。清泉曾未穷，积水乃常临。系马爱清坐，杖藜起幽寻。径路既宛转，林壑且萧森。炎蒸散支体，阴润洒衣襟。旧亭废莫识，古宅宁复存。鲍令岩在望，刘子诗犹吟。试向静中观，行客长駸駸。径度役声利，小驻生道心。逾时一登岭，高眺指遥岑。

水乐亭

君不见彭蠡石钟船夜泊，噌吰镗鞳[2]有声如乐作。身亲视听方决疑，乃是兹山空中水石自相搏。又不见钱塘水乐名亦彰，洞中声韵合宫商。岘山细流更清绝，宜佳山水称东阳。《咸池》《大韶》久已废，闻声如在唐虞世。击石拊石合自然，一洗淫哇空郑卫。泉流石下险故鸣，滔滔莫过蒙之亭。萦回本自灵源出，挠之不浊终自清。古亭起废因诗久，高才谁寄苏公后。千载人寻水乐来，好名好山同不朽。

---

[1] 以下见康熙《东阳县志》《金华诗录》。
[2] 噌吰镗鞳：噌吰：形容钟声洪亮。镗鞳：指钟鼓声。

十六、陈　樵

陈樵（1278—1365），字君采，自号鹿皮子。取青子。甘泉乡亭塘（今属江北街道）人。耻仕元朝，隐居小东白山闾谷洞少霞洞。幼承家教，继师事李直方，受《易》《诗》《书》《春秋》之学。历四十年精思力诣，无书不读，无经不通，见解独到。认为"仁统万善，理一分殊"，提出"心之精神曰性"，强调主观能动作用。宋濂称其"超绝之资，旷视千古若一旦暮；期以孔子为师，而折衷群言之是非，可谓特立独行而无畏慑者也"。

陈樵专意著述，自成一家。诗风俊爽，精巧工整，所作文辞，清新超逸，精于状物写情，独具风格，人喻为"挺立孤松"。所撰古赋十余篇，为国子监生徒竞相誊抄传诵。生平足迹未尝出家乡，而声誉远达朝廷。丞相伯颜读其文，欲起用，坚辞不就。著名学者虞集、黄溍、欧阳玄等皆敬慕之，多有投书咨访。其家素饶，但自奉俭约，荒年则赈济乡邻。陈樵医术高超，有《群医纂集》。至正十九年（1359），遭兵燹而居室被焚，乃避居南乡蒋坞女婿王为家终老。

著有《易象数新说》二卷、《太极图解》二卷、《洪范传》四卷、《经解经》四十卷、《孝经新说》二卷、《通书解》三卷、《圣贤大意》十二卷、《性理大明》十卷、《答客问》三卷、《石室新语》五卷、《淳熙纠谬》四卷、《四书本旨》二十卷、《贞暄野录》、《鹿皮子集》四十卷及《飞花观小稿》三卷等，今仅剩《鹿皮子集》四卷。《元诗选》录一百二十五首。《东阳历朝诗》选十七首。《宋元诗会》选诗六十一首。

东阳县学晖映楼赋[1]

于穆玄圣[2]，参天贰地[3]，启迪人文，轨物[4]垂世。粤自汉魏以降，神明继位，秉符握镜[5]。向明求治，莫不畴咨古训；含仁茹义，用能光集圣猷。四王六帝，于是立辟雍[6]于上京，疏泮水于侯邦。东胶西序，右学下庠[7]，敬以礼合，德以乐章。上规勋华，下准夏商。承先王之巨典，扬圣哲之耿光。

于是万方景附[8]，声教风翔。或石室讲肄[9]，或广崇黉宇。庆历已来，制详化普，应诏作宫，周于率土。蔼学士之云从，伟搢绅之鳞聚。曳方履分秩秩[10]，冠切云分蹋蹋。夏弦秋吹，春干冬羽。

惟吴宁之下邑，实金华之东鄙。伊文儒之至盛，泛弦歌之盈耳。煌煌学庐，岁时肆祀[11]。矫华榜之高张，焕彤扉之洞启。黄闼凝旒[12]，轊轩列荣。庖廪具修，讲堂雄峙。飞阁中起，虹采相宣。则有群书漆版，汗简华缄[13]。积缥

---

[1] 除另注外，皆见于《鹿皮子集》。辉映楼，是东阳黉门附属刻书、藏书建筑，始建于南宋绍兴二十六年（1156），绍定三年（1230）重建。

[2] 于穆玄圣：于，叹辞；穆，美好。玄圣：指有大德而无爵位的圣人。

[3] 参天贰地：为《易》卦立数之义。后引申为人之德可与天地相比。同"参天两地"。

[4] 轨物：指规范事物。

[5] 秉符握镜：传达朝廷命令。符，虎符。镜：金镜。郑玄曰："金镜，喻明道也。"喻受天命，怀明道。

[6] 辟雍：周太学，校址圆形，围以水池。东汉以后，辟雍为尊儒学、行典礼的场所。

[7] 胶、序、学、庠：均指学校。

[8] 景附：如影附身。比喻依附密切。

[9] 讲肄：讲论肄习。

[10] 秩秩：顺序之貌。

[11] 肆祀：祭名，谓以全牛全羊祭祀祖先。

[12] 黄闼：指门下省。凝旒：冕旒静止不动。形容帝王态度肃穆专注。

[13] 汗简：竹简，亦借指著述。华缄：亦作"华械"，对他人书信的敬称。

囊与缃帙，蕴琼轴与瑶编[1]。鼓六籍之芳风，回百氏之惊澜。下临万井。夹巷回阡。郁层楼之夭矫兮，独孤峙于西偏。顾东隅之荟蔚兮，翳丰草之芊芊。伟邦人之经始兮，结斯楼之耽耽[2]。椽栾对竦[3]，飞栋交联，若黄鹄举翮兮，矫将飞而未安。

叹兴废之屡迁兮，乃旁属于斋宫。登兹楼以相羊[4]兮，爱结构之丰隆。赫华榱[5]之参差兮，俪曼宇之彤融。浮柱离离[6]其相距，飞甍嶪嶪[7]以腾空。散绿雾于绡窗，撷彤云于绮棁[8]。俯市列之阛阓[9]兮，见陵垄之葱茏。

复盱衡[10]而四顾兮，想前列之清风。睇涵碧之兰林兮，揽三丘之云松。飞岑连嶂，翠碧成丛。慨仲文[11]之才藻兮，顾沈身[12]于惭德，犹栖栖于末路兮，临青冥而铩翼。仰兴宗[13]之遗烈兮，嘉幼公[14]之殊绩；相昭谏[15]之隐居兮，思玄英[16]之逸迹。发词圃之春华，播风流于金石，哀相国[17]之东归兮，忽山林之改色。慕张生[18]之绝尘兮，采瑶蕊于山侧。

俛察仰观，感今怀昔。故凡胸耕掌录之徒，负素挟书之侣[19]，或奔走在庙，进旅退旅，芹茅在笾，体荐在俎，捧匜奠斝，灌樽荐瓬[20]。或张侯栖鹄，

---

[1] 缥囊、缃帙、琼轴、瑶编：指书籍、书卷。

[2] 耽耽：深邃的样子。

[3] 竦：同"耸"。

[4] 相羊：亦作"相徉"，徘徊。

[5] 华榱：雕画的屋椽。

[6] 离离：井然有序的样子。

[7] 嶪（yè）嶪：嶪同"嶪"，意为高峻。

[8] 绮棁：犹绮疏。雕绘美丽的窗户。

[9] 阛阓（huánhuì）：店铺，街道。

[10] 盱衡：扬眉举目。

[11] 仲文：即殷仲文，曾任东阳守，相传曾登岘山，后因谋反兵败被杀。人们认为其有才而无德，故后文称其反省自己而愧于德行。

[12] 顾沈身：指南朝梁东阳太守沈约曾助梁武帝取帝位。后二人生隙，沈约忧惧而亡。

[13] 兴宗：指唐东阳令于兴宗，曾修涵碧亭。

[14] 幼公：指唐东阳令戴叔伦，唐代诗人，在东阳修建孔庙学宫。

[15] 昭谏：指罗隐，曾隐居岘峰昭谏书院授读生徒。

[16] 方干（836—888），号玄英，曾游历东阳，有诗留传。

[17] 相国：指乔行简，官至拜左丞相、平章军国政事，致仕后重建孔山书院。

[18] 张生：指张志行，为宋代大儒，邑内首开书院讲学。

[19] 胸耕掌录之徒，负素挟书之侣：均指读书人。

[20] 笾、俎、匜（yí）、斝（jiǎ）、樽、瓬：祭祀用的礼器。

观德是务，蒙瞍[1]登歌，射夫献舞，揖逊周旋，升降有度；或礼行乡饮，事宾有主，诗歌合乐，献酬明序。黻冕[2]既脱，笙匏既去，志烦思乱，于焉游处。或登高之能赋，托歌诗以陈志。揽翰墨之余波兮，发高藻之遹丽，乐文章之颖秀兮，来众士之番番[3]。吸吴越之清风，激燕赵之悲歌。洗心饰视，光英朗练。乃顾坐客起而为乱[4]。乱曰：

华谯中天，靓以清兮。琢镂为户，文锦楣兮。丹鬐引翼，翠螭腾兮。下顾万瓦，玄玉瑛兮。抽琴命操，朱丝鸣兮；剑光落袂，香兰缨兮。婆娑艺圃，夫何营兮？张义为幕，理为缯兮。

---

[1] 蒙瞍：指乐官。

[2] 黻冕：祭祀时穿戴的衣帽。

[3] 番番：一次又一次。

[4] 乱：辞赋末尾总括全篇要旨的部分。

迎华观瑞莲赋[1]

　　银谷山人[2]秋食蕋英，夏居荷屋，瞰玄林，荫珍木，援风枝，依露竹，解佩荐兰，分流互绿。绕蝶围蜂，量花以谷。爱万物之光辉，迟丹荣之绮缛。于是郁金在柳，丹入春荑。冶叶倡条，凌乱纷披，缥蒂[3]丹肤，雪骨霜蕤。染金稜以为碧，添腻紫之红滋。亦有蟠桃细梅[4]，碧柰楞梨。购玉蕊[5]于三秦，来戎王[6]于月氏。分朝家之药树，进百越之扶荔。出平泉之鲜藻，致玉李于琳园。灵瓜兮崆峒，紫杏兮三玄。又有冥海如瓜之枣，昆仑百子之莲。银桃碧藕，朱梅玉兰。英蕤纂纂[7]，艳实醋醋[8]。春透余胥[9]，落蕊阑干。叹舜英之归华[10]，玩朝花之小蒨[11]。

　　于是知微子[12]过而咻[13]之，出瑞应之图而谓之曰："子能致名花美石，而不能植朱草与金芝。人能致嘉莲瑞木，而不能使生于林池。子独不见昔者淮阳

---

[1] 迎华观：在八华山上，元朝延祐年间，元大儒许谦曾在八华书院传道授业。

[2] 银谷山人：银谷即阆谷，为陈樵隐居地。

[3] 缥蒂：缥，浅青色。蒂，草本植物的花果生长出来的地方。

[4] 细梅：浅黄色梅花，亦名黄香梅。

[5] 玉蕊：花名，亦作"玉蘂花"，即琼花。

[6] 戎王：独活，中药名。因其夏季开黄花长着一根笔直的茎，有风不动，无风时却自己摇摆，故称"独活"。

[7] 英蕤：繁花盛放。纂纂：集聚的样子。"纂"通"攒"。

[8] 醋醋：旺盛，炽盛。

[9] 余胥：墙壁。

[10] 舜英：木槿花。后"朝花"也是木槿别名。归华：落花。

[11] 蒨：青葱的样子。

[12] 知微子：赋中虚构的人物。

[13] 咻（xiū）：乱说话；喧嚷扰乱，此指意见不同。

金带之围[1]，海右芙蓉之嘉瑞乎？观其庭闱清峻，渌水涵虚。公侯至止，灵苗日敷。自公销夏[2]，翠绿丹朱，飞凫为之拂舞，朱鸟为之翔骞。藻绣相辉，风翔雨儛[3]。外之则素质流丹，垂葩接跗[4]；内之则红销白越[5]，须联齐缕。金粟在镕，脂泽迎露。玉琢相思之心，包约流黄之素。联珠微涨，金膏如污；花房旦开，天香微度。茎袅银篁之管，阴联翠羽之帷。彩云坠，则宓妃游女[6]之凌波；雨势酣，则优人索寒之浣水。至其鱼浮积翠，日在兰芷。又若秦王悬镜[7]而色动，樊刘唾盘而成鲤[8]。披丛凝睇[9]，连芳具美。弱篸双绾，金枝对起。若婵与娟兮方驾，英与皇兮倚竹。又若女同居兮兰心，禽宛颈兮河曲。朱鹭将飞而目成，媚蝶接影而相逐。罢单鹄寡凫之奏，辞别鹤孤鸾之曲[10]。连双禽于一纵，配繁弦之双鹄。宝胜[11]拟之而翻飞，镆铘[12]继之而来侵。相逢之乐成声，联臂之歌相续。岂比夫东百劳而西燕[13]，背面伤春而独宿者哉？观乎气韵生动，一花二妙。晞金淀以飘丹，出公侯之池沼。此非地产，是谓天造。造不自天，自帝有诏。盖盛德大业之在，公物莫掩其光耀。而英华外发，从公所到。故奉诏朔方，则见之朔；方命之十道，则见之十道。问之花神而莫余知，索之主林而莫之效。香绕洞玄之天，而赤松揽其余照。是岂人间之香艳，吴儿之花草也耶？"

山人曰："吾闻德之厚者无薄发，占其源者视其委。蕃釐作合于三神[14]，

---

[1] 淮阳金带之围：即垓下之围。金带指帝皇之带，此指项羽。

[2] 自公：《诗·召南·羔羊》："退食自公，委蛇委蛇。"毛传："公，公门也。"后常以"自公"用作尽心奉公之意。销夏：解暑，避暑。

[3] 儛（wǔ）：舞蹈、跳舞。

[4] 跗：通"柎"，花萼房。

[5] 白越：细布名。《后汉书·皇后纪上·明德马皇后》："太后感析别之怀，各赐王赤绶，加安车驷马，白越三千端。"唐·李贤注："白越，越布。"

[6] 宓妃：洛神，伏羲氏的女儿。游女：汉水女神。

[7] 秦王悬镜：晋·葛洪《西京杂记》卷三记载，秦王有一镜，可照病之所在。女子有邪心，可见胆张心动。秦始皇常以照宫人胆张心动者杀之。

[8] 唾盘成鲤：《列仙传》记刘纲与樊夫人是夫妻，刘纲唾盘成鲤，樊夫人唾盘成獭。

[9] 凝睇：凝视，注视。

[10] 别鹤孤鸾：别鹤即《别鹤操》，乐府琴曲名。孤鸾，古代的琴曲名，后比喻失去配偶的人。

[11] 宝胜：古代妇女首饰名。剪彩为胜，饰以金玉。

[12] 镆铘：名剑莫邪。传说中的春秋末年吴国铸剑名匠干将之妻名莫邪，故雌剑名莫邪。

[13] 东伯劳而西燕：东飞伯劳西飞燕，比喻情侣、朋友离别。

[14] 蕃釐（xī）：洪福。三神：指天神、地祇、山岳。

观祯何有于东龟？盖兼而两者，萧曹之将相；实连钱者[1]，王谢之子弟。蔼熏胥以为祥，无但以花木视之也[2]。"

于是绪言未既，民有歌于途者曰："水花兮蕊蕊，祥风兮佳气。非动非植兮，从公而至。藉[3]方舟兮，不足为其广远；花百尺兮，不足尽其巨丽。抑南枝出于东海之上，而北枝出于凤凰之池者耶？"

山人悦之，使反之而和之曰："桑麻靡曼兮，禾黍蒙蒙。吏清素兮年屡丰，民食其实兮春华在躬。抑袁宏、谢安石之仁风欤？沈隐侯之春风欤？"

---

[1] 萧曹：萧何和曹参。连钱：连钱马，千里马名。
[2] 王谢：六朝时望族王氏与谢氏的并称，代指高门世族。蔼：和气，和善。熏胥：谓因牵连而受刑。
[3] 藉：凭借。

雪梅清隐说[1]

婺之东阳，有处士单君端甫氏，扁所居曰"雪梅清隐"，请为之说。

余谓天地之清气，凝于空则为雪，发于花则为梅，钟于人则为士之隐者也。夫士隐山林，埋光铲采，不求知于世，不留滞于物，而犹独爱雪与梅者，亦聊以寓其清焉耳。若夫六出飞花，三白呈瑞，凌铄[2]山川，砭人肌骨，雪之清也。敛孤根于阳和之日，挺幽芳于沍寒[3]之时，天质自然，丰姿潇洒，梅之清也。余每观骚人墨客，比物联类，曲尽其妙，探一枝之梅而认为雪，玩千林之雪而指为梅。盖非雪不足以状梅之洁白，非梅不足以表雪之精神。以梅为雪，雪与梅而争光；以雪为梅，梅与雪而争香。然则雪犹梅也，梅犹雪也，奚择焉？虽然，此特言其形者似也。

今处士年且六十余矣，披纻裘，戴纶巾，颀然玉立而长身，敻[4]超越乎风尘，人固望而知为雪中之梅矣。矧[5]时时以文墨自娱，诵梁园之赋，咏孤山之作，招苏仙于玉堂[6]，枉何郎于东阁[7]，风味擅其烹煎，英华资其咀嚼，何必

---

[1] 见《荷塘单氏宗谱》。

[2] 凌铄：形容气势迅速猛烈；犹欺压；压倒。

[3] 沍寒（hùhán）：指极为寒冷的状态。

[4] 敻（xiòng）：远远。

[5] 矧（shěn）：况且，何况。

[6] 玉堂：苏轼《舟行至清远县见顾秀才极谈惠州风物之美》诗"到处聚观香案吏，此邦宜著玉堂仙"。宋代翰林院有玉堂之称。苏轼曾任翰林学士，贬官广东时有诗自称"玉堂仙"，后人因用玉堂咏苏轼。

[7] 何郎：本指曹操女婿何宴，现借指才高的年轻男子。东阁：古代称宰相招致、款待宾客的地方。汉公孙弘开东阁以延贤。

骑驴灞桥[1]以发豪吟之思？岂须醉卧罗浮不知参横而月落[2]也！然则雪果腊欤？处士非腊，皆雪也。梅果冬欤？处士非冬，皆梅也。何怪焉！虽然，此亦言其迹者然也。

至若坐忘之顷，偃息之暇，表里洞彻，物我无间，澄之不见其清，挠之不见其浊，庸讵知积丈盈尺之为雪，半树横枝之为梅也？抑是扁也，岂惟寓隐者之清？亦以矫时俗之不尚清也。

昔太史公传伯夷曰："举世混浊，清士乃见。"吾于处士亦云。

岁丁未菊月望日，鹿皮子陈樵书。

---

[1] 骑驴灞桥：同"骑驴索句"。宋戴复古《都中书怀呈滕仁伯秘监》诗："一饥驱我来，骑驴吟灞桥。"
[2] 参横月落：星移月落，指天明。

少霞洞答客问序^[1]

淳熙以前，言洙泗伊洛之学^[2]者，若曰心之精神曰性^[3]。神者，性命^[4]之本体。言动^[5]，性之用；知觉^[6]，性之知；喜怒哀惧爱恶，性之情；饮食男女，性之欲；仁义礼，性之所知。知不待学，知天下之分曰礼，知事理之宜曰义，知与天地万物本为一体，曰仁，而智者知此之谓也^[7]。良知得之自然^[8]，曰天之所命，率循天性^[9]之所知。人己各尽其分，宜人宜己而人己安和，则万物为

---

[1] 见《亭塘陈氏宗谱》。陈樵此答问或为答宋濂问。

[2] 伊洛之学：北宋程颢、程颐所创理学学派，合称为"二程"。二人讲学于伊河洛水之间，称学为"伊洛之学"，也叫"洛学"。朱熹继承伊洛之学，并发展成新的理学体系，形成了"程朱学派"，遂成官方哲学，影响极其深远。

[3] 心性之学，即论人之当然的义理之本原所在者也。心性之学肇始于孔孟，至宋明而大盛。陈樵在批判淳熙群儒的心性之学的同时，提出了其最著名最具有创见的哲学命题："心之精神曰性。""心之精神"说出自孔子，《尚书大传·略说》载"子曰：心之精神是谓圣。""精神"之说可谓儒家"心性之学"的核心所在。"陈樵把性直接定义为"心之精神"，体现了儒家内圣学之根本。以心性之学与内圣追求的交融为内涵，将存在意义的领悟与存在价值的体认提到了引人瞩目的地位，突出了人性的自觉，内在地表现了走向人性化存在的历史意向。

[4] 性命：是儒家"心性之学"的两个重要范畴。郭店竹简《性自命出》：性自命出，命自天降。

[5] 言与行是我国伦理学的一对范畴，指一个人的言语和行为。《易·系辞上》："言行，君子之枢机。"

[6] 知觉：是人对某一物体的整体的认识。

[7] 仁义礼知信，乃儒家五常大德，又曰五种德性。陈樵则从"理一分殊"这一命题阐发仁义礼知。知事物之分曰礼，分则通，通则变，即亨也。知事理之宜曰义，义即宜也。知与天地万物本为一体，即知理一也，一为元，即为仁也。

[8] 良知这一概念出自孟子。陈樵良"知得之自然"这一命题，直接回答了"良知"产生的客观来源，发展了二程的"良知"说，为阳明心学提供了理论先导。"良知"说构成了阳明心学的理论基础，他在《习传录》中说："良知是造化的精灵，这些精灵，生天生地，成鬼成帝，皆从此出，真是与物无对。"由此，纪昀等认为陈樵学术"实慈湖之绪余，而姚江之先导。"陈樵的自然观，显然来自道家。《道德经·二十五章》："人法地，地法天，天法道，道法自然。"《庄子·德充符》："常因自然而不益生。"《入药境》曰："产在坤，种在乾，但至诚，法自然。"

[9] 天性：《中庸》：天命之谓性。郭店竹简《性自命出》：性自命出，命自天降。

一，家齐国治天下平。天地万物浩然为性，则化育可与[1]，夫是之谓道。人欲盛者，他道习则正理疏，由他道而复于正曰修道[2]。修道者，物格而事称之。求人事之所宜，正理之所在，以尽其分；分尽则礼复而义徙，仁归而乐生。曰乐者，人己交欢之谓也。

淳熙以来，说经者纷更之，若曰仁义礼智出乎天地成形之先，夫是之谓理[3]。生金木水火土之气。人得气以为形，为心为神，夫是之谓体。言动，气之用；知觉，气之知；喜怒哀惧爱恶，气之情；食色，气之欲。而受命之初，气中有理，故得木为仁，得火为礼，得金为义，得水为智。土，生意而流行；义，事之宜而不可乱；礼，即是品节文章；智，收藏而成终成始：夫是之谓性。恻隐羞恶，性之情。君子率循仁义礼智之性，因天理之自然，无所用其力，而事事有当然之路，即所谓道。而道有全体，鸢鱼[4]所以飞跃者，非见闻之所及，君子不于此求之，则无以见天理之全。夫所谓礼者，礼仪；乐，声音也。其言不可以说约，则异于前言，故散见杂出于训传[5]之内。以天下所无之言，言天下所无之理，故誩譸嗟呢[6]，几不成辞，虽辅之以言语，犹无以自达。易天下常言以从新语，故以异己者为陷溺[7]。一人之私言，下不合庸俗，上不合圣贤，故枉前言以符己意，客意[8]胜而经愈不明。曰金木水之理，曰自其礼之体言之，则元亨利贞之德[9]，具于一时。万物受命以生而得其理之体与？所谓物生于理，理存气中者，以天下所无之言，言天下所无之义，而言不成辞也。曰理，曰生气，曰理动静，曰气多则理多，气少则理少者，天下所无之理也。曰此也此也，曰所以如此者，辅之以形语[10]，而鸿儒故老亦莫之喻者

---

[1] 化育可与：《中庸》："能尽物之性则可以赞天地之化育，可以赞天地之化育则可以与天地参矣。"化育：化生长育。可与：可以与天地参，指可以赞天地之化育则可以与天地并立为叁。

[2] 修道：任道自然运化于身中名为修道。

[3] 理：按上下文义，"理"后当复有一"理"字，涉上而脱漏。

[4] 鸢鱼：一说是鸱（chī）一类的鸟；一说是一种凶猛的鸟，外形与鹰略同。也指风筝。

[5] 训传：对词语、文句的解说。

[6] 誩譸（dòuròu）：不能说话。嗟（jiē）呢：鸟鸣声，此也指结巴。

[7] 陷溺：比喻深深陷入错误的泥淖而无法自拔。

[8] 客意：此指外来的思想。

[9] 元亨利贞之德：天之德也。《易经》："君子体仁，足以长人。"何妥曰：此明圣人则天，合五常也。
李道平疏：五常，仁义礼智信也，五者，人之德也；元亨利贞，天之德也。

[10] 形语：肢体语言，用表情手势等来达意。

也。诬告子、孟子以言理言气，枉前言以符己意者也。良知良能出于性[1]，何理气之有哉。视听是耳目，言者口而动者身，视听言动皆出于性，天下常言也。斥异者曰"陷于作用，是性之弊"。易常言以语新，使天下从仁义是性之说也，言动孰为之乎？今日言率性者，无所用其力，则道易知也；明日谓必求之，见闻之不所及，然后得之，又何其难之甚也。理直名正则言顺，辅之以形语而无以自达，愚夫妇之所知者，不若是也。求之鱼鸟之间而不可得，索之见闻所不及而不可见，岂尧舜孔子之常道哉？今日言仁义礼智在金木水火之前，明日谓出于金木水火之后，何其言之乱也。人之一身，舍四德[2]之外，举身皆气，而气有知觉，禀气[3]以来数十年而不散，欲天下无疑不可得矣。疑者以告余，践旧迹[4]以语之，具如右云。

鹿皮子樵序

---

[1] 良知良能出于性：二程曰："良知良能，皆无所由，乃出于天，不系于人。""皆无所由"的意思是说良知良能没有任何超越的根据：既不依赖于超越的天（自然的或神性的天），也不依赖于超越的人（经验的或心理的人）。郭店竹简：性自命出，命自天降。故而陈樵认为良知良能出于性。

[2] 四德：易经以元、亨、利、贞为天之四德，人则与天对应配仁、义、礼、智四德。也说为儒家提倡的孝、悌、忠、信四种道德。

[3] 禀气：天赋的气性。

[4] 践旧迹：踩着前人的足迹。犹蹈袭，因袭。《论语·先进》："子张问善人之道。子曰：'不践迹，亦不入于室。'"

经解经序[1]

礼重于食[2]，何哉？言仁者。太上曰：礼万殊[3]，失其故，则乱大伦，一体者不可复，颜子归仁，为当世之盛，而非礼之外无余辞也，非仁失求诸理欤？

吾闻之：尧舜孔子之仁，一枳实[4]而已也。圣人之视国家天下，若枳之在几，举而裂之，枳必有穰，为穰者十，敛之，十复为一，则已焉尔。[5]

有教，为何哉？夫人十而心亦十也。人各有心，则下夺上凌，毁人益己，而民大乖。顾果之一已不可复见，彝伦[6]斁矣。圣人起而正之，使甲复于甲，乙复于乙，序伦复礼，求其故而处之，画其地而绳之，一发不出其位，伦明礼立，则宜人宜己，徙义[7]而和乐生也。一发逾其分，则犬牙相人者，失其故也，龃龉而复合。故人事无小，必尽其分。而礼之尽者，而乐之所自生。家之心一则齐欤？国人之心一则治欤？天下之心一则天下平欤？而五经诸子皆复礼之术，归人之训传也。君、师序天下之大伦，而多欲者蔽于己，己不克则分不

---

[1] 经解是解释儒家经书的著作。陈樵有《经解经》印行，惜今无留传，此为序文，载于《亭塘陈氏宗谱》。

[2] 礼重于食：《孟子·告子下》：任人有问屋庐子曰："礼与食孰重？"曰："礼重。"

[3] "万殊"与下文"一体"（或"一本"）组成了理学"一本万殊"的关于"理气"的核心哲学命题，认为气是世界万物的本源，充盈天地而主宰一切。理则是依气而生，随气而变化。理气是同一事物的两个方面，而非两个事物的组合，物体的升降沉浮运动变化就是气，而运动变化过程中的规律和秩序则是理。

[4] 枳实：一种类橘的药用果实，有瓢囊10～13瓣。陈樵以此喻"理一分殊"。

[5] 焉尔：亦作"焉耳"。于是，而已。

[6] 彝伦：常理；常道。

[7] 徙义：谓见义即改变意念而从之。

可复，是故絜矩[1]为恕以求忠，始于大中[2]，而终于时中[3]。志气和平大中，则天下之故不平于时中者，所以谓复礼之术。自洙泗请益[4]以下，合曾子、子思、孟子之所传，一义而十出之，则释者以十视之，而论说日烦矣。至句异旨而章异训，则影揽者眩矣！富哉言乎！圣人之门，尽伦之外无余辞也。

余求之经，视其义而并之，一言而十出者，都为一义，使先后互见，左右相形，然后仁可喻，经可明，而费辞可想，上溯洙泗，盖千年矣。曰《经解经》。

吁诗之兴曰："桑之未落，其叶沃若。"他日见之，曰："桑之沃然，于墙之下。"或者又曰："瞻彼柔桑，晔乎如沃。"他日又见之，不曰"其泽如沃然。"则曰："有蔚者桑"，而言盈耳矣。同乎？眩乎？天下必有能辨之者，不得之而求之辞说，如眩何？

至元三年[5]元日（月），鹿皮子樵识。

---

[1] 絜矩：画方形的用具，引申为法度。儒家以絜矩来象征道德上的规范。

[2] 大中：出自《张子·正蒙·卷四·中正篇》："大中至正之极，文必能致其用，约必能感而通。"大是博大的意思，而"中"并非核心、中央，恰到好处那样简单。

[3] "时中"一词最早出现于《周易》"蒙"卦的《象传》："蒙，亨。以亨行，时中也。"意思是说，蒙卦表示希望亨通。所以，以通来行事，是符合蒙这个时机的。所谓"时中"的原则，主要有两方面的含义：一是要"合乎时宜"，二是要"随时变通"。

[4] 请益：请求增加，向人请教。《礼记·曲礼》："请业则起，请益则起。"

[5] 至元三年：疑为至正三年，即公元1343年。

天机流动轩记[1]

　　形而上者神，形而下者气，有神而后有气。神曰性情，而气曰阴阳。天人大小虽殊，气出于神则一也。是故天一嘘一吸，气生而液盛，原泉流而不息。人一嘘一吸，气卫而百脉流行，周翅而不已，曰天机。神在是，则机在是矣。

　　仙华戴君叔能[2]，引泉为沼，作室沼上，金鳞隐现，光景摇动。廷心余公[3]署其榜曰"天机流动"。主人开轩临水，顾而乐之曰："泉流寨声，不舍昼夜，道之体也。意者，天之性情，实使之耶。古之君子，诚有取乎是？"

　　否耶！余谓泉流不息，若荣卫[4]。然机出于性，而天地之性，卒莫之知者，天机也。是岂有使之然者哉？盖视听言动、男女饮食，皆人也。荣卫行息出入，而吾未尝与焉者，天也。以观乎天，则阴阳相继，泉源流衍，而天地未尝与焉者，天也。圣人无欲无为，无闻无见，人只见其一嘘一吸，元气流行，则几于天矣。而不知圣人以身为度，使男女饮食，各当其分，则人道立，覆帱[5]若天地矣。虽若是，以我观我，舍人从天，则与天为二。孰能一之？一则天矣。发育万物，非无为者，其孰能与于斯乎？

　　君属予记，疏其说以为记。

---

[1] 见《浦阳建溪戴氏宗谱》。

[2] 戴良（1317—1383）：字叔能，号九灵山人，又号云林。浦江人。通经、史百家暨医、卜、释、老之说。学古文于黄潜、柳贯、吴莱，学诗于余阙。元顺帝至正十八年，朱元璋取金华，召之讲经史。旋授学正。不久逃去。顺帝授以淮南江北等处儒学提举。元亡，隐四明山。为明太祖物色得之，竹旨自杀。著有《九灵山房集》。

[3] 余阙，字廷心，见后外编注解。

[4] 荣卫：中医学名词。荣指血的循环，卫指气的周流。荣气行于脉中，属阴，卫气行于脉外，属阳。荣卫二气散布全身，内外相贯，运行不已，对人体起着滋养和保卫作用。

[5] 亦作"覆焘"，好像覆被。指施恩，加惠。《礼记·中庸》："仲尼祖述尧舜，宪章文武，上律天时，下袭水土。辟如天地之无不持载，无不覆帱。"东汉·郑玄注："帱，亦覆也。"

同心堂记[1]

　　至哉一乎！父子一曰孝，君臣一曰忠，兄弟一曰友，朋友一曰信，家一曰齐，国一曰治。

　　是故治天下之道，一车毂焉尔也。毂离之为三十，敛之为一。而一之在天下国家曰仁。三十而一，一而三十，圣人之心也，而有礼焉。何哉？一散为三十，失其序，则一不可复；彝伦斁则万殊，一体不可见也。一不可见，而礼制行焉。古之明伦者，求其铨次而序之，因其天分而正之。出其位者，一发[2]则犬牙相错，敛者不可以复合，而政兴焉。甚矣！夫分之不可以不严也。严则合，合则一，一则和矣。舍天下而言国家，则家一毂也；父子、兄弟、长幼，幅三十也。人敢有心，则欺上行私者，俯拾仰取，出其位而下夺上陵，一离为三十而不可以合。此无他，大伦乱也。正之明伦而后复，礼复，彝伦叙也。一而后和乐生，人尽伦也。是故伦尽则义徙而礼复。礼之复者仁之归，礼之严者乐之所由出，而仁者一之之道也。仁以礼复，礼重于食，夫何疑乎！

　　仙华郑君顺翁，奕世均财共产，男子昼居阃外，平旦入谒于庙，事已击钟，会食堂上，凡若干人。人无异志，敛不复散，凌夺道销，融融如也。有司复其役。君子曰：言仁义者众矣，人有拱璧，而己阅之，未若百金之在己也。田方一井，为天下式，吾于长安见之矣。一家兴仁，为国人式，今于越人见

---

[1] 清刻本《麟溪集》未集，转见《全元文》。

之。始于庭闱，移之户外，一视大同，犹反掌也，如习俗何？君榜其会食之堂曰"同心"，属予记。

予谓：父之语子，兄之语弟，道在天下，贤不肖喻焉，而莫知其为道。民繁地大，能，使天下自由之；不能，家致而户晓之。昔者夫子尝有憾于是矣。君其自由之者欤？陆文安曰："非我释六经，六经释我。"士之视经，若合左券，自得之也。君不求仁而近仁，不望道而从道，一家如一人，奕世如一日。言求仁执礼者释之。

至正三年龙集癸未冬十二月既望，鹿皮子少霞洞陈樵记。

杜君景和监造战船序[1]

朝廷以四方未宁，降旨郡邑创造战船，以备不虞，有司宣谕，刻期完成，必慎必戒，勿怠厥旨。守宰职重事繁，莫能兼总，多委任责成。苟非文武长材，通达治道，弗克[2]称旨意。

前委金华尉，帅非其责，功未集[3]，而本府以省命檄去。继以杜翁景和氏代之。杜君读孔孟书，礼让温雅，践履不苟。当尉本邑，克己奉公，守御严肃，绰有善誉，可谓有文武长材而通达治道者乎。任斯职也，以能宣布上命，区画[4]制度，缓急得宜，以劳来之则下之，趋事赴功，斧斤如云，不日而成矣。他日金鼓喧声，旌旗蔽空，万艘惊浪，顺流而下，寇疆破敌，犹摧枯而折朽耳。吾闻诸葛孔明作木牛流马而开大业，传诵于今不已。杜君是行也，能成大功，奋迅九霄，可立而待，又岂逊诸葛氏哉？

于其行，诸君皆赠以诗，余以斯文谊笃，序以送之。

元至正癸卯仲春望后五日，里人鹿皮子陈樵拜书。

---

[1] 见民国三年版《溇塘杜氏宗谱》卷一。杜善志（1327—1382），字景和，号言田。至正中以茂才荐授徽州路歙县主簿，再调本县尉。监造战船当在此时。

[2] 克：能。

[3] 非：被指责。集：成功。

[4] 区画：筹划，安排。

怡云楼记[1]

　　县东楼君[2]，作楼空翠中，下临万壑，烟霞舒卷，左右望而悦之。尝谓余曰："孙游岳，吾里人也。昔时陆静修、游岳、华阳[3]，真逸事。静修、华阳与梁君相悦，而不立其朝。吾祖，端平丞相妇翁[4]也，而不受一命，慕华阳也。二三子皆慕吾之慕。恭华阳不作，吾于白云见之。自生长云壑，以迄于今，吾朝夕枕籍于几席之上者，云也；蹂躏于履舄之下者，云也。一旦烈风持去，则天下仰之不可即矣。子欲仰视云汉乎？欲致身云霞元上乎？吾醉卧室中，则云生户外，若崩涛骇浪，上稽乎天，波及吾室，曜灵所烛，金碧丹朱，光焰溢出，朝铺万态，吾不能名。至云与日离，然后销歇，而天下名花，朝花夕殒，子能捐百金以致花石乎？能玩云握月以供朝饮乎？"名其楼曰"怡云"，征予辞以为记。

　　余谓华阳所悦非称情也，投闲赏静，终日见云而未尝见云者，华阳之所悦也。云可悦则悦，声色何异耶？古之为道者，有终日仰视云天以致定慧者矣。盖削除人迹，使一发无以动其志，则天下之欲安所措耶？虽然，以云为悦，转物[5]者勿能也。风飞云扬，持志者恶其动心，不敢迫视；转物者亦勿为也。喜

---

[1] 见《东阳杞国楼氏宗谱》清宣统二年(1910)重修本。

[2] 楼君：指楼巨卿(1328—?)，理学家，青石渡上宅人。筑楼三间，取名怡云。

[3] 孙游岩(399—489)，字颖达，东阳人，南朝道士。陆静修应为陆修静(406—477)，字符德，吴兴(今湖州)人。南朝宋道士。有《三洞经书目录》《道教斋戒仪范》等书百余卷。人称"南天师道"。华阳即陶弘景(456—536)，字通明，自号华阳隐居。丹阳秣陵(今南京)人。南朝齐梁时期道教思想家、医学家。入梁，隐居句曲山(茅山)。

[4] 端平丞相妇翁：端平丞相指乔行简。妇翁指岳父。

[5] 转物：买卖货物。

惧爱恶，竟安在耶？

他日，奔云出谷，相与举酒，以嘱风云而谓之曰："昔日，东阳太守郑仲熊，入山谷见飞泉，曰：'尔流何急，江汉之上，岂少尔哉？'"吾亦曰："方今王化自北而南，为霖雨者皆北海之云。舍是，则不雨之云也。尔行何急，人间天上，岂少而哉！"临风洒笔，疏其说以为记。

时至正丙申仲夏之吉。

卧云楼记[1]

云，山川之气，闲物也。虽勇如贲、育[2]，知如樗里[3]、弘羊[4]，富贵如金张许史[5]，不可得而夺者。山林之士欲寝而卧之，不亦异乎？自古迄今，卧者非一，皆莫得其真。

至吾希夷子，一卧乎华山之上[6]，与群仙浮游天地外，可谓得其真矣。余亦慕之，卧西岘峰一十年，阆谷涧二十年，少白山诸洞穴中又二十年。或者以为得其真矣，犹未也。今年八十有八，心若死灰，形若槁木，忽[7]不知其云之为人，人之为云。顾视林下，寥然无一人能继者。

乙巳春，吕审言来曰："华溪陈生世恭，结楼于其上，以'卧云'榜其楣题，请记之。"

余闻之如空谷足音，跫然而喜曰："何知之晚也。非斯人之徒与而谁与？况吾同姓者乎？无其具[8]可也，况有其具乎？云不孤矣。虽然，智勇不能夺，欲将其具而夺之乎？苟欲夺之，谁与争之？惟世之人莫与争，余亦莫得而争

---

[1] 清光绪十八年刻本《永康县志》卷一五。转见《全元文》。永康陈世恭为陈樵弟子，筑楼于梅山之麓，曰"卧云"。

[2] 贲、育：战国时代勇士孟贲和夏育的并称，指勇气极大的人。

[3] 樗里（chūlǐ）：樗里疾，战国秦惠文王的异母弟，本名嬴疾，居于樗里，善言词，多智慧，秦人号为"智囊"。

[4] 弘羊：西汉桑弘羊，聪明善计，后为官以长于理财著称。《汉书·食货志下》："弘羊（桑弘羊），洛阳贾人之子，以心计，年十三侍中。"

[5] 汉宣帝时金日磾、张安世并为显宦，许伯、史高皆为外戚。后因以"金张许史"借指权贵豪门。

[6] 宋代洪湛的《寄陈希夷》有句："华山高万丈，莲峰映初日。中有希夷子，默坐养神谧。"希夷子即陈抟老祖，人称睡仙、希夷祖师等。

[7] 忽：恍惚。

[8] 具：才能，才干。

之。非余莫与之争，吾希夷子亦莫得而争之矣。吁！使有可争，知勇者夺之，又奚待山林之士哉？使知勇者可夺，则山林之士弃而不取，夫何言焉？非亘古今人所不争夺，吾徒恶得而取之？是所谓山林之士之所为也，可为异也矣。生欲取人之所弃，必将弃人之所争夺者，斯得其真也。若夫人之所争夺者，长物皆是。有长物，云不留矣。使有索长物于吾山中，俱无有焉。审言曷[1]以斯言告之？”

---

[1] 曷：何不。

诗四十九首

西湖竹枝词三首[1]

望夫石上望夫时，杜宇朝朝劝妾归。未必望夫身化石，且向征夫屋上啼。

僻亭女儿坐可怜，今年同上采莲船。妾心恰似荷心苦，只食么荷不食莲。

吴越相望瘴海深，一十二驿到山阴。朱麟日走一千里，不为传书寄阿心。

中秋月（也作瑶台月）

银汉西流乌接翼，回首人间化为碧。瑶台月里可避胡，三郎错路归鱼兔。霓裳月里亲偷得，却怪李谟偷擪笛。[2]

---

[1] 此三首见《西湖集览·元杨维桢编西湖竹枝集》，今鹿皮子文集仅二首。

[2] 李谟，原误作"謩"。唐朝方伎，善吹笛，山东任城人，称开元中吹笛为第一部。擪（yè）：用手指按压。擪笛：按笛奏曲。

寒食词

绵上火攻山鬼哭[1]，霜华夜入桃花粥[2]。重湖烟柳高插天，犹是咸淳赐火烟[3]。

行路难

褰帷[4]取流苏，流苏不解连环解。离情别思出君怀，教人枉结流苏带。作书报天孙[5]，河翻浪动七香车[6]。折伊兰兮捐艾萧[7]，伊兰化作榛中草。美盼何须比目鱼，六翮安用频伽鸟[8]。文鸳宛颈柰枝连[9]，不如见月生羽翰[10]。

虞美人草词

美人不愿颜如花，愿为霜草逢春华。汉壁楚歌连夜起，骓不逝兮奈尔何。鸿门剑戟帐下舞，美人忍泪听楚歌。楚歌入汉美人死，不见宫中有人彘[11]。

---

[1] 春秋晋国公子重耳逃亡在外，介子推割腿肉让他充饥。后重耳回晋为君，介子推拒封，带母亲隐居绵山，有人出主意放火烧山逼孝顺母亲的介子推带老母出来。结果介子推母子被烧死。

[2] 桃花粥：旧俗寒食节的食品。煮粳米及麦为酪，捣杏仁，作粥。呈桃花色，称"桃花粥"。

[3] 咸淳赐火：《梦粱录》记载，每年清明节，"禁中命小内侍于阁门用榆木钻火，先进者赐金碗、绢三匹。宣赐臣僚巨烛，正所谓钻燧改火者，即此时也"。

[4] 褰帷：撩起帷幔。

[5] 天孙：即织女星。

[6] 七香车：用多种香木制作的车。

[7] 艾萧：即艾蒿，臭草。亦以比喻小人。

[8] 六翮（liùhé）：指鸟的两翼。频伽鸟，鸟名，此鸟鸣声清脆悦耳。佛经谓常在极乐净土。宋杨万里《寒食雨中呈陆务观》诗："忽有仙禽发奇响，频伽来自普陀山。"

[9] 柰：苹果的一种，也称"花红"。文鸳，即鸳鸯，以其羽毛华美，故称文鸳。人们常用鸳鸯来比喻男女之间的爱情。

[10] 羽翰（yǔhàn）：翅膀。

[11] 人彘：是把人变成猪的一种酷刑。汉高祖宠幸戚夫人，高祖死，吕后断戚夫人手足，去眼熏耳，饮瘖药，使居厕中，名曰"人彘"。事见《史记·吕太后本纪》。

陈氏山林春日杂兴

剩水残山瘴海滨，一丘一壑可全真。月华[1]虽死犹随我，春色为尘亦污人。石护生香成石乳，花连别树作花身。他年终拟忘名氏，碬石桐江理钓纶。

越观[2]（在岩顶）

吴根越角两茫茫，石伞峰[3]头俯大荒。鸟道北来通禹会，雁程南去尽衡阳。云移暂觉天河没，月暗不知松影长。天姥若耶他日事[4]，明朝采蕨下山梁[5]。

少霞洞山居

少霞洞口采金芝，千岁山南听碧鸡。煮石鼎中饶绿蓣，封书口外有丹泥。度关僧寄娑罗树，入市人传木客诗。又抱瑶琴向阴洞，青禽啄碎碧梧枝。

泰素坛[6]

竹死烟寒树不荣，石坛千仞与云平。春来天上元无色，雨到人间方有声。梦入松风吹不断，诗如芳草剪还生。陶山北望飞霞散，夜半有时孤鹤鸣[7]。

---

[1] 月华：一作"夜光"。
[2] 康熙《东阳新志》云此诗语意全似太白尖，题亦疑巧设。
[3] 石伞峰：北山有笠峰，东白山也有笠峰，疑此。伞峰即笠峰。
[4] 天姥：即天姥山，在越中，李白有《梦游天姥吟留别》。若耶：亦作"若邪"，山名，在越中。又溪名。
[5] 采蕨：《会稽志》蕺山在府西六里，越王采蕺于此。
[6] 康熙《东阳新志》称"右题和者颇多，今皆不传，先生诗盖绝唱矣！"玉峰吕默《泰素坛》诗有云："秋光有白生虚室，春色无青到朽株。"鹿皮陈子见之，叹赏不止。江北马鞍山顶有古祭坛，疑此。
[7] 一作"他年学制邹生律，尽种山樊与杜蘅"。

醒酒石

在少微岩下，有洼樽。

梦渴醒来赋楚骚，纷红骇绿未全销。樽空鹦鹉杯犹在，歌罢琅玕树尚摇。夜久月方临石上，云低雨不到山椒。平泉池馆吾无分[1]，栗里征君或可招[2]。

招隐岩

何年积盖与山齐，树转峰回草径微。野火裂为方解石，秋风不到寄生枝。谁来树下看云坐，半入人间作燕飞。箬笠岩[3]前今净社，不须更草北山移[4]。

紫薇岩

在兰池上。

手种岩花对北峰，花间无叶紫茸茸。人行凫雁不到处，家在莺花第几重。绿水值阴还又碧，青春着树却成红。紫薇莫入丝纶阁，且伴山中白发翁。

石龢峰[5]

柏叶山[6]前莺乱啼，小楼西望石离离。北峰云出何曾断[7]，门外山凡不解飞。萝茑相扶根着树，蟾蜍不死肉成芝。黄粱梦短风尘暗，不是山人好食薇。

---

[1] 平泉池馆：唐著名的园林别墅，李德裕为相时居于平泉庄。
[2] 栗里：地名，在今江西省九江市西南，晋陶潜曾居于此。
[3] 箬笠岩：一作"柏叶山"。
[4] 北山移：《北山移文》是南北朝孔稚珪所写的骈体文，旨在揭露和讽刺那些伪装隐居以求利禄的文人。
[5] 柏叶南有土名锅灶山，疑即此。
[6] 柏叶山：浪坑溪上源，柏叶村边。
[7] 一作"甑中云起长如湿"。

飞花亭

昨日朝华照夕曛，又看夕秀比朝菌[1]。松高猿见古时月，花晚莺添几日春。盛露囊中封腊药[2]，无尘[3]袖里裹吴云。人间何用春长在，只爱飞红日日新。

空碧亭[4]

晴光潭影共澄鲜，雨外林阴色更妍。碧海如杯谁缩地，青冥着水误忧天。河垂涧底遥相属，斗入人间却右旋。病叟年来倦登陟，朝朝玩水夜听泉。

鹿皮子墓

土蚀苔侵古瓦棺，化台深锁万松关。坐看天上楼成日，吟到人间诗尽年。勾漏无灵丹灶[5]冷，孟郊未死白云闲[6]。江南春草年年绿，又向他生说郑玄[7]。

阆谷涧[8]

云在阑干叶在庭，瓢中无药事飞腾。丹霄有路星辰近[9]，明月无根日夜生。满袖天香和梦冷，半村雨色傍林青。仙人约我琼楼上[10]，只恐月中秋更清。

---

[1] 朝菌：某些朝生暮死的菌类植物。借喻生命极为短暂。《庄子·逍遥游》"朝菌不知晦朔，蟪蛄不知春秋"。

[2] 《渊鉴类函》引《唐太宗记》内有"八月十五日为中秋节，三公以下献镜及盛露囊。"腊药，腊冬所制药剂，多供滋补用。

[3] 无尘：常表示超尘脱俗。

[4] 原有五首，今选一。

[5] 勾漏：东晋时道家葛洪在此溶洞内炼丹成仙。

[6] 唐孟郊《伤时》"因知世事皆如此，却向东溪卧白云"。

[7] 郑玄（127—200）：字康成，思想家、经学家，北海人。代表作品有《天文七政论》《中侯》。

[8] 康熙《东阳新志》云：有路无药，从涧中看出。涧一作台，觉通体尤为明显。瓢一作囊。事一作自。丹霄句亦另有本。

[9] 一作"长河如带东南圻"，又作"银河属地西南湿"。

[10] 一作"琼楼玉宇丹霄里"。

太霞洞

石林深处饭胡麻，几度登临送日车。雪到峰头犹是雨，云生石上半成霞。相看露下朝华草，不放春归冷艳花。魏紫姚黄[1]风卷尽，人间蜂蝶到山家。

少霞洞

柏叶山前绿石扉，湿云堕地不能飞。青童卧护千年鹿，木客相传一派诗[2]。龙带雨花临砚海，僧添槲叶上秋衣。山人晏坐[3]青霞外，饮露餐霞度岁时[4]。

札 峰[5]

皂阁山前小水明，巘峰无影树亭亭。人从烟雨上头立，诗到莺花过后清。云傍楼台低地碧，天将草树染春深。名山何事穷幽僻，临水登山已称情。

梅暾石

篁竹潇潇暗水鸣，朝暾奕奕耿残星。繁花无处分南北，明月何时厌死生？石树裹云长自湿，日华映雨半边晴。霜晨露夕长来往，几度携琴鼓再行。

---

[1] 魏紫姚黄：宋代洛阳两种名贵的牡丹，后泛指名贵的花卉。

[2] 木客诗，谓山居野人所吟之歌诗。

[3] 晏坐：安坐；闲坐。

[4] 饮露餐霞：餐食朝霞，吸饮露水。指超尘脱俗的仙家生活。

[5] 札峰：山在冰糖坑内，有岩石如信札。

东白草堂

屋后茳蓠与水平[1]，屋头很石列为屏[2]。卷帘帐下云先去，步月庭前树欲行[3]。白雨侵阶浑是绿[4]，黄童食柏久应青。如何庭下朝阳影，尽在少微岩上明。

壶　天

在洞上，一作壶天阁。

宫殿随身信所如，寓形一室似楼居。神游八极[5]皆吾土，天入三山不满壶[6]。雨夜无人共清月，水扉几度种丹鱼[7]。山童长怕渔舟至，不放桃花下五湖。

银谷涧山房

楼台依水石，石树带疏篁。洞口有灵药，水西无夕阳。天花空处没，春草町中长。芳桂已飞尽，有时闻妙香。

飞雨亭

飞泉五色映花梢，秋色观前看玉豪。花落空中和月冷，树当湿处见云销。依依雨气侵萤火，一一水纹生鹤毛。几度下帘山影动，卧看红日到芭蕉。

---

[1] 茳蓠：又名蘼草，苗似芎藭，叶似当归，香气似白芷，是一种香草。

[2] 很石：石名，在江苏省镇江市北固山甘露寺前。状如伏羊。唐罗隐《题润州妙善前石羊》诗："紫髯桑盖此沉吟，很石犹存事可寻。"题注："传云：吴主孙权与蜀主刘备尝此置会云。"

[3] 一作："斋余瓢里水犹活，晦近花前月尚生。"

[4] 一作："桃洞落英晴更碧。"

[5] 八极：喻极远之处。

[6] 三山：即三神山。

[7] 丹鱼：传说中的神鱼。

诗林亭[1]

少日论文气似霓，看花觅句到花飞。吟成思入月中去，语冷心从雨外归。林下树寒和石瘦，云边萤湿度花迟。眼中有句无人道，投老[2]抛书衣鹿皮。

玉雪亭[3]

蓬莱山顶玉为峰，夜夜晴光吐白虹。石髓多年化韶粉[4]，冰华无意属东风。一天素月连云冷，万斛明玑[5]堕地空。只恐高寒禁不得，乘鸾飞度碧瑶宫。

飞　观

日高空翠拂帘旌，茅阁飞飞照日明。银色榜题章草字，乌丝阑[6]写越花名。何须举翮乘风去，曾入浮宫看月生。却笑群仙余习在，随身宫殿逐人行。

绝唱轩

问谁投笔早来过，春日华阳春睡多。怀里锦空鲸已卷，松根苓长叶成窝。诗无獭髓[7]痕犹在，梦有鸾胶[8]断若何。洛下书生无苦思，我今饵药卧山阿。

---

[1] 亭在亭塘村西北，今月亮湾内湖北。

[2] 投老：垂老，临老。

[3] 原有九首，今录一。亭在亭塘村东北，长塘边。见陈樵《玉雪亭记》。

[4] 韶粉：即铅粉，白色粉末，又称胡粉、朝粉。明宋应星《天工开物·胡粉》："此物因古辰韶诸郡专造，故曰韶粉。"

[5] 明玑：明珠一类的宝物。

[6] 乌丝阑：即乌丝栏，绢纸类书籍卷册中织成或画成之界栏。

[7] 獭髓：獭的骨髓。相传与玉屑、琥珀和合，可作灭疤痕的贵重药物。

[8] 鸾胶：据《海内十洲记》载，西海中有凤麟洲，多仙家，煮凤喙麟角合煎作膏，能续弓弩已断之弦，名续弦胶，亦称"鸾胶"。

散　庵

漱流枕石傍寒林，散发酣歌称散人。胡蝶枝头无昨梦，初蝉叶下见前身。衣沾宝掌泉中雨，肉有盘陀石[1]上纹。不见屋头樗栎树，无材入用老犹存。

獐　谷

几回木落听秋声，又被春风染树青。疏竹荫中山影重，冷云叶上雨花生。寒沙引水来游鹿，别树开椿种茯苓。石巃峰南甑峰小，许浑诗里旧知名[2]。

石　磴

磴平如席草茸香，盛夏宜人石气凉。杜宇血销添碧磷，山鸡食罢化余粮[3]。赤松有约吾将老[4]，白发无愁不解长。醉则枕流眠枕石，看云不复据胡床。

上虞魏氏湖上精舍图[5]

湖上兰舟水上亭，有时水涨与阶平。亭前古柳经春弱，门外孤洲昨夜生。海气遥连育王塔，蜃楼半入会稽城。山阴道士携琴至，写尽风声到水声。

---

[1] 盘陀石：东白山有盘陀石。

[2] 许浑诗《送前东阳于明府由鄂渚归故林》有"帆背夕阳溢水阔，棹经沧海甑山遥"句。

[3] 余粮：俗呼为太一禹余粮。会稽山中出者甚多。彼人云：昔大禹会稽于此，余粮者，本为此尔。弘景曰：今多出东阳，形如鹅鸭卵，外有壳重叠，中有黄细末如蒲黄，无沙者佳。

[4] 赤松：又名赤诵子，号左圣南极南岳真人左仙太虚真人，相传为晋代得道成仙的皇初平。今婺州金华山赤松观乃其飞升之地。

[5] 魏寿延：字仲远，上虞人，以"竹深"自号，嗜奇好古，尤精于诗。

送黄晋卿之任

陇蜀衣冠尽，中都鲁一儒。明时用文事，荣秩映江湖。为治须三尺，起家只五车。天台山水地，倘可曳长裾。

送孙仲明尉再到东阳省墓归太原（二首）

游子思亲日九回，首丘无计转堪哀。故人相见休相问，不为东阳酒好来。

西风老泪断人肠，滴死坟前草树荒。明日还家重回首，白云何处是东阳。

送人之乐平

鄱湖千里趣行装，野水闲云路渺茫。解笏旗亭春冰薄，不堪回首忆东阳。

送苏吉甫馆于穆千户家归

先生来东阳，已是一载余。深居谢宾客，闭户只读书。青灯夜檠短[1]，黄卷秋堂虚[2]。伊吾不知倦，经传为菑畬[3]。玉阶未投足，侯门姑曳裾。枚乘终显达，马周岂迂疏[4]。愿言崇令德，努力无踌躇。他年二三策，待诏当公车。

---

[1] 檠（qíng），灯架，借指灯。
[2] 黄卷：指书籍。
[3] 菑畬（zīyú）：耕耘。
[4] 枚乘，字叔，西汉辞赋家。马周，唐初宰相，字宾王，少孤贫，勤读博学，精《诗》《书》，善《春秋》。

同陈子俊暮秋游耆阇山，时九日后[1]

节季日月浅，山川凋落繁。志士惜迟暮，触事念虑端。同游得佳士，散怀遂跻攀[2]。匆匆万夫内，乃有吾子贤。英特奇伟姿，笔精语亦温。暂远欣已遇，当忧亦为欢。步屧[3]得古寺，入室清心源。草枯石色出，层构阴崖绿。猛虎昔夜吼，发石存幽泉[4]。至今连筒饮，颇厌井汲艰。佳节去我久，黄花有余妍。愔愔[5]夕钟罢，草草尊酒残。客子已山际，落日犹树巅。举世尘漠漠，朗咏山中篇。

紫霞洞[6]

万壑烟霞护隐居，西岩洞下是华胥，残红堕地五铢重，涨绿过楼一丈余。瑶草碧花牛氏石，锦囊玉轴米家书。东州岁赋三千粟，我亦依岩学佃渔。

石楼草庐二首[7]

一室宽于一亩宫，隔林竹树影重重。青春着地十分绿，白日经天两度红。小草自怜无远志，茯苓终不近孤松。未须西忆金华洞，只在周回百里中[8]。

---

[1] 耆阇山，今北山之香炉峰，曾有耆阇寺。康熙《东阳新志》记："耆阇寺，在县北十五里，兴建未详。见存寺前有浮屠七座，皆异常制，盖古刹也。"

[2] 跻攀（jīpān）：攀登。

[3] 步屧（bùxiè）：一本作"步屟"。行走，漫步。

[4] 康熙《东阳新志》称"寺山之左有泉，味甚甘冽，可敌西冷、虎跑，因名虎跑泉。"唐诗人罗隐《题耆阇寺壁》"脉脉复涓涓，接竹引清泉。春夏长如此，秋冬亦复然。"即云此泉。

[5] 愔愔：静寂，深沉。

[6] 紫霞洞在西岩岭，元俞仲才隐居此。

[7] 石楼山：《嘉庆义乌县志》载："县东二十五里，亦名白岩山。高五十丈，周十三里，四面孤绝，两山对峙，远望若浮图状。山之东西有岩，深袤数丈。东崖之上有岩者四，而岩之东由右径行之第三级，有天然石栏护其外，稍西又有数穴，状若房闼。"有称陈樵小东白山即此，内有少霞洞。

[8] 有以此处为洞天石府之义，陈樵有意于此隐居焉。

楚氛千里海连淮，思子台前望母台。春在地中长不死，月行天尽又飞来。林亭清论松为麈[1]，荷屋寄生花作胎。七十九年残喘息[2]，欲从李白上天台。

题竹隐轩

以下四题为胡伯玉赋

绕轩修竹几百竿，潇洒迥若仙石坛。黄金琐碎夜月冷，碧玉萧瑟秋风寒。道人幽居坐其间，漠然尘纷不可干。劲节携为手中杖，散箨裁作头上冠[3]。市朝富贵多忧患，山林旷荡聊盘桓。七贤清修诚足慕，六逸可学夫何难[4]。有时梦见瀛洲仙，鞭笞鸾凤游无端。叩头再拜乞灵药，使我容貌无凋残。仙翁赠以九转丹，服之两腋生羽翰。逍遥物外有余乐，何因报我青琅玕[5]。

待月坛

忆昔待月钱唐秋，眼寒桂树枝相樛。桂枝半蠹花不实，折之不得令人愁。帝乡幽燕邈吴越，还向山中弄明月。闻道君家待月坛，坛空风露何漫漫。便欲因之溯寥廓，倒骑玉蟾飞广寒。广寒宫殿殊清绝，素娥婵娟皎如雪。笑指桂树对我言，留取高枝待君折。待君折，须几时。明年八月会相见，付与天香第一枝。

---

[1] 麈（zhǔ）：拂尘。

[2] 则写此诗时陈樵年已79岁。

[3] 箨（tuò）：竹皮、笋壳。

[4] 七贤：魏正始年间（240—249），嵇康、阮籍、山涛、向秀、刘伶、王戎及阮咸七人常聚在当时的山阳县（今河南辉县、修武一带）竹林之下，肆意酣畅，世谓竹林七贤。六逸指竹溪六逸。《新唐书·文艺传中·李白》：“（李白）更客任城，与孔巢父、韩准、裴政、张叔明、陶沔居徂徕山，日沉饮，号‘竹溪六逸’。”

[5] 琅玕：美玉，喻珍贵、美好之物。汉·张衡《四愁诗》：“美人赠我金琅玕，何以报之双玉盘。”

天香台

牡丹百本新栽培，紫石为筑天香台。春风三月花信足，深红艳紫参差开。五色卿云色纷郁[1]，九苞舞凤毛氄毸[2]。也知东皇爱妩媚，何须羯鼓声相催。蔗浆初冻玛瑙碗，酒痕微污玻璃杯。双成未逐阿母去[3]，弄玉却伴萧仙回[4]。还忆开元天宝时，沉香亭[5]北君王来。霓旌翠节导雕辇，绣帷绮幄围香埃。倚栏只许妃子笑，征歌或诏词臣陪。陈迹如今安在哉，风雨满地唯苍苔。相传尚有清平乐[6]，翰林供奉真仙才。

蜀锦屏

先生新辞白玉堂，晴昼衣锦还故乡。乡山草木被光耀，化作锦绣成文章。花神惊视不敢当，此花非我山中芳。初疑宠渥[7]出秘阁，复道荣恩来奉常[8]。云蒸雨湿春风重，至今犹自余天香。愿将归院金莲炬，移近围屏照艳妆。

---

[1] 五色卿云即庆云，一种彩云，古人视为祥瑞。《史记·天官书》："若烟非烟，若云非云，郁郁纷纷，萧索轮困，是谓卿云。卿云见，喜气也。"

[2] 九苞舞凤，唐吕岩《七言》"九苞凤向空中舞，五色云从足下生。"《初学记》卷三十引《论语摘衰圣》："凤有六像九苞……九苞者：一曰口包命；二曰心合度；三曰耳听达；四曰舌诎伸；五曰彩色光；六曰冠矩州；七曰距锐钩；八曰音激扬；九曰腹文户。"唐李峤《凤》诗："九苞应灵瑞，五色成文章。"

[3] 双成、阿母（西王母）：董双成，神话中西王母侍女名。见《汉武帝内传》。唐白居易《长恨歌》："金阙西厢叩玉扃，转教小玉报双成。"

[4] 弄玉、萧仙（萧史）：弄玉，相传为春秋秦穆公女，嫁善吹箫之萧史，日就萧史学箫作凤鸣，穆公为作凤台以居之。后夫妻乘凤飞天仙去。事见汉刘向《列仙传》。

[5] 沉香亭：唐时宫中亭名。唐李白《清平调词》之三："解释春风无限恨，沉香亭北倚阑干。"

[6] 清平乐：应为清平调，下句"翰林供奉真仙才"即诗仙李白。

[7] 宠渥（chǒngwò）：皇帝的宠爱与恩泽。

[8] 奉常：官名，秦置。为九卿之一，掌宗庙礼仪。

十七、李 声

李声（1278—1350），字鸣远。城内木香里（今吴宁镇新安街李品芳故居一带）人。幼读书有志操，以父珪不仕元，遂隐居著书，与陈樵、许谦游。其所著《农桑图说》，司农苗好礼采录成集，进于朝，有旨刊布民间。承旨李孟因荐之，学士吴澄复招之以书，卒不就。

八行懿言[1]

孝悌录

身之由亲，犹木由根；子之由我，犹我由亲。知心爱子，即知爱亲。天性至爱，孝悌根心。志养供奉，定省晨昏。问寝视膳，保子养婴。婉容愉色，游夏[2]比伦。连枝同气，手足股肱，共被争死[3]，让名古今。

忠信录

尽己为忠，以实为信。臣子供职，匪躬尽命。良臣忠臣，共秉一诚。出师二表，今古播名。遭时不偶，武穆比贞。信犹貌轨，车由以行[4]。范张千里，鸡黍孚情[5]。忠信笃敬，参前倚衡[6]。信孚神鬼，忠贯斗精。

礼义录

天德亨利，人性礼义。何以谓义？行事有制。何以谓礼？品秩得宜。礼义不修，人役于己。人而为役，何辱何耻？冠婚丧祭，通中而已。辞让羞恶，要称表里。名节纲常，利禄取义。惟在礼义，知有规矩。

---

[1] 以下见《木香李氏宗谱》。
[2] 游夏：子游、子夏的并称。
[3] 吴宁斯从、斯敦兄弟争替父死，为东阳著名孝子。
[4] 此句意思是说信如同轨道，车依此而行。
[5] 范张鸡黍：常用来形容讲信义，守诺言的朋友。典出自《后汉书·独行列传·范式传》。
[6] 参前倚衡：指言行要讲究忠信笃敬，站着就仿佛看见"忠信笃敬"四字展现于眼前，乘车就好像看见这几个字在车辕的横木上。泛指一举一动，一切场合。

廉耻录

廉耻二字，士之大节。大节不修，禽兽何别？人能修此，为君子列。却四知金，辞五斗邑[1]。采蕨采薇，餐毯啮雪[2]。明烛远旦，开户不纳，食不素殍，何其自洁。截耳断臂，凛凛贞烈。明月清风，青天白日。

---

[1] 此指杨震以"天知地知你知我知"四知辞金，陶渊明不以五斗米折腰。

[2] 伯夷、叔齐不食周粟，采薇首阳山而饿死；苏武牧羊北海，以毯和雪充饥。

答书问三则

答吴澄翰林书

恭闻。尧舜在上，下有巢由[1]。今圣明尧舜，更百僚济师垂绅，举皋陶、稷契，即有巢由，将安用之？恳祈善辞，以成声巢由之志。幸甚。

附吴澄翰林书[2]

阿衡莘野[3]，若将终身。三聘幡然，卒能致君尧舜。若胶柱山林者，非伊尹[4]徒也。今天子圣哲，不佞以草莽沾恩，有见于行可际可[5]。执事经纶，梁栋名重，阿衡蒲轮既驾，请早幡然，以从民望。

答陈鹿皮子书

窃读陈希夷[6]先生疏曰："九重丹诏，休教彩凤衔来；一片野心，已被白云留住。"平生痼癖，已结盟于林泉久矣，爱日轩曷敢顷刻离左右哉？敬复以谢。

---

[1] 巢由：巢父和许由二人的合称。相传二人均为唐尧时的隐士。

[2] 吴澄（1249—1333），字幼清，学界称其为草庐先生。元代杰出的理学家、经学家、教育家。官至经筵讲官。

[3] 阿衡：为商代师保之官，引申为任国家辅弼之任，宰相之职。莘野：伊尹初隐之地，指隐居之所。

[4] 伊尹：商朝开国元勋、道家学派创始人之一、中华厨祖，被后人奉祀为"商元圣"。约公元前16世纪初；伊尹辅助商汤灭夏朝，为商朝的建立立下汗马功劳。

[5] 际可：接遇以礼。

[6] 陈希夷：陈抟老祖，见前。

附陈鹿皮子书

常读闵子骞辞费召曰："如有复我者，必在汶上矣。"孔子曰："孝哉，闵子骞！"知闵子孝亲念重。今先生之严君以忠贞避世，李翰林欲夺情出将，必速先生于汶上者。丹书及门，先生将何以礼之？

答许白云书

时方闭门草陈情，忽飞翰下及，足见故人用爱诚哉。我鲍叔[1]也，敢不日图承欢，致他日有望白云长叹哉。肃此布复，顷当逾垣领面教何如。

附许白云书

日承贤达过敝庐，应美李隐君受知于朝，且登仙舟矣。已而，鹿皮先生踵至，曰："鸣远善继严君志，必不甘于五斗折腰。"二说交左。折衷者曰："鸣远之严君，志将不食周粟，苟仕而受禄，必速严君于首阳山[2]矣。"贤达默然，专此布闻，仰祈裁度。

---

[1] 鲍叔：鲍叔牙，春秋时齐国大夫，以知人并笃于友谊称于世。后常以"鲍叔"代称知己好友。

[2] 首阳山：商末孤竹国君的两个儿子伯夷、叔齐在商灭后，不吃周国粮食，在首阳山采薇而食，最后双双饿死。

农桑力本说[1]

人生一日不再食则饥，终岁不制衣则寒。设饥至谋食，寒至索衣，其为计也晚矣。然则农桑之事，岂属末务哉？

自天子逮庶人，均之乎当汲汲也，本之所在也。

古今知农桑为本者，独称汉文。一则曰："农者天下之大本也。"一则曰："雕文刻镂[2]，伤农事者也；绵绣纂组，害女红者也。"[3]真德秀[4]谓"三代而下，知农桑之苦者，莫如汉文"，洵然矣。然云苦者，苦人之力也。人莫不爱其力，而能甘其所苦者，知本之重也。盖不知其本，则无实而徒文；知本不力，则惮劳而废事。试即农桑之艰苦，目击而拊膺[5]者，举而备言之：晓露未干，忍饥扶犁，始耕之苦也；暑日如火，田水如沸，耘苗之苦也；风霜砭骨，终夜无眠，守禾之苦也。

至于蚕务，何莫不然？阴雨淋漓，倾筐不辍，采桑之苦也；注自俯躬，自夜逮旦，哺蚕之苦也；一丝一缕，悉由指上，成丝之苦也。凡此之苦，皆由人力之告成，苦中之力，皆缘农桑之重务，倘非本也，谁肯竭其力哉？虽然，有其苦者享其乐，有其本者获其利，他日之在野在场，而百室盈止者，孰非此本之力乎？盈轴盈筥，而轻暖适体者，孰非此本之力乎？征轮易办，箕敛无侵者，孰非此本之力乎？然则是农桑也，信乎乐利无穷矣。

凡我子孙，勿替守之，尚何有夕不举火而寒蔽鹑衣者哉？

---

[1] 李声有著述《农桑力本图说》，诏颁《农桑图说》，此文应该为其书序。

[2] 雕文刻镂：本指在宫室、用具等上面雕刻镂花，加以修饰。比喻不务实际，只重表面虚荣，劳民伤财。

[3] 此句出自两汉刘启的《景帝令二千石修职诏》。

[4] 真德秀：本姓慎，字实夫，号西山，福建浦城人。南宋后期理学家、大臣，学者称其为"西山先生"。有《真文忠公集》传世。

[5] 拊膺：捶胸。

诗十首

木香亭诗（二首）

春亭斫地育根荄[1]，可继先声十字街。肥遁自甘征不起[2]，方巾布服着芒鞋。

竹箨松涛薜荔墙，故宫禾黍已茫茫。孟州尚有桐花凤[3]，未谱吾东树木香。

木香亭（又八首）

琳琅金薤[4]颂诗篇，梓俯从知晋晋然[5]。几度晓风明月夜，满阶清影蔚蓝天。

松鳞笋箨梦梨花，自擅余香近李家。年籥[6]属更遗手泽，青门何事但宜瓜。

---

[1] 根荄（gēngāi）：植物的根，此指家族的根源。

[2] 肥遁：《易·遁》"上九，肥遁，无不利"。后用作退隐之谓。

[3] 桐花凤：鸟名。

[4] 金薤（xiè）：倒薤书的美称。喻文字之优美。

[5] 晋晋然：低垂俯下的样子。引申为肃敬。

[6] 年籥（yuè）：古代记时的竹牌。籥，书写用的竹牌。

江山满目剩凄凉，许可封侯忆醉乡[1]。一觉华胥成底事？白鸥春水两茫茫。

猿鹤虫沙[2]事已非，一亭花树尚依依。芝焚蕙叹今何似，春雨蓑城草正肥。

一枝容易稳鹪鹩，林静无风漫寄瓢。賸[3]有敝庐堪毕影，不将踪迹狎渔樵。

信陵亭馆遍苍苔，几姓繁华付劫灰。老屋星霜谁伴侣？松枝谈柄竹根杯。

万蕊齐开白玉英，东风莺燕趁新晴。鹍弦[4]虎瑟偏悲壮，垂老扪胸有甲兵。

濯缨池水即沧浪[5]，打叠雄心入锦囊。较弈更谁谈胜负，孤臣慷慨痛襄阳。

---

[1] 醉乡侯：魏晋时，"竹林七贤"之一的刘伶爱酒成癖。唐朝皮日休在《夏景冲淡偶然作》里面写道："他年谒帝言何事？请赠刘伶作醉侯。"后以"醉侯"作为对爱喝酒的人的美称。
[2] 猿鹤虫沙：旧时比喻战死的将士，也指战乱中的人。
[3] 賸（shèng）：尚，犹。
[4] 鹍弦：用鹍鸡筋做的琵琶弦。
[5] 濯缨沧浪：比喻超脱世俗，操守高洁。典出《孟子·离娄上》："沧浪之水清兮，可以濯我缨。"

十八、胡　助

　　胡助（1278—1355），字履信，一字古愚，自号纯白老人。兴贤乡东湖（今属南马镇）人。早年读书，30岁举荐茂才，为建康路儒学学录。历美化书院山长、温州路儒学教授，两度任翰林国史院编修官，三为河南、山东、燕南乡试考官，秩满授承事郎、太常博士致仕。与元诗四大家的袁桷、虞集等有唱和。自称"好老庄，因取庄子汉阴丈人论抱瓮灌园语以为号焉"。有文集《纯白斋类稿》传世，后残缺，明代时由六世孙胡淮重编为二十卷，附录两卷，仍沿用原名。其中赋一卷五篇，诗十六卷，其余铭、赞、传等各类文体共三卷，合计约八百余篇。

　　临川吴澄过金陵，见其诗文，大加称赏。评其诗如春兰苗芽，夏竹含箨，露滋雨洗之余，馥馥幽媚，娟娟净好。五七言古近体皆然。

西岘山赋并序[1]

西岘者，东阳望山也。稽县志，前修诗雅之什颇多，顾未有为之赋者，岂其不登载欤？助操觚牍[2]有年，伏居里下，辄采其事，以寓微意焉。其词曰：

二仪[3]之气，凝而为山，阳钟秀丽，阴结巉岩。君尊者五岳，而天下之山皆臣属。虽小邦下国，亦必有望居其间。是故天台、雁荡、匡庐、禹穴，专美一方，千古夸说。世盖有实同而名异，或形容之未至，得不贻林涧愧者乎？

粤稽东阳之壤，实肇建于孙吴。西岘雄峙其南兮，凭重镇于邑都。东峰巍然而对拱兮，俨大宾[4]之欲趋。蒸岚鸿洞，叠巘崎岖，崇冈众皱，修涧萦纡。鳞然若积，呀然若虚，蜿然若动，骇然若逋。飞瀑澎湃，鸣籁喧呼。深林灌薄，蓊郁蔽亏。坡陀相属，连绵委蛇。朝以画溪，表以石笋。傍联涵碧，下瞰市井。甀山峨峨，云洞隐隐。前揖摘星之峰，后控风门之岭。数百千仞，莫测其高；数十百里，盘踞周遭。

攀援登陟，蹭蹬疲劳。践莓苔之苍石，争线路于猿猱。洒松风于绝壑，惊翻天之海涛。白云生于步屧[5]，丹霞拂于巾袍。至若悬崖峭壁，万木巃嵸[6]。凌霄翳曜[7]，骇绿纷红。太空倏变，幻施神功。断虹残照，烟雾朦胧。或青或紫，若淡若浓。诡态异状，摹写难穷。

---

[1] 以下除另注外，皆见于《纯白斋类稿》。

[2] 操觚牍：执笔写文章。

[3] 二仪：由一气化生，二仪分为阴仪和阳仪，万事万物都分阴阳。

[4] 大宾：国宾。

[5] 步屧（xiè）：行走，漫步。屧：木拖鞋。

[6] 巃嵸（lóngzōng）：山势高峻貌。

[7] 翳曜（yìyào）：明暗相间。翳：古同"殪"，遮蔽。曜：照耀，明亮。

尔乃秀钟于物，则有灵药芳茗，珍蔬果木；橡栗蹲鸱[1]，黄精杞菊。瓜胜东陵，酒妙金谷[2]。鸟兽连山，鱼鳖盈沼。可钓可罗，可茹可饱。

秀钟于人，则有名公巨卿，忠臣孝子，文学英俊，不可胜数。元舆[3]词藻，为唐儒绅。二冯竞爽，高蹈韩门。昭谏旧隐，墨沼犹存。孝哉斯许，正节忠魂。又若南渡以后，乔、葛、马、李，官显于朝，连镳并起[4]，望尊闾里。恢拓名园，峥嵘甲第。曾几何时，荆榛满地。

嗟夫！终南之居，佳则佳矣，莫逃捷径之讥；钟阜之隐，美则美矣，不免山灵之移。矧兹山之拟岘，始立名以何微？稽故老之流传，本仲文[5]之遗荣。彼晋氏之贼子，岂羊公之拟称？惟戴令之遗爱，俨泮宫之碑铭。俾易之曰戴岘，斯善恶之昭明。慨茂陵[6]之杰作，破千载之昏冥。有若空山石壁，泉流琤琤。非丝非竹，节奏自成，揭名水乐，一洗哇淫。坡公寄咏，高视古今。又有龙湫碧涧，曰不老泉，饮之不竭，莫穷其源。

昔人之登临者何限？而其遗迹芜没于荒烟。若唐宋名流之镌刻，亦皆烧侵土蚀而莫完矣。孰与我居泉上而老焉？乃为《招隐之歌》曰：

振衣高冈兮，水乐潺湲；磬襄入海兮，遗音空山。秋风褭褭兮桂可攀，骖鸾驭凤兮扣云关。招赤壁之谪仙兮，弄明月以俱还。

又歌曰：

薇荒兮芝老，四海清兮起商皓。蕙帐空兮晓寒，树翛翛兮云漫漫。畴能侣猿鹤兮，佩明月于空山。

---

[1] 蹲鸱：大芋。因状如蹲伏的鸱，故称。
[2] 东陵瓜：《史记·萧相国世家》："召平（即邵平）者，故秦东陵侯。秦破，为布衣，贫，种瓜于长安城东，瓜美，故世俗谓之'东陵瓜'，从召平以为名也。"后因常以"东陵瓜"称誉瓜之美者。金谷酒：指美酒。
[3] 元舆：即舒元舆。后文提及二冯为冯宿、冯定。昭谏为罗隐。斯、许分别是斯敦、许孜。乔、葛、马、李分别指乔行简、葛洪、马光祖、李大同。
[4] 连镳并起（liánbiāobìngqǐ）：两辆马车或几辆马车并行快跑。形容彼此齐头并进，不分先后或不相上下。"起"也作"轸"。
[5] 仲文：即殷仲文，后之戴令即戴叔伦，见前注解。后坡公为苏轼。
[6] 茂陵：即宋时邑人马之纯，有《拟岘亭》诗，历数殷仲文之丑，谓不应以岘山之名归之。

跋王宗甫《卧云集》[1]

昔大宋渡江后，东阳人物文章最盛，英伟卓荦之士辈出，若卧云先生王氏亦其一也。然国朝混一区宇，逾七十年矣，故家大族往往凋零殆尽，能有不坠先业者几希。而王氏风流词翰，犹能不愧古人。

一日，希白甫携其先世《卧云遗稿》一编示余。予敛衽读之，慨其学问渊深，才华浩博，耿介之怀，忠义之气，凛然词语间。披览已过，尚可想见其风烈。虽其篇章颇多残缺，然诗之传世，初不贵乎全也。矧一时名公巨卿，悉与之交游唱和，裕斋马公[2]为之序引，称赏至矣。

呜呼！君子传业，尚论其世[3]，读其诗而不知其人可乎？玩味之余，辄识其后而归之。

至正七年丁亥二月十有一日（1347），前翰林编修太常博士同邑古愚胡助。

---

[1] 王宗甫：即王奕，著有《卧云集》。

[2] 裕斋马公：即马光祖。

[3] 此句在《东川王氏宗谱》为"君子承有先人之绪"。

桂坡李公泽先生石门六观图序

　　石门六观者，李君公泽之所作也。始，公泽将卜隐居于石门，爱其山水之胜，窈窕幽深，泉石清洁，草木畅茂，殊有太行盘谷[1]之风，矧遵李氏家法者耶？于是因其山水之名，而题为六观焉：曰甑山晴雪，曰双溪春水，曰石门夕照，曰溪亭秋月，曰狮巘晴岚，曰龙湫飞瀑。公泽首倡，各赋律诗一章，而白云许先生首和焉，其他和者数人。清辞雅韵，金石相宣，使讽之者如目睹焉。

　　异日，公泽治别业，新其园亭，因谓余曰："昔吾尝咏石门六观，侍讲黄先生[2]见而甚喜，许为首序而未至，子其为后序乎？"《诗》三百篇，有大序焉，有小序焉。文公朱子传《诗》，尽列小序于后，此后序之义也。夫景之美，诗之佳，序而列之，不厌其多，故后序之作，亦君子所不废也，遂识之。

---

[1] 盘谷：韩愈有《送李愿归盘谷序》。
[2] 侍讲黄先生：即黄溍。

古愚斋记

世之目无能者曰愚。嗟乎！愚果若是哉？颜子终日不违如愚，宁武子其愚不可及，杨子又以晁错为愚。夫如是，愚果易得哉？传曰："古之愚也直，今之愚也诈。"

嗟乎！孰知后世，固不以直为愚，而类以诈为智。若汉之汲长孺[1]，以直谏不容于时，武帝恶其戆，非所谓古之愚者耶？公孙丞相[2]之曲学阿世，务饰诈以钓名，非所谓今之愚者耶？柳宗元[3]文学为唐名儒，而党于叔文，身落南荒，悲鸣山水间，自以为愚，抑为古之愚乎？抑为今之愚乎？

余性质直漫不超俗好，凡世所谓愚者，莫余若也。然好读古圣贤书，因揭所居之斋曰"古愚"，而翰林待制周公景远为余书焉。余欲学颜子[4]之愚，则亚圣工夫，非造次可到；欲学武子之愚，则今非可愚之时也；若柳子之愚，固有所激而不可学者；若晁错之愚，又不善用以及于祸。则余岂愿学哉？乃所愿庶几古之愚黯之戆耳。观其正色立朝，守节不挠，耿然如夏日秋霜，不可狎玩，千载而下，使人兴起，愚戆者固如是乎？

余生三十有三年，惟尚友于古人，不求合于当世，流俗往往笑其愚，而侮之者有焉。虽然，余岂以易其心哉？益求问学以充此愚，益抱耿介以守此愚，务乎内不务乎外，取其实不取其名，虽未敢自谓如古之愚，然亦庶乎非今之愚也。恐来者不知所以名斋之意，遂书其说于壁。

---

[1] 汲黯：字长孺，西汉名臣。为人耿直，好直谏廷诤，汉武帝刘彻称其为"社稷之臣"。

[2] 公孙弘：西汉丞相，很会察言观色，他进言不先开口，总是等其他人先说，然后观察汉武帝的脸色，再顺从汉武帝的意思开口。

[3] 柳宗元有《愚溪诗序》。后叔文指王叔文，进行永贞革新，柳宗元因参与其中而被贬柳州。

[4] 颜子：指颜渊，后武子为宁武子，柳子为柳宗元。

隐趣园记

隐趣园何为而筑也？吾儿璋所以承外舅之志也。

始，东白蔡隐君曰竹涧翁[1]，爱女择婿，而璋也选在东床。于是创馆甥之室于别墅使居之，翁可杖履往来也。甥舍之东偏，壤地十数亩，坡阜联绵，松竹秀蔚，近可睡，远可憩，幽可规以为园。中有方池半亩许，植莲其内，名之曰君子池。池上间植青李、来檎、夭桃、红杏、芙蓉、杨柳，粲然成行，表曰春色。池左右植安石榴为洞，曰夏意。中植丹桂，作待月坛。坛之后，列海棠如步障，曰蜀锦屏。坛之前植山栀子，曰檐卜林。两傍夹以荼蘼棚，曰香雪壁。又植牡丹数本，甃石为台，曰天香台。结柏屏于后，回环砌石子为径，编竹为篱，种菊百数本，曰晚香径。东有松竹梅，结亭其间，曰岁寒。西有修竹涧泉，曰竹涧。余壤之沃者，杂树桑麻枣栗，芋区蔬畦，亦成行列，绰有隐居之趣。是皆竹涧翁平日之所规画，而俾璋营之，惜翁之不及见其成也。

会余自西掖[2]请老归田，吾儿迎养，日游其间，于是总名之曰"隐趣"，而为之记。曰：信乎园，日涉以成趣。千葩万草，生意无穷，积岁月而后若此，夫岂一朝一夕之工哉？矧不出户庭，不劳登涉而望，以见群山之相环，云

---

[1] 蔡伟，见前。
[2] 西掖：中书或中书省的别称。

烟之吞吐，朝晖夕阴，变态万状，娱人心目。其东南一峰，与岁寒相向，尤峭拔者，白鹿峰也，晋孝子许公墓在焉。吾儿雅不欲仕，独慕古人之遗风余烈于山林间，故得园池之胜，与隐者之趣。固未必同也。诚能得夫隐居之趣，是与造物者游，逍遥乎尘埃之外，彷徨乎山水之滨，功名富贵，何曾足以动其心哉？

呜呼！古之君子，真得隐居之趣者亦不多也。晋有陶渊明，唐有李愿而已。此其人何如哉？噫！东风花柳，禽鸟和鸣，佳木阴浓，池莲香远，水清石瘦，黄菊满篱，雪积冰坚，挺秀苍翠，四时之景可爱，而千载之心攸存[1]，慨然飞云之想，而不忘太山之瞻，斯为无忝乎"隐趣"云尔。

至正九年（1349）龙集己丑正月既望，纯白老人东湖古愚胡助撰。

---

[1] 攸存：所存。

王氏义学田记[1]

古之君子，凡欲收合宗族之心者，夫固有以教其子弟，使知礼义，济其贫乏，使无冻馁而已矣。是知教养之具，国家学校之法也；济贫活族之义，范文正公[2]之心也。呜呼！此岂易为也哉？苟有是心，扩而充之，亦必随其力之所及而为之，则义不可胜用也。

斗山王君教授[3]之丘墓，在画溪之阳，筑室墓左，出土田若干，命僧居守有年矣。僧既没，而子若孙取其租入瓜分之，非义也。曾孙大远请规为义田，本积累，更置田若干，立精舍为义塾，延名士为师以教，族人子弟就廪食之，而又给其贫乏者焉，可谓美矣。大远以其事告余，且请为之记以示后之人，俾嗣广之勿坠。

余闻而叹曰：善哉！此义举也，深得夫古人睦族之盛心矣！将见弦诵之声洋洋邻里，他日选举贤才出焉，且使人无冻馁之忧，不至于服尽情尽，视若途人而不相往来，礼义之风溢于乡党，非惟可以收合和睦一族之人，抑亦自是化民成俗，而德归于厚云。

是为记。

时至正乙未二月花朝之吉。

---

[1] 见《画溪王氏宗谱》。
[2] 范仲淹，字希文，谥号文正，北宋政治家、文学家、思想家。他曾置田千亩，号曰义田。以养济族人。
[3] 斗山：王庭槐，见前。

纯白先生自传

纯白先生姓胡氏，名助，字履信，一字古愚，婺之东阳人。

上世来自雪川，有讳神者，为仙居令，始南湖居焉。高祖讳翔，为宁都尹，舍西山宅建寺，乃迁东湖。曾祖讳居仁，任学谕，从东莱吕成公学，与葛端献公为友。祖讳中行，隐居行义，乡称善士。父讳佑之，宋乡贡进士，用荐者授迪功郎，辟史馆实录院主管文字。今赠承事郎秘书监秘书郎，从子请也。

先生幼颖悟，性淳朴恬静无机心。弱不好弄，稍长，唯善读书，自以早失怙恃孤苦，刻志树立。所居山野，去城府稍远，独学无友，里人咸笑其迂。凡经史诸子百家之言，悉究其大旨，而不屑屑为章句学。尝读《论语》，至"君子食无求饱，居无求安，敏于事，而慎于言，就有道而正焉，可谓好学也矣"，及"士志于道，而耻恶衣恶食者，未足与议也"，喟然有省，遂致游远，求天下之奇文壮观。平居酷好韩文，未尝一日不观。诗好渊明、山谷之诗，怡然自得于心。闻子昂赵公以书名世，故亦习晋唐人书，得其法。

年逾三十，郡举茂才，为教官，行中书授建康路儒学学录。建康，六朝故都之地，今行台治为监察御史，日至泮宫，勉励诸生。先生之为学官也，实兼太学斋训导，凡御史台郎子弟悉从授书。去后登科入仕者众，其最显者，前中书左丞吕仲实、江西监宪刘伯温、辽省参政廉公亮，今礼部尚书赵伯器是也。治书侍御史赵公子英、监察御史周公景远、礼部尚书曹公克明，皆一时明德，最相知。周御史荐江浙士之博学通经能古文宜居馆阁者七人，首胡石塘[1]、徐

---

[1] 胡长孺(1249—1323)，字汲仲，号石塘，永康人。至元二十五年征拜集贤修撰，转宁海县主簿、两浙都转运盐使司长山场盐司丞，以病辞，隐杭州虎林山以终。门人私谥纯节先生。

方谷，而先生与焉。故侍御史刘公辅之，时为台郎，赠诗有曰"作者七人尔，君才十倍加"，士大夫欣艳之。会司业吴草庐先生南归，过金陵，见先生所为诗，大加称赏，列在上品，由是名振一时，实皇庆初元也。

明年科举开，台章例格不行，复就行省，调美化书院山长。考满赴礼部选，再游京师，见知于翰林学士元公复初、中书参政王公继学、翰林侍讲袁公伯长、虞公伯生、集贤学士贡公仲彰、御史中丞马公伯庸、国子祭酒宋公诚甫，皆待以奇士。而于继学公尤深知，日相唱和，俾二季从游。既授温州路儒学教授，需次差远，用诸公荐，改翰林国史院编修官。至顺初元，从虞学士分院清署上京。虞公为表先君之墓而铭焉，今刻诸石。秩满，久之，又以例格保举，调右都威卫儒学教授。卫文庙在涿州新城白沟之浒，昔者宋金之界，其地荒凉苍莽，皆屯田士伍、羽林老兵之居，无所事教也。秩满，再任国史院编修。会修辽、宋、金三史，议者谓先生宜秉笔，而一时后生奔竞图进，挟势求为之。中书总史事者，往往视人情，选择非才，贻笑当世。同僚有不平者，率先生上言辞职。先生因晓之曰："修旧史，故史官职也，然用否在朝廷。昔之为史者，不有人祸，必有天刑，甚可惧也。且以昌黎公职在史官，而不肯为史，况我辈耶？是宜退避，何庸较？"同僚服其言，识者韪之。

秩满，授承事郎太常博士。年几七十，竟告老于朝，致仕以归，实至正五年也。先生凡两任史官，适遇大比之岁，三中书选，为河南、山东、燕南乡试官，所取多得人。于河南，得余廷心，进士第二；乌希说、张约中，为时闻人。燕南，得张仕坚，进士第一。

先生貌清古，气禀虽弱，而善自调理，少疾病，绝嗜欲。平生诚实无伪，见人有善，亟称之。与人交，淡而久，人益敬之。素薄世利，故于人无怨恶。若释、老二氏之学，亦知其微而不惑焉。尝著《大拙先生小传》，寓言以自况。又取《庄子》"汉阴抱瓮"语，自号纯白道人。初在山中所作，曰《巢云稿》，至建康，曰《白下稿》。往来京师几三十年，有《京华杂兴》《上京纪北游》前后续稿，命子编集，合三十卷，名之曰《纯白斋类稿》。观其文可以知其人。

或讥先生好文辞，而懒著书。先生闻之曰："道六经而文不六经者有之，未有文六经而道不六经者也。道其体也，文其用也，体用一原。文所以明乎道者也。斯道也，自尧、舜、禹、汤、文、武、周公、孔子、颜、孟既没，而不得其传。至宋濂洛诸大儒起，唱鸣道学，以续其传。南渡朱、张、吕三先生继起私淑，其徒相与讲贯，斯道复明。而朱子晚年，又集诸儒之大成，然后圣人之道，昭揭日星。诸子百家[1]之言，折中归一，如水赴海，学者唯当服行而已。若夫近世著书之士，徒剽窃古人糠粃[2]，或执己见穿凿其说，是书之蠹也，何补斯道邪？"

先生既归数年，两沾赐币。顾乡里旧友无在者，若文懿先生许益之、翰林柳道传、礼部吴正传、修撰张子长，皆继死，不能不为之兴怀伤感。独侍讲黄公晋卿，巍然灵光，又不能时相会聚，可胜叹哉！今先生年七十三，康健如少壮，耳目聪明，能写细字，手不释卷，可谓老而好学者也。

先生凡两娶，皆陈氏，赠封宜人，俱先卒。子二，长璋，辽阳儒学学正，辄弃去，隐居治田园；次瑜，荫贺州通判。女一，适温州阴阳学正陈樵。孙男六，长应文，习进士业；次朋寿，衢州路学正；学博、修龄，本县训导；科传、奕寿。女孙五，长适许继祖，次适何陶民，次夭，次适许陈，次幼。二子争欲迎养奉甘旨，而先生反不乐，独居故庐，冰雪一榻，自奉如深山道人，兹所以寿未艾也。术者或谓可望八十，虽有命，讵可必哉？于是辄先命戒二子曰："我死，敛以时服，不得用浮图氏作佛事。蚤[3]营葬地，或附先陇，不拘阴阳。若违吾言，是为不孝。亦不必求人作行状墓铭。故吾自为之传，以遗后之人云。"

---

[1] 此诸子，指洛及朱、张、吕等，百家指程朱理学的阐发者，非春秋战国时的讲得子百家。

[2] 糠粃（bǐ）：亦作"糠秕"，谷皮和瘪谷。

[3] 蚤：同"早"。

答宋景濂二首[1]

助顿首再拜，景濂处士先生执事，助春间在岘下，日陪侍讲黄先生，徜徉啸咏于山水间，未始不怀仰执事之高风绝识，与麟溪诸君子之英才雅韵也。正切西望，特蒙惠示，著述新编，尤用欣怿，累日披颂，不胜起敬。信乎吾郡之文献足征，又以见山林之士，如执事负良史才者，未尝无人，而其笔力善驰骋上下，发扬潜隐，追轶班、马之迹，非范晔、陈寿辈，怀奸挟私者所可同年而语，何其盛哉！辄撰数语为跋，凡诸公所已言者不敢述，甚愧瓦砾之缀珠玉也。时署抗旱，不审眠食，何如？唯为斯文，厚自爱，谨奉状不宣。助顿首再拜。

助顿首再拜，景濂聘君畏友。夏闲，不遗芜陋，僭以岘阴樵唱，求删正于左右，今辱教帖，乃略不及之想浮沉矣。向承雄篇见寄，气焰可畏，览之羞缩，数月不敢言文，谨已袭藏箧笥，仍以十六字识其末云："大风扬沙，雨雹交下，欻兴忽止，变化莫测。"盖聊写景，慕之实也。迩来定有新作，更能录示数篇否？记文一通，附纳。匆匆不尽所怀，唯千万自爱，不宣。助顿首再拜。

---

[1] 见宋濂《潜溪录》，[清]丁立中辑，《宋文宪公全集》卷五，清宣统间成都刻本。

书月斋公诫帖后[1]

　　右宋参知政事月斋何公与其侄手简。专为争买葬地发也，劝其相逊，毋起人议。至言先太公下独此位不振，尤当念之。呜呼，何其忠厚若此哉！思祖睦亲之意备见焉。是殆与范文正公收拾宗族之心无异也。今公之五世从孙仲瑾宝藏此帖，出以示余。余肃容披玩，前辈典型，风义凛然，益使人重桑梓之敬云。

　　至正壬辰仲春，里人胡助谨识。

---

[1] 见《东阳何氏宗谱》。

诗二十九首

上京纪行诗并序（选八首）[1]

　　至顺元年夏五月，大驾清暑滦阳[2]，翰林析僚佐扈从，而助亦在行中。会微疾差后，至六月下浣，始与检阅官吕仲实偕行。仲实权从游于升学者也，今又同在史馆，故乐与之偕。沿途马上，览观山水之盛也，日以吟诗为事。比至上都官署，寓于视草堂之西编，文翰闲暇，吟哦亦不废。是时学士虞先生乘传赴召，先生至于堂上，留数十日，日侍诲言。先生属以目疾惮书，凡有所作，往往口占，而助辄从旁执笔书焉。助或一诗成，必正于先生，而先生亦为之忻然[3]，其所以启迪者多矣，兹非幸欤？南还之日，又与翰林经历张秦山、应奉孟道源及仲实同行，亦日有所赋。若睹夫巨丽，虽不能形容其万一，而羁旅之思，鞍马之劳，山川之胜，风土之异，亦略见焉。至京师辄录为一卷，凡得诗总五十首，以俟夫同志删云。其年八月吉日自序。

---

[1] 上京：元上都，遗址位于内蒙古自治区锡林郭勒盟正蓝旗上都镇以东二十公里，原名平升。1260年，忽必烈在此登上了蒙古大汗的汗位，开平成为蒙古汗国首都。中统四年（1263），忽必烈诏改名上都。

[2] 滦阳：上都，因其在滦水之阳而称。此滦阳非河北承德市的古滦阳。

[3] 忻然（xīnrán）：喜悦愉快的样子。

同吕仲实宿城外早行

我行得良友，夜宿建德门。晨征带残雨，华星缀云阴。局躬乘羸马，沿途共笑言。两京隔千里，气候殊寒暄。声利汩清思，山川发雄文。平生所未到，屼嵲敢辞烦？愧予雁鹜姿，亦复陪鸾鹓。历历纪瑰伟，一见胜百闻。兹游偿夙愿，庶用归田园。

昌　平

经过昌平县，实惟刘子乡。当时直言策，至今有耿光。功名直琐琐，气节横八荒。斯人宁复见？阅世徒慨慷。奉祠表谏议，化俗崇贤良。贼臣偶同里，遗臭亦难忘。严程惧稽缓，古迹嗟莫详。挥鞭事前迈，居庸翠苍苍。

居庸关

居庸古关塞，老我今见之。天险限南北，乱石如城陴。朝光映苍翠，征袖凉飔飔。涧谷四十里，崖峦争献奇。禽鸟鸣相和，草木蔚华滋。佛庐架岩上，疏泉汇清池。民居亦棋布，机砧临山陲。清幽入行李，缓策遂忘疲。黄屋年年度，深仁育黔黎。从官多名儒，山石遍题诗。伊余备史属，斐然愧文辞。矧兹中兴运，歌诵职所宜。皇灵符厚德，岂曰恃险巇？

怀来道中

百千傲一马，日行百余里。未明即戒途，将至辄中止。人困马思睡，马疲徒用箠。驱驰失情性，老病侵发齿。可怜翁鞅掌，岂知固如是？径行古关塞，形胜那尽纪。荒落久宁静，富庶或成市。清晨过怀来，沙草风烟美。想当用武时，满野控弓矢。白塔远招人，挥鞭渡流水。

李老谷

人言桑乾北，六月少炎热。我行李老谷，流汗还病暍[1]。疲马鞭不进，况复碍车辙。翠岩石幽幽，久晴涧泉竭。牛羊放山椒，穹庐补林缺。投宿山店小，子规夜啼血。南归空有怀，闻之愧刚决。顾方上滦阳，玉堂看秋月。更阑不成寐，声声山竹裂。期是明年春，相闻在吴越。

赤　城

山石似丹垩，赤城因得名。土异产灵瑞，永宜奉天明。市廛集商贾，有驿通上京。触热此经过，忽看风雨生。平原走潢潦，河流浩新声。斯须[2]即开霁，灿烂云霞横。

鳌　峰

乾坤气磅礴，山石钟奇形。鳌峰才数尺，濯秀何亭亭。势欲负厚地，岌若霄汉凌。一峰更旁耸，玲珑穴虚明。青肤萦白障，微扣宣金声。中涵太湖润，瑰伟专上京。想当初凿时，山鬼泣以惊。置之玉堂前，几阅瀛洲登。年来对阁老，岷峨眼中青。雨渍生古色，月寒见霜棱。摩挲助文思，一挥九制成。谅勿忧豪夺，长兹托佳名。

龙门行[3]

龙门山险马难越，龙门水深马难涉。矧当六月雷雨盛，洪流浩

---

[1] 暍（yē）：中暑。

[2] 斯须：片刻，一会儿。

[3] 虞集题古愚《上京纪行集》云：集仕于朝三十年，以职事至上京者凡十数，驱驰之次，亦时有吟讽，不能如吾古愚往复次舍，所遇辄赋，若是其周悉者也。集老且病，将乞身归田。竹簟风轻，茅檐日暖，得此卷诵之，能无天上之思耶！卷中《龙门》后诗尤佳，欧阳玄亦云。

荡漾车辙。我行不敢过其下，引睇雄奇心悸慑。归途却喜秋泥干，飒飒山风吹帽寒。溪流曲折清可鉴，万丈苍崖立马看。

东湖十咏

东湖秋月

东湖者，纯白老人世家之所居也。

明月高悬万古愁，东湖碧水一天秋。倦游老子归来后，夜夜清光照白头。

岩山苍翠

岩山者，逸老堂南望诸峰是也。地连永康，俗名十二岩山，多异迹。

十二岩峦列翠屏，人传洞壑有仙灵。朝云暮雨寻常事，万古巫山一样青。

南浦春流[1]

南浦者，纯白老人家前之水也。其源出大盆山，春涨弥漫，极可观也。

沙边遥见木兰舟，浅渚清波漾白鸥。二月盆江春水发，滔天雪浪大江流。

禅悦白云[2]

禅悦者，白衣大士道场也。昔延名僧居之，今废。

昔时老衲满禅关，几度残经带月看。今日荒凉僧去尽，水窗空锁白云寒。

---

[1] 指枧溪江，为东阳南江最大支流。
[2] 白云：指白云庵，为胡氏所建。

陈庄水亭

陈庄者，东阳宅仁氏仓廪也。因起小亭，临于池上，一境可观。

黄云万顷覆西畴，高卧元龙百尺楼。未必催租真败兴，自缘人物少风流。

葛圃花竹

葛圃者，界轩先生故居也。其孙梦贤善葺理，花竹可爱。

仙翁旧圃药苗肥，竹径幽深白板扉。春酒酿成因醉客，海棠花下倩扶归。

秋堂湖石

秋堂者，纯白老人从诸孙寿朋之庐也。昔买乔氏太湖石，运至西园，真奇观也。

太湖奇石削崔嵬，壮观秋堂信伟哉！米老见之当下拜，百夫舆自孔山来。

秀野沙洲

秀野者，纯白老人旧园池也。尽坏于狂澜，近年水还故道，沙涨复洲，今开为田矣。

清泉白石化园池，沙涨泥淤复旧基。沧海桑田知几变？故宫禾黍正离离。

西丘夕照

西丘者，东湖之西小丘坞也。自昔农人丘氏世居，竹篱茅舍，鸡鸣犬吠相闻，有古风焉。

禾黍鸡豚不厌贫，耕桑世业古风存。夕阳挂树秋光老，樵担参差下白云。

五度[1]朝晖

五度者，逸老堂东北望见大山是也。不知五度之名何说？其下居民多富者。

大小岊峨五度峰，朝晖暮霭变无穷。山红涧碧人家好，箫鼓丛祠岁屡丰。

隐趣园八咏

君子池

池上藕花开，香从太极来。亭亭清净观，君子日徘徊。

待月坛

天远云归早，山高月上迟。夜坐发孤咏，秋风生桂枝。

蜀锦屏

濯锦为屏障，红妆拥万妃。试看春睡足，何羡买臣归[2]？

天香台

三月韶华盛，名花倾国人。何期真率会？同赏洛阳春。

香雪壁

酴醾春意好，百尺走条枚[3]。壁立堆香雪，风流入酒杯。

---

[1] 五度山：南湖东北。

[2] 买臣：朱买臣(？—前115)，字翁子，吴(今属江苏省)人。家贫，好读书，常斫柴卖钱为食，挑着柴担，仍诵书不绝于口，其妻羞之，要求离婚，买臣不能留。后被推举任会稽太守，荣归故里。天平山在吴县市灵岩山北。海拔二百二十一米。以枫、泉、石为著，并称"三绝"。范仲淹建白云寺于此，及其祖先墓葬于此。

[3] 条枚：枝干。枝曰条，干曰枚。

晚香径

彭泽归来后，东篱菊正黄。秋光无限兴，晚节有余香。

竹涧亭

竹绕茅亭外，泉流石涧中。一天秋月夜，千载隐君风。

岁寒亭

松竹如佳士，梅花更典刑[1]。岁寒千古意，笑指鹿峰青。

玉山佳处[2]

花满春城锦绣林，可耕可钓足登临。紫芝日静隐居乐，白璧云和养德深。倚树或听流水韵，看书时坐古松阴。玉山佳处因人胜，能赋扬雄为赏心。

送泰里蒋良轩赴阙[3]

远送故人上帝台，临歧握手总堪哀。长亭细雨沾行斾，祖道飞花扑酒杯。万里苍生待云雨，九重明主忆贤才。谅知此去承恩后，故国咸瞻衣锦回。

---

[1] 刑：通"型"。

[2] 玉山在今江苏昆山市内，元时顾瑛设玉山草堂，举办雅集诗会达五十余次，名士齐集。

[3] 并见《泰里蒋氏宗谱》。蒋良轩，泰里（今大里）人。

郭熙雪林晓霁[1]

雪压梅花无处觅，晓起乾坤同一色。渔父蓑寒理钓纶，老樵担重折山屐。怪来爽气轩眉宇，有怀往事填胸臆。千年劲节还汉使[2]，半夜奇功缚吴贼[3]。剡溪棹回清兴尽[4]，秦岭云横愁思极[5]。梁园授简赋先成[6]，灞桥策驴诗独得[7]。抠衣侍立契窅冥[8]，闭门高卧甘岑寂[9]。想当盘礴心良苦，中藏此意无人识[10]。郭熙能事乞真宰，万里之势归咫尺。要知诗画本一源，笔端须有千钧力。

---

[1] 郭熙，宋代著名画家，存世作品有《早春图》等。

[2] 汉使化用汉代苏武"饮雪吞旃"的典故，语出《汉书·李广苏建列传》。

[3] 李朔雪夜入蔡州，捉吴元济，见《新唐书》卷一百三十三。

[4] 王子猷雪夜访戴的典故，语出《世说新语·任诞》。

[5] 韩愈写给侄孙的诗《左迁至蓝关示侄孙湘》"云横秦岭家何在，雪拥蓝关马不前"。

[6] 梁园宴雪：梁孝王刘武为了招揽四方名士，广筑院囿。司马相如写了一篇著名的《雪赋》。

[7] 孟浩然常冒雪骑驴寻梅，曰："吾诗思在灞桥风雪中驴背上。"

[8] "抠衣"是指宋代的"程门立雪"，典故出自《宋史·杨时传》："一日见颐，颐偶瞑坐，时与游酢侍立不去，颐既觉，则门外雪深一尺矣。"

[9] 袁安雪天"闭门高卧"，见《后汉书·袁安传》。后人遂指宁可困寒而死也不愿乞求他人的有气节的文人。

[10] "盘礴"：也作"盘薄"，引申为傲视，作者在这里叹息郭熙不愿在宫廷作画，却不得不身在宫廷。

十九、释德辉

　　释德辉（1287—1353），也称东阳德辉、东阳和尚、辉东阳，元代临济宗高僧。俗姓何，号东阳。婺州路东阳县双岘峰下人，出家双林寺，参谒晦机元熙而得悟。曾住持庐山东林寺。元天历二年（1329），住持龙兴路奉新百丈山寺，文宗至顺元年（1330）重建法堂。顺宗至元元年（1335）奉敕重辑百丈清规，二年即颁布于天下丛林。赐号"广慧禅师"。弟子中有日本高僧中岩圆月[1]。

---

[1] 东阳德辉介绍，见北京图书馆出版社2004年版《佛光大辞典》等4165页。生卒年据兰溪人吴景奎诗文推衍。

《敕修百丈清规》跋^[1]

百丈清规行于世尚矣，繇唐迄今，历代沿革不同，礼因时而损益有不免焉，往往诸本杂出，罔知适从，学者惑之。异时一山万禅师致书先云翁，约先师共删修刊正，以立一代典章，无何三翁先后皆化去。区区窃欲继其志而未能也。

后偶承乏百丈，会行省为祖师请加谥，未报。遂诣阙以闻。御史中丞撒迪公引见圣上，得面奏清规所以然，因被旨重编。令笑隐^[2]校正，仍赐玺书颁行。受命以来旁求初本不及见，惟宋崇宁真定赜公、咸淳金华勉公，逮国朝至大中、东林咸公所集者为可采。于是会稡参同而诠次之，繁者芟，讹者正，缺者补，互有得失者两存之，间以小注折衷，一不以己见妄有去取也。稍集笑隐，凡定为九章。章冠以小序，明夫一章之大意，厘为二卷，使阅而行者，条而不紊。庶几吾祖垂法之遗意，得以遵承。而辉惧夫学识荒陋，何能上副宸衷？作新轨范不过人成事，幸毕先志期学者无惑而已。若曰立一代典章，非愚所敢知也。

或曰："子汲汲于是书，若有意于宗教，方今国家通制昭布森列，奉行犹或未至，而欲清规之行乎？迂哉！"因语之："然亦未尝废其书。顾柄法者力行之，何如耳。佛祖制律创规，相须为用，使比丘等外格非，内弘道。虽千百群居，同堂合席，齐一寝食，翕然成伦，不混世仪，不挠国宪，阴翊^[3]王度。通

---

[1] 元至正三年余氏恩庵刊本《敕修百丈清规》。

[2] 释大䜣（1284—1344），字笑隐，俗姓陈，元临济宗大慧派名僧。世居江州，后徙南昌。天历元年（1328），诏为大龙翔集庆寺住持，为德辉为同门师兄。有《蒲室集》。

[3] 翊（yì）：辅佐；帮助；护卫。

制之行尼于彼，达于此，又何迁?"或者谢而退。故并识于兹，以告吾徒，益自勉焉。宋杨文公作古规序、与夫三公所集自序悉附著云。

至元后戊寅春三月东阳比丘德辉谨书。

诗一首

无梦偈[1]

惺惺[2]彻底惺惺也，真不求兮妄不除。

一任梅花吹画角[3]，令人长忆太原孚[4]。

---

[1] 见东京国立博物馆藏东阳德辉1339年墨迹《无梦偈》，落款为"至元乙卯春三月初二为百丈清藏主作道场。德辉"。

[2] 惺惺：清醒的样子。

[3] 画角：古代乐器。竹木或皮革制成，外面绘彩，口细尾大，声音高亢激厉。

[4] 太原孚：雪峰义存之法嗣，《五灯会元》卷七记：孚一依所教，从初夜至五更，闻角声，忽大悟。又良遂座主参麻谷，谷荷锄入园，不顾，便归方丈闭却门。次日复求见，又闭却门，遂乃敲门。谷问是谁？遂方称名，忽大悟。

二十、张　枢

张枢(1292—1348)，字子长。观光子。乘骢乡屏岩（今属横店镇）人。随父居金华。少时得读外祖父家数万卷藏书，稍长，挥笔成章。古今沿革、政治得失、礼乐兴废、帝号官名，历历如指掌。许谦奇其才，以学友相待。张枢摒弃浮华，讲求实效，学业日益精纯。

元至正三年(1343)，右丞相脱脱任纂修辽、金、宋三史都总裁，奏聘枢为长史，力辞不赴。七年，诏命为翰林修撰、儒林郎、同知制诰兼国史院编修，纂修"本朝后妃功臣传"，又坚辞不就。使者强其就道，至武林驿称病辞归，次年卒于家。

著有《续后汉书》七十三卷，刊定《三国志》，著《训志》。临川危素称其"立义精密，可备劝讲"。朝廷取其书置宣文阁。

另著有《春秋三传归一义》三十卷、《宋季逸事》《林下窃议》《曲江张公年谱》《散帚编》若干卷。《元史》卷一九九附于《隐逸·杜本传》。

《读书丛说》序[1]

　　右白云先生文懿许公所著《读书丛说》六篇。先生之子元与门人俞实叟等之所校雠[2]，其文字无伪舛，可诵习。东阳张枢考其终始，而序次其说。曰：

　　古者左史记事，右史记言。《春秋》者，左史之流而书者，言与事皆记之也。古书篇第至多，圣人取其嘉言善行，可以垂世立教，近于时、切于事者，定著为《书》百篇。凡圣贤传道之微旨，帝王经世之大猷，尽在是矣。遭秦灭学，汉兴掇拾，补缀于焚弃之余，虽有所佚亡，犹幸其不遂堙没，而无传于世也。于是立之学官，以教学子。孔安国始为《书传》，辞义简质。至唐孔颖达撰《正义》，正以推潢其说。其后《书》说寖广，见于著录者数十百家，精疲神瘁，枯竹间有所明，而其大要卒不能以出夫二家之说焉。朱子之为经于《书》，属之门人蔡氏[3]，固尝质疑问难，然非若《易》《诗》之有全《书》也。本朝设科取士，并绌众说，而专用古注疏蔡氏，犹以朱子故也。蔡氏之说，或有未备。仁山先生文安金公于《尚书表注》《通鉴前编》引《书》语中，既剖析而著明之矣。

　　先生受学之久，闻义之邃，独患是经之传出于朱子之门人，苟一毫之不尽，则学者无所折衷，非所以称国家崇奖训厉之意，乃研精覃思，博求其义，为之《图说》以示学者，使人人易知焉。于是言行并彰，细大毕备，《书》之奥义微旨，至此无余蕴矣。《丛说》中所引传、疏、诸家之说，或采掇其辞，

----

[1] 明正德刻本《金华文统》卷五。此书指《尚书》。

[2] 也作"校仇"。一人独校为校，二人对校为雠。指考订书籍、纠正讹误之义。

[3] 朱熹弟子蔡元定（1135—1198），字季通，号西山，福建建阳人，著名学者。

而易置其次，不必尽如旧也，盖皆有所裁定，而毕致其意，非徒随文引援而已。虽其《说》时时少异于蔡氏，而异者，所以为同也。先生尝诵金先生之言曰："在我言之，则为忠臣；在人言之，则为残贼。要归于是而已。"岂不信哉！

至正六年，门人南台监察御史白野普化帖睦尔与其大梁扬公惠移浙东廉访使，谓："先生之遗书虽已行于世，而学者倦于翻录。使得锓榜以传，此诚学者之幸。"廉访使既受牒，转移浙东宣慰使，请下属郡取于校官羡财[1]以给资用，如监察御史言。于是所著《诗经名物钞》八篇、《读四书丛说》二十篇与《读书丛说》皆刊行。

枢闻古之有道有德者，必推己之所明，以发人之所未明。己得之，而后施于人。礼、乐、政、教之谓也，夫岂自为而已哉？其或邂逅无位，不能见之事业。将以正人心，觉来世，莫大乎为经。自世学不明，而士之为经者，各骛其偏私，以求圣人之意。求之愈深，而失之愈远；言之愈广，而袭之愈晦。此世士之为经者之所同病也。先生不幸无位，退而求之于经，不为新奇，不求近名，卒以救往说之偏，得圣人之意，而会夫大中之归。既没，而其言立，其施于人者，博矣，宜其为士所宗，为时所尚，考行易名，而令闻长世也。

先生讳字、世系、言行、本末，具今翰林直学士乌伤黄公潜所为墓志序铭，兹不述。

---

[1] 羡财：余财。

元故平江路儒学教授平叔先生墓铭[1]

元有笃行君子曰李平叔，先生讳世衡。其先在宋太常博士大有以学行闻，工部尚书大同以宦业显，正节侯诚之以守城亡，皆其四世从祖父也。曾大父资深，大父鉴，父逢，子以叔祖恩赠登仕郎。奕世树德，贞白潜曜。

先生承是覆露[2]，宿有榘仪[3]。幼遭闵凶[4]而能不陨其志，行修于身，业美于人，博而能约，辨而能纳，好仁如不倦，闻善若已有。

母年老有疾，先生昼夜娱侍，得其欢心，母病脱然愈，人以为乐正之子孝也。兄弟尝共发家藏金，召先生使视之。先生曰："兄视与吾视何异？"卒不视。岁大饥先生出粟赈民，民赖以济。

以经明行纯，浙东儒学提举首荐，起为婺州路义乌县儒学教谕，辞不赴。宣慰使选充婺州路儒学学录，未上。江东宣慰使举茂才笃行，为信州路儒学录。用荐者江浙行中书以为绍兴路二戴书院山长，校官新立，礼容未备，祭田若干亩夺于豪家。先生尽治复之，簠簋[5]以节，既乃为之制度。绊其尤违礼者。改婺州路月泉书院山长，所在有教法，邵于学徒。廉访使者许昌赵贞宪公宏伟一见，以为德人之器也。时岁早，等命先生为辞以德，操笔立成而能道公之心。公又欺其辞学之懿也，秩满，迁平江路儒学教授，命下而卒，年四十有六。至大四年辛亥四月二十四日甲子也。葬孝德乡西坞之原。娶陈氏将仕佐郎、绍兴路平准行用库使清之女也。子男四人：长相，外大受以后，其子安

---

[1] 见《东李宗谱》卷二十九。

[2] 覆露（fùlù）：荫庇，养育。

[3] 榘仪：规矩、仪礼，指循规蹈矩之意。榘（jǔ）同"矩"。

[4] 闵凶：忧患凶祸，常指亲人亡故等。

[5] 簠簋(fǔguǐ)：古代一种盛饭的器具，代饭食，本文指书院供给。

行；次谦亨、巽亨、颐亨，女一人，适同里胡道生；孙男思齐、思义、思良、思忠、思诚、思善；曾孙志恭、志忱。

先生储艺籍之精华，察理道之隆替，精蕴而有远猷，忠厚而无异心，大《易》之安，恒《春秋》之基德，先生以之，所谓人之龟龙，时之利器，使陈其才实，扬于署位，岂不有德有章哉？而位不充才，仁不及寿，《洪范》之序，三德五福，德在乎人，而福繁乎天命，不我与道不显，融载其清芬，贻诸子孙而已。呜呼，若先生所谓笃行君子者非邪！其子谦亨请枢铭。先生于枢父友也，故不敢让而遂铭之。铭曰：

悲年岁之无穷兮，闵树德之长勤。往者吾弗及兮，来者吾弗闻。嗟嗟先生兮，有本有交，后人之思兮，不忘者存。

翰林院修撰承务郎同知制诰兼国史编修官、邑人张枢撰。

读宗泽留守诸疏论^[1]

天下事得其人而为之，则事成；如其人之言而出之，则言有济。然而其人不可易得。得其人矣，时与势不明，忠与佞不辨，则其言不行，宜乎天下之忠臣义士里足却舌^[2]而不为之一尽其所长也。而终不以其人故废事，以其事故废言者，诚忠爱之气结于中，而冀幸其君之悟于万一也，故不惮再三以发其胸中之所见而不辞。

夫其君禹汤文武，则圣人也。其君周宣王、汉光武，则中兴之主也。其君为周宣王，则其臣必方叔、召虎也，其事必兴师薄伐也。其君为汉光武，其臣必高密、伏波，其事必驱除戡定也。今以方叔、召虎、伏波、高密为之臣，任其事，陈其言，而其君曾不若中智以下，言不用，计不从，而事亦不成。而其天下又非晏然无事之天下也，则天心之难问，人事之有不可凭，而有心斯世者所莫可如何也。

余读史至南宋建炎之际，帝如扬州，宗泽争之而不得，盖未尝不慨然而为之愤叹者数矣，曰中兴之治固若是哉？计泽自留守东京以后，疏凡七上，大约为还京师、止南幸而发。至条上五事，而心滋戚矣！扬州既幸，汪、黄^[3]志得，虽极言其非，而又何及乎？

夫帝王之取天下，如鸷鸟之伏而后发，有退处数十年而戎衣大定者，《诗》所谓"遵养时晦""会朝清明"是也。或株守一隅，以明无东顾意，则沛公之烧绝栈道是也。使高宗而智者，即弃京师，走扬州，使敌国无备，生聚教

---

[1] 以下除标记外，见《屏岩张氏宗谱》。

[2] 有所顾虑，不敢向前，不敢进言。

[3] 宋高宗丞相黄潜善、汪伯彦。

训，为万全之策，然后一举而定中原，抚故土，成中兴之大业，立不朽之盛事，使天下后世之追论者皆谓宗泽儒生，妄论国事。今其主乃尽反伊所言，而迄有成功，汪、黄丞相之力亦复不少，虽使周宣王、汉光武复生，犹当嫌其持重之不如，相与北面而事之，而无如高宗之不能何也。

且其时非其时，势亦非其势也。两虎相斗，必有一毙。宋不进攻，金欲无厌耳。泽死之后，扬州其能安处哉？元年十二月失西京，二年十二月失北京，三年九月失南京，扬州一幸而天下大势尽去矣。爰乃如镇江，如平江，如越州，如明州，如温台，航海避兵，蹙蹙靡骋，将求为匹夫而不可得。当夫内侍进痛哭之谈，三军发断头之愤，高宗虽昏暗，未必不深悔夫奸臣之误国。若早从宗泽之言，当不至是。不幸而至是，岂忠简之愿哉！前乎忠简而有李纲之十二事，张所之五事，以及张浚、傅亮、王彦之徒，如忠简言者，未可更仆数也。而盈廷之言，为一二小人所阻。夫小人则亦已耳，彼高宗者，将以成中兴之大业，立不朽之盛事，而情势不明，贤奸不辨，以天下大事而付之一二佥壬[1]之手，即欲分其过以解于天下后世，不可得也。

且夫宋虽失国覆败，人心未忘宋也。祖宗父母之念，夫人而宜具也。将相未尝无人也。方二帝蒙尘，六宫南狩，非高宗所亲见闻者乎？太后之手诏犹在人耳目也，西京陵寝没于金，而无祭享之地，而高宗偃然坐视，若越人视秦人之肥瘠，漠无所动于其心盖久矣，其无祖宗父母之思矣！或犹以势有难者。夫金之于宋，劫其人而未尝取其土地，以待宋之子孙之自取之。即两河虽多陷于金，而其民怀朝廷旧恩，所在用建炎年号，金人听之，于以知民心之未忘宋也。况当李纲内相，宗泽外将，张所、傅亮为内外经制，两三月间，国威大振焉。及韩世忠江中之战，岳飞广德、新城之捷，敌不敢复有江南之志，将相安得谓无人哉？夫揭竿可以兴王，一旅可以为帝，以天下之大，万民之心，迫之以祖宗父母之念，加之以忠臣义士之多，资之以横行于天下，即建康、襄、邓尚属下流，而区区扬州是适乎？

夫泽之劝幸应天也，亦谓避一时之锋，而徐图大举耳。执意其违忠言，溺奸佞，忘大仇，甘心退处，竟一往不返哉！先民有言，宋唯幸扬州而后，以京

---

[1] 佥壬（qiānrén）：小人，奸人。

洛委金；金唯徙汴而后，以西北委元。元起沙漠，一举取燕辽，再举取河朔，又再举灭西夏，因而掇秦雍，倾汴蔡，穿巴蜀，绕大理，始专攻宋。陷襄阳，破江淮，入临安，而混一遂成。李纲、宗泽揣摩形势，若预见之。然而陈之如此其明，言之如此其切，虽使庸夫孺子、妇人宦侍，皆得与闻其说而信之，而高宗卒[1]不一悟者，则小人之于庸主，有以深中其隐而莫可解也。史载潜善、伯彦为帝言，熙陵[2]九叶，上皇三十二子，仅存陛下，奈何轻自蹉跌？听其言喁喁小忠，抑何似儿妇人！夫以妇寺之说，中愚柔之衷，高宗方德之如手足骨肉。而泽乃欲强之还汴，有进无退，舍目前之逸而争不可知之功，是犹以水投石，虽力尽焉，吾知其不能入也。

嗟乎！自泽通籍以来，更事三主，而功名不遂，乘时奋节，亦在高宗耳。乃三十年而沦滞空老，不二载而忧愤丧躯，生抱武侯之忠，没洒祁山之泪，令人读其条上诸疏，叹其忠诚所发，足以斡旋宋鼎，而言卒不行。岂不悲哉！岂不悲哉！后之读史者，又将何以为心夫！

---

[1] 原作"则"，据康熙本《东阳县志》改。
[2] 宋太宗陵墓号"永熙陵"，代指宋太宗。

大阳陈氏重修谱序[1]

　　陈氏之居吾东阳根溪者，为邑著姓久矣，尚未知其系绪之详。一日陈氏之彦曰思俊甫持其家谱示予请序。谨阅始末。乃知其世次之相承。自宋以来升于学、举于乡、荐于漕者十有数人，以进士正奏于礼部及精究贤良科，与夫特科恩封世赏拜爵者累数十人。吁，其修于前者，若大舜之睿哲，文明重华协帝，又如太丘之制行清慎德义著闻，尚矣。迨霸先立国继祚，而后子若孙迁徙四方，以为光裕谋者棋[2]布星罗，要惟根溪一族为最盛。

　　根溪肇自承祖，至十三世孙聪又析居大杨，实为大杨下合始基之祖，即思俊甫之曾祖也。当始迁时虑谱牒失叙，系绪无稽，已谱世系、图宗派，咸适其宜。今思俊甫重加修葺，俾后之观者知本支有其宗，尊卑长幼有其序，服之轻重有其制。祭祀吉凶吊庆之举，岁时会叙之仪，莫不因其分，以尽其礼。则纲常之正，恩义之笃，有非他族之可方也。

　　余尝念甘庸下德者比比皆是，而思俊甫独有志于此，其立行可知矣。故不辞而为之序云。

　　元至元丁亥岁十月。姻友张枢谨书。

---

[1] 见《大阳陈氏宗谱》。
[2] "棋"同"棋"。

书七进图后^[1]

予既赞默成先生《潘公画像》以致其高山仰止之思，未几，公之七世孙埙以公父竹隐老人《七进辞图》观予。辞做枚乘《七发》、柳宗元《晋问》，而简古过之。

辞老人所自书图，或以为李公麟伯时作也。老人生长承平而晚值昏乱，居郁郁不得志，欲言之又无位，睹大厦之将颠，非一绳之所维，昼卧寂寂，增欷太息。于是六子一女各有所进以娱悦其心，此《七进》之辞所为作也。

老人讳祖仁，字亨父，世为金华人。长子奕，后名良佑，其字子时也。次京，后名良贵，字子贱，是为默成先生。次方，后名良翰。次奇，后名良瑕。次亮，后名良知。幼育，后名良能。一女，玫也。古者左图右史，观象以喻意；扶教助治，惩恶而奖善。今观老人风格清峻，言论忠厚，虽偃逸闾里而乃心本朝。默成先生以清德雅望为时名臣。其孙时植志行身，甚有家法。天道回复，此诚足为世劝哉！

先生登第之初，一时权奸皆欲以子妻之，且啗之以厚利，谓富贵可立而致。先生父子固拒却之，其义方之训子可知也。昔荀朗陵、陈太丘为一时之会，子孙列侍左右，上应天象，德星聚焉，后人施之丹青，以为盛事。寻而或乃附曹，群亦忘汉，嗣守之难为古今之所共叹。先生父子之间，名节之懿，绘事所存，见紫芝之眉宇；言论虽质，继叔度之风流。愧无耆旧之篇，亦有先贤之传。此图此辞，垂芬芳于终古矣。老人以郊恩累赠太中大夫，时官秘书监，赠其父通奉大夫。先生仕至中书舍人，终徽猷阁待制。良翰以兄任入官为大理寺丞。良能第进士，为秘书省正字云。不书以官，尚德也。

---

[1] 明正德刻本《金华文统》卷五。

元吏部郎中吴君师道墓表[1]

元有文学政事之士曰礼部郎中吴君，讳师道，字正传，受性刚方，蹈道贞固，以仁为经，以义为用，以规为瑱，以礼为舆。学则探其奥旨，见圣贤之心；行则践其嘉言，合君子之度。非大公至正，不接于心术；非忠笃恺悌，不见于猷为。所谓时之龟龙，邦之利器，士之标准，民之懿则，不疚不踣，初中终皆可举也。

君婺州兰溪人，吴太伯之后也，而灭于越，子孙以国为氏，播植华裔，代有名德。若河南守之治行，大司马之功阅，广州牧之廉清，左庶子之文学，皆载在方册，裕于后昆。君承是覆露[2]，蔚有矩仪。四世祖杞，自信安来徙。曾祖辉，配陈氏。祖儒宗，宋国子监，进士，配汤氏、张氏。进士君生四子，长子辛，赠应奉翰林文学、从仕郎，配袭氏，赠宜人。季子卓，配柴氏。君实季之子。父在，以大父命为伯父后。

幼而颖悟，长而不群，问学疾力瞻视审定，大父尤所钟爱，期于有成。年十九，观西山真先生《读书记》，慨然叹曰："义理之学，圣贤之道岂不在于此乎！吾前日之自以为适者，今则深可悔尔。"至大初，闻白云许先生谦从仁山金先生履祥，得何王二公[3]之文学，而上溯朱子之传，乃述所得于己者，以持敬致知之说质之先生。先生味绎其言，深加敬叹，以延平李先生所以告朱子理一分殊之言为复，遂定交焉。心志益广，名誉日闻。

至治元年辛酉岁，登进士第，解巾褐，为高邮县丞，阶将仕郎。至官之

---

[1] 清文渊阁四库全书本《礼部集》附录。
[2] 覆露：荫庇，养育。
[3] 何基、王柏：二学者。

日，疏剔壅滞，咸有条理，明达文法，吏不能欺。漕渠决壤，水泄入湖，平地泛滥，而运道不通，君躬董其役，筑大堤以捍漕渠，规偃潴以蓄湖水。既成，往来颂之。三年，秋水大淹，民以菑[1]告，君行水所至，悉得其实。

未几，丁外艰。服除，改宁国录事。以覃恩陟从仕郎。宣城自昔为雄富之邦，在今为兼事所莅，地大民豪，政充事繁，君载览氓俗，周爰令图，绝其尤违，布其条教。当师旅之兴，丁饥馑之岁，事为之制，官修其方，吏士豫附，夫家宽息。始而人以为烦，久之民安其政。

天历元年戊辰岁，征兵江淮，以遏贼师，掌兵者统驭无状，军士肆为攘夺，舞刀出战，群行入市，胁市人，取财物，人憾或不与，则纵火杀伤人。城人震栗，府县吏皆闭门自守，无敢谁何。君叹曰："食人之食者忧人之忧，倘人人辟匿为自完计，如一城生众何？"乃单骑按行，捕杀伤人纵火者，榜掠市门外，众兵噪呼，扬言："吾属等死耳，录事待我急，我必杀录事。"君闻之，使号于众曰："录事在此，敢害录事者前！"众不敢动。会诸路兵涉道为暴，君昼则综理官事，夜则巡视营落，兵众善服，城人以宁。

二年己巳岁，大旱，黎民阻饥，宣城一县仰食于官者三十三万口。廉访使者议赈民，以君摄县事，措置荒政。先是城人缺食，君礼劝大姓得粟三百余石，平估而粜者一万余石，四墉之内无饥人。至是，悉召县民，礼劝如初，众皆听命。籍其户为九等，得粟三万七千六百石，以均赈饥人。明年春，二麦犹在田，君白廉访使者，转以闻中书御史，得官粟四万石，贼罚钱七百三十锭，廉访使者掾出劝，分旁郡得钞三万七千七百锭，选郡府公能使以等第分与民，君独任其三之二，与饥民为约束，号令严整，番更而受，分者日数千百人，无敢哗者。有伪易服来受分，居众中，指其人顾吏曰："取。"彼吏擒之，核问得其情。众大惊，以为神明。所以赈其民，无不尽其理，三十余万人皆赖以不困。廉访使者列其治行荐于朝。

至顺元年庚午岁，以疾予告，明年遂归。在官几五载，去之日，自始至今宣城之民诵乐而歌思之。元统元年乙亥岁，迁池州建德县尹，阶文林郎。建德依山以为县，君能因其俗，以清省得其民。明年旱，其备御之法如宣城时事。

---

[1] "菑"同"灾"。

学宫库陋，君始至，撤而新之，以劝众士。郡学有田七百亩，为豪右所侵，久之不能治。郡学以言郡，郡下其事建德，俾君究治之。君按其图籍，悉以归郡。县学后有泉曰"清白"，宋县令梅圣俞作亭其上，岁久埋废。君修而复，以厉僚列。

盗起漳州，朝廷出侍卫军讨之，次于建德，君抚慰得宜，民不知军在其境。建德素少茶，而榷税尤重，邑人苦之。乃移文所司，极言其敝，榷税为减，民以少苏。三年之间，桴鼓不鸣，细民得职供赋税给公上而已。

至元末，朝廷更化，妙谏名儒以教国子，今中书右丞吕公思诚、侍御史孔公思立雅知君，时皆在中书，提衡称荐，遂自常选中擢国子助教，阶承务郎，明年春升博士，换儒林郎，六馆诸生无不敬怿，人自以为得师。君在京师，未尝事造请，惟晨夕坐馆中，课诸生，讲明经义，表章正学，惟恐不及。或以为太严者，君闻之曰："为人师而可以宽自处乎？吾尽吾职而已，遑及其他。"尝语诸生曰："圣人之道至朱子而大明，朱子之学至许文正公[1]而后定，向非许公见之之确，守之之固，其不为异论所迁者几希。"故在馆三年，一遵朱子之训而守许公之法，未尝以私意臆说参错其间。有持异论而来者，君辞而辟之，曾不少假。诸公言于朝，请以刘文靖公[2]因从祀孔子庙，廷事下国子监，君以为刘公以盖世之才而为朱子之学，其学术之正固无愧于从祀，然事大体重，非学官所专决，必廷中集议而后可施行。始疑其持两端不肯，即下议。未几，咸以为是。翰林学士承旨库库公、翰林学士多尔济巴勒公荐君堪任翰林国史，以为道德性命之明达，礼乐刑政之赅通，操行清白而不愧于古人，志节刚方而不拘于流俗，未报，而君以生母之忧南还矣，时至正三年癸未岁春三月也。

君素强无疾，是年冬，忽患痞，犹端坐终日，讲学不辍。尝校文江西，甄别有序。廉访使者耿公涣深相器遇，举以为儒学提举官。事上，不报。后校文江浙，士尤服其精允。

四年甲申岁，江浙行中书大比取士。夏五月，遣币聘致君，议欲以主文，君以疾辞。使者以丞相意坚，遂委币而去。秋八月，疾有加，乃反币，且上休

---

[1] 许衡（1209—1281），谥号文正公。著有《许文正公遗书》十二卷。
[2] 刘因（1249—1293），谥文靖，著有《静修集》《四书集义精要》等著作。

致之请。远近闻之，莫不失望。十七日癸酉，遂以疾卒。内外易之际，精爽不乱。

君生于至元二十年癸未岁二月七日壬辰，寿六十有二。娶徐氏，封宜人。子男二人，长深先，三年卒，次沉。女一人，适同郡赵虎臣。孙男一人池，女二人。以至正五年乙酉岁九月十有七日丁酉葬于铜山乡中徐之原。

初，休请既上，朝论惜其去，久之，乃得请，以奉议大夫、礼部郎中致仕。命下，而君之卒已久矣。所著书《兰阴山房类稿》二十卷、《易杂说》二卷、《书杂说》六卷、《诗杂说》二卷、《春秋胡氏传附正》十二卷、《战国策校注》十卷、《降守居园池记校注》一卷、《敬乡录二十三卷》。君于书无不观，亦无所不通，为文章清劲，善持论，晚益踔绝，有《史》《汉》风。经说明辨剀绎，补其所未备，启其所未喻，非苟为同异事考守而已。《战国策》一匡高鲍之讹[1]，而长短之说遂为成书。《园池记》暇豫所属，亦足以正名物，事淹赅。《敬乡录》质而不俚，详而不秒，去《先贤耆旧传》远甚。

君之丧始讣，予奔哭之恸，将即窆，门人徐元以状来请，以碣其墓。呜呼！予尚忍言予友耶！昔三代之时，道术既一，风俗既同，士生其间，学艺修明而德行纯备，其出而见于世，皆可以为大夫士，君公上赖其成而下被其泽，历世浸久而风声不泯者，由习之于豫而用之得宜故也。后世论人之方不能如古，而士以未成之才轻试于用，往往习之非豫而用之不得其宜，是以政不坚凝而民受其败。君方泥蟠[2]里间，已负众多之望，一旦起自诸生而受民之寄，人皆以为习之于豫而用之为得其宜矣。其出而从政也，布政厚下为世吏师。其教于国子也，均已成人为时明法。朝士拭目，大僚引重，使得宠永年，充远量，束带立朝，何适不可？昔贾谊、董仲舒，有王佐之才，值好文之主而回翔下国，中道而没，有志之士于今为慨。君以董、贾之资而处休明之世，抱已成之才而操可用之势，齿位未极，怛化[3]俄及，可胜痛哉！

呜呼！人谁不死，而不忘者存。君行修于身，泽施于人，而言著于后，他日祠于蓍宗，立于学宫，俾逊听逡观而后来者劝，亦可以不朽矣。予投分于君

---

[1] 指《战国策》研究者东汉高诱、南宋鲍彪二人。

[2] 泥蟠：蟠屈于泥涂之中。比喻不得志。

[3] 怛化：源于佛教词语"涅槃"，意为"烦恼消除"，即指死亡之意。

三十有五年，班才不渝而始终如一，其知之也深，则序之也备，爱之也道；则言之也公。虽死者复生而生者不愧。

吁，嗟乎！吴君去白日之昭昭，袭厚夜之冥冥，邈仪刑兮既远，尚有考于斯文。

吁，嗟乎！吴友人。

诗二首

题屏岩山居诗[1]

溪流瀴瀴[2]树苍苍，叠叠青山一草堂。剥啄不惊蝴蝶梦[3]，卷帘风送稻花香。

克己斋歌为一得兄赋[4]

浇风滔滔扇九州，平地顷刻生戈矛。嗟哉仁道总闲事，浮云蔽尽胸中秋。柽溪张兄美君子，静向幽斋理经史。澄心日契圣人言，独奋孤罩过强旅。义旗四出师桓桓，群夷扫尽无投闲。中原从此赖恢复，百体从令天君安。有时蹑屐月山侧，倚剑高歌白云黮；有时濯足柽溪流，活水源源来不息。我从胜地寻芳春，千紫万红皆精神，明朝来买山中云，筑居愿作东西邻。

---

[1] 见《东阳历朝诗》。

[2] 瀴瀴(guó)：象声词，流水声。

[3] 剥啄：象声词，叩门声。蝴蝶梦：庄子《齐物论》记庄子梦为蝴蝶，后因以称梦为蝴蝶梦，言有梦幻。

[4] 见《张塘张氏宗谱》，一得即张鈇(1286—1366)，字宗器，号一得，又号柽溪道人。瑞山乡张塘（今属马宅镇）人。从白云先生游，潜心理学，仕丽水学正。退居田里，与张枢、马国璋为友。

二十一、张瑚志

张瑚志（1295—1370），字贵嵩。城内托塘（今西街社区里托）人。幼聪敏，读书励学。百氏之书皆涉猎；尤攻医术，上自《灵枢》《素问》，下至长沙、河间等书，无不究其旨趣。元大德间（1297—1307），东阳疫疠大作，制万应丸，所活数百人。至顺庚午（1330），授医学提领，声称藉甚。掌惠民药局事以济贫病，修制丸散汤饮。晚归田里。

托塘张氏家谱叙[1]

予家本东平之寿张，与公艺公同所自出。至唐左司郎中定始迁于汴。左司生金判梦来，梦来生晖，晖生国子博士奇，奇生迪功郎直可，直可生礼部侍郎辂、辂生司宪，司宪生君正，君正生伯镇，伯镇生太常少卿仕道，仕道生宗兴，宗兴生礼部尚书灿，灿生县令府君潮。

当唐末造，出知吴宁，即东阳也。适有魔寇官吏格斗于市，府君率民兵捍之，不克，因殉难焉。次子年十二，在学馆，仓皇匿县西荒塘七日，烟雾冥迷，贼过不觉，托此而生，因号其塘为托塘，后遂占籍。里人亦称其所栖山为张公山云。

县令公生二子，长天贤，次天宥。天宥生二子，长曰櫑，次曰振。櫑仕宋直阁，累迁翰林学士。学士生锦，选武举进士，除阁门舍人。子致盛，善治生，租至四万余石。婺州郡守延建府堂，一月而成，详见《府志》。生子德馨，即逋翁也。尝出谷三千石，衣布五百匹以助赈贷。玺书劳以肥胙，旌为广惠先生，以子贵封奉议郎。卒年九十有三，扁所居曰"眉寿"。一子抚，即退翁也，大观戊子进士，历资政殿事、迪功郎，升国子院编修学士，带工部侍郎月俸，殁谥忠靖。公子讳志行，字公泽，力学砥行，孝慕不忘。建炎、绍兴间以八行举，力辞不就，赐号冲素处士，邑人称为八行先生，享年七十有七。邑令张公奉公祀于孝廉先贤堂。郡守许公奉敕建特祠于县西故里，祀典常存。其子曰辉，字廷玉，补入右庠，授太平州助教。子曰塈，字守坚，生五子。其三曰旺，字逢尧，生二子，长曰谅，字子中。子中累官枢密参议。生子曰成，字

[1] 见《托塘张氏宗谱》。

以恩，任榷酤酒监。生子曰元，字通甫，即大父也，生吾考兴一府君。推而上之，至冲素处士始九世，又推而上之，至县令公十有六世，又溯而至左司公则二十有八世矣。其间支系、字讳、行迹、遗文，变迁兵燹，世远人亡，类不能述。姑因残牍旧闻，序次以补阙略。深愧荒谬不成文理，不足以发扬世德为罪耳。

《传》曰："先祖有善而不知为不智，知而不传为不仁。"谱牒之修，伊谁之咎哉？以今左司公至尚书公为一十三世，曰汴梁派，以为吴宁张本。而吴宁托塘之派，仍始于县令公，庶几来者知有所考而永其传焉。若夫吴宁余派散居他乡他邑者，或分于县令公之先，或分于县令公之后，世远人殊，难以订定，是又在吾宗之好礼君子云。

至顺三年壬申八月下浣之吉，十六世孙瑚志谨序。

诗一首[1]

初游白云洞，适栖霞道人亦至

曲径纡回湾复湾，洞天深在万山间。池为圆镜石为壁，萝作重帷云作关。翠落山岑看渺渺，白飞岩溜自潺潺。栖霞重试然[2]丹鼎，借问何人药驻颜。

---

[1] 见《托塘张氏宗谱》。

[2] 然：同"燃"。

二十二、蒋　玄

　　蒋玄（1298—1344），后世因避清康熙玄烨讳而写作"蒋元"，字子晦，别字若晦。怀德乡洗马塘（今属南市街道）人。少年随父在湖北谷城，杜门读书，昼夜不辍。南还师事许谦，识悟过人，辩析精确，聚书万卷，致力其中，然蒋玄务见躬行，以礼齐其家，奉先祠，谒拜、祀奠取朱子所修仪文行之。邑多宋贵宦族，民田既入粟半，复亩征其私，民颇苦之。玄曰："君子以养野人，奈何厉之？"遂罢。岁时率族人祭始迁祖墓，序长幼列坐，告之亲睦之道。属之近者，朔望必会，贫者岁周以两月之粟，修其祖所创义塾，延师儒教子孙。延祐中，恶少诬平民为伪钞，破其家。意玄儒生可侮，以语撼之。玄怒白大府，置恶少于法。由是宿豪文吏相戒，不敢过其门。聚书万卷，致力其中，著《四书笺惑》《〈大学〉章句纂要》《四书述义通》若干卷、《治平首策》二卷、《学则》二十卷、《韵原》六十卷。年四十七卒，学者私谥贞节先生。

答赵谦斋论祠祭书[1]

玄向也获闻立祠以祀始祖之论，私窃有疑，僭以上问。兹领赐书，乃不我鄙而咨询焉。盖祭祀之制，备见礼经及先儒之说。具有成法，不可苟也。公以明达果于向道，志在举扬宗法。且与柳待制[2]讲明有素，固斯文之幸也。若玄者，识短学芜，乌能知礼，其敢容喙于其间耶？第忝预莘戚，爱莫助之，故复不避谴斥，敢诵所闻，并伸愚意，而以请焉。

《礼》曰："王者禘其祖之所自出，以其祖配之。诸侯及其太祖、大夫、士有大事，省于其君。干祫，及其高祖。"又曰："天下有王立七庙，诸侯立五庙，大夫立三庙、二坛，曰考庙，曰王考庙（今谓祖）、曰皇考庙（今谓曾祖），享尝乃止。显考（今谓高祖）、考祖（今谓六世祖）无庙，有祷焉。为坛祭之。去坛为鬼。嫡士二庙一坛，曰考庙，曰王考庙，享尝乃止。显考（即谓曾祖变文尔）无庙，有祷焉。为坛祭之。官师一庙曰考庙。王考无庙而祭之。去王考为鬼。"郑氏云："嫡士，上士也；官师，中士，下士。"又曰："支子不祭。祭必告于宗子。"又曰："嫡子、庶子祇事宗子宗妇（谓太祖），不敢以贵富加于父兄。宗族若富，则二牲献其贤者，于宗子夫妇皆斋而宗敬焉。终事而后敢私祭。"又曰："父为士，子为大夫，葬以士，祭以大夫。"又曰："别子为祖（别子谓公子若始来往。此国者，后世以为祖也），继别为宗（谓别子之世适也。族人尊之为大宗）。百世不迁者也。继祢者为小宗（父之知也，兄弟尊之，谓之小宗），五世则迁者也。"司马氏《书仪》[3]祭及曾祖，

---

[1] 见《横城蒋氏宗谱》。
[2] 柳待制：即柳贯，见下。
[3] 指北宋司马光撰写的《书仪》。

有问于伊川[1]曰："今人不祭高祖如何？"曰："自天子至于庶人，五服未尝有异，皆至高祖，服既如是，祭祀亦须如是。"程子又曰："冬至祭始祖（谓厥初生民之祖），立春祭先祖（谓初祖以下高祖以上之亲），季秋祭祫。"有问始祖之祭，朱子曰："古无此，伊川先生以义起始祖之祭似禘，先祖之祭似祫，觉得似僭，今皆不敢祭。"又有问于朱子曰："而今士庶亦有始基之祖墓，亦只祭得四代，但四代以上则可不祭否？"曰："而今祭四代已为古，古者官师亦只祭得二代。若是始基之祖，想亦只存得墓祭。"朱子又曰："大宗之家，始祖亲尽则藏其主于墓所，而大宗犹主其墓田，以奉其墓祭，岁率宗人一祭之。"杨复附注："愚按此章云始祖亲尽，则藏其主于墓所。大祥章亦云：'若有亲尽之祖，而其别子也，则告毕而迁于基所，不埋。夫藏其主而不埋，则墓所必有祠堂，以奉墓祭。'"玄今按，古者天子常祭七世之庙，有祷焉。然后及乎坛墠。又二世，又有禘，有祫。诸侯则常祭五世，有祷焉。然后及乎坛墠[2]，有祫而无禘，又可及乎太祖（开始封之君）。大夫士则祭三世，以下有大事君命之祫，然后及乎高祖尔。自汉以来乃为同堂异室之制，有原庙有墓祭，遂至于今。踵之司马温公止祭三世，犹存古意。程子乃定为四世之祭，又加以冬至、立春、季秋之三祭焉。至朱子初虽遵用，而晚觉其僭，始以四时祭外，止存祢祭。凡拳拳于宗法，而大宗之祭，则仅存祭墓。但所谓《家礼》者，未及删改。幸有门人杨复附注，晚年定论以发明之。此盖处礼之变，酌人情之所不能已者，以适古今之宜尔。

宗法之不行久矣，自苏老泉推明大宗、小宗之说，至朱子修《家礼》，始用宗法以见诸行事。小宗易明也，大宗难立也。谱牒明则不难立矣。《礼》所谓百世、五世，则迁、不迁者，谓世代之变易也。小宗有庙神主，可以言迁；大宗无庙，则不可以言迁矣。玄尝志于报本，虽得祭不过时，而犹颇因旧，未能顿革以合乎礼法，行将改图，公方创造规制未定也。

玄轼推本朱子之意，借为公图之。公试听之，审察可否而择焉。谨按添监府君始家浦江，即礼所谓别子为祖，郑氏所谓始来此国，后世以为祖者。添监

---

[1] 北宋理学家程颐（1033—1107），字正叔，洛阳伊川人，世称伊川先生。
[2] 坛墠（shàn）：古代祭祀场所，筑土曰坛，除地曰墠。

公之迁长子，世世适长孙，即礼所谓继别为宗，百世不迁者也。郑氏所谓族人尊之，谓之大宗者也。此则祠堂当立于添监公墓所，而不可立于家。拨置墓田，岁合族人一祭之，俾大宗之子主其祭，或无人即当为之立。后苏氏族谱亭记之说，可施于此焉。次则公之本派，继高祖之宗子，祀高祖以下于其家；继曾祖之宗子，祀曾祖以下于其家；继祖之宗子，祀祖以下于其家，皆岁率宗人四祭焉。凡此，即郑氏所谓兄弟宗之谓之小宗者也。公非长派，则当自立祢庙于家，岁率子孙五祭焉。人欲追孝其先，心虽无穷，分则有限，不可逾也，得为而不为，不得为而为之，均为不孝矣。

玄忘其谱陋，信笔直书。使者回。亟恐未精诣，尚图卜晤，侍以请教。

若晦氏蒋玄书。

二十三、蒋　植

蒋植（1315—），谱名仲安，字元善。孝德乡泰里（今歌山镇大里）人。至正十四年（1354）牛继志榜进士。任衢州路学正，遂家衢州。

庆善庵记[1]

二亲具在之谓庆，万事无为之谓善。盖天下之大庆，唯父母之在堂，如天之所覆，地之所载也。而天下之至善在于性情之未发，如空之未云，水之未波也。《易》之文言曰："积善之家，必有余庆。"信斯言也。善之有庆，若桴鼓之相应，形影之相顾也。

虽然，性善莫如尧舜，而其子皆不肖；忠厚莫若周室，而兄弟多失道。抑善之不可倚，庆之不可必耶。抑天之未定而非人所能为耶，是盖未尽乎理也，犹尚论其世也。丹朱、商均[2]虽不肖而俱为虞夏之宾。传子及孙合盛德百世之祀。管蔡[3]虽失道，而周公、康叔圣贤并作。卜年卜世而周为最优，则积善之庆，不于彼而于此也。

乡尊胡松坡为身后归藏之计，营石墩，植佳木，田野发辉，山水改观，其艮止延庆，立精舍于其前，拥洛伽境，效尼山祷，二亲具庆，娱其志也，躬自请于伏龙千岩长老，公因其命名曰庆善，并特书之。

余以三衢府檄捧东官贺表，赴宣慰司回程，因访乡里，往复数日，而松坡之犹子维阳尝从予游。至是，奉其伯父命求记其事。予不能文辞以却之，维阳固请曰："愿以先生平日所得于心而措诸行事者告之，何以文为？"

予乃作，而言曰："古之所称善者宜莫如尧舜。尧舜之道，孝弟而已矣！善推此心，则古人不是过，又何以庆善云乎哉！"

至正十有七年岁次丁酉九月既望，衢州路学正蒋植记。

---

[1] 见《前山胡氏宗谱》。

[2] 丹朱，古帝尧之长子。相传因丹朱不肖，尧把部落联盟首领之位禅让给了舜。商均，舜之子。相传舜以商均不肖，乃使禹继位。

[3] 管蔡：管叔鲜、蔡叔度，周文王子而武王弟。武王崩，成王幼，周公摄政，管蔡流言于国，谓"公将不利于孺子"，后管蔡挟纣子武庚叛，周公讨伐，诛杀武庚与管叔鲜，流放蔡叔度。

处士吕心畦墓志铭[1]

　　惟大元至正庚子秋八月朔，处士卒。处士吕姓，讳万劝，字中劝，号心畦。为千庄公四子。其先世河南人。簪缨接踵，史不绝书。宋既南，婺学有声。乾道间，有英年公登进士，授象山令，挂冠归隐，始籍象冈。处士之七世祖也。

　　处士幼失怙，太君张为择名师，姿禀超群，飘然有凌云气。茹古含今，百家诸子悉通奥旨，乡先生之礼于其庐者，佥曰："吕氏有子矣，是必攀龙鳞，附凤翼，为王国之羽仪也。"惜乎萱堂[2]告萎，旁午烦冗，不得已弛其举业，综理庶务。生平克孝于亲，克悌于兄，慷慨好施，乐易近人，慕淮阴推解之风，守老氏刚强之戒。尝训其子经曰："吾先人创基于此，食德服畴于今七世。汝曹宜绍闻衣德，休养太和，甚毋以鼠牙雀角[3]坠厥家声。"

　　呜呼，如处士者可谓优于学而并优于行矣！春秋六十有二，淑配俞氏，整饬母仪，闺阃奉为女宗。生于元贞乙未，卒于至正癸卯。生三子：曰轩、曰昭、曰儒。

　　甲辰秋，其子持状请曰："先考妣俱已弃世，今营葬于石壁坞之原。敢乞一言以贲其墓。"余思记其大略谓之志，名其美行谓之铭。余虽不斐，安忍处士之德湮没于将来也？爰秉笔而识之。铭曰：

　　易昂吕君，东平是宅。慕义怀仁，世守其泽。内具精明，外全清白。龙胡潜渊，凤胡戢翼。悠悠斯冈，培以松柏。吕君去我。于焉即窆，福由道隆，庆缘善积。子子孙孙，永保贞石。

　　时大元至正甲辰孟冬既望之吉，赐进士出身候选知县蒋植拜撰。

---

[1] 见《象岗吕氏宗谱》。

[2] 萱堂：母亲。

[3] 鼠牙雀角：原意是因为强暴者的欺凌而引起争讼。后比喻打官司的事。此指讼事或引起争讼的细微小事。

二十四、蒋大同

　　蒋大同（1315—1383），字伯康，号云松居士。蒋沐曾孙。怀德乡洗马塘（今属南市街道）人。家资富裕，赈救抚恤孤苦无助者。遇饥岁开仓赈救，遇行旅困难者接济资财，给死送赙仪，婚嫁者有资助。元至正年间（1341—1368）于南溪重开义塾近四十年，以教乡里子弟数百人，供给衣粮。宋濂曾来此游学。刘基为义塾题匾额"两朝义学"，今存。

诗二首

九月朔日登远怀亭[1]

曾同沂水舞雩春，堂上镌名七百人。弦诵已随松籁远，碣文侵长藓苔新。重扶琬琰[2]将龟负，高宅崔嵬与鹤邻。珍重家君勤继述，更烦同志颂声频。

送吴时亮

宦游壮气薄青冥，远道迢迢剑佩轻。东鲁遗邦存典则，双溪才子立勋名。旆扬绎络秋风起，船泊江村夜月明。我亦倾情洙泗地，浩歌击节送君行。

---

[1] 见《横城义塾志》。
[2] 琬琰（wǎnyǎn）：琬圭、琰圭，亦为碑石的美称。

二十五、张福显

　　张福显（1323—1397），字明善，号复斋。瑚志子。托塘（今西街社区里托小区）人。师事黄文献，与宋濂、王祎友善。早闻至道，不慕荣名，谓陈同甫（陈亮）理欲王伯（王霸）并行之说为非，作《精一执中微旨》，深究太极、象数、理气之妙用。福显抱道不仕，从游者履满户外。其立说著书得黄氏之传，上绍何、王、金、许之学，补其所未言。章枫山称福显以道自富，以德自贵，不胶于物，不汲于利，实践躬行，著述乃其余事。儒林从游者甚众，为元时道学之宗。著有《五经提要》《易象》《河图洛书说》《春秋赏罚褒贬论》《野云诗草》等书。清光绪三年诏祀乡贤祠。

诗七首

白云洞[1]

云遮窈洞境漫漫，身在云中洞壑攒，荒藓落崖余片石，夕阳衔照映重峦。雨珠直溅两鞋湿，池水空涵一镜寒，独立小桥望明月，蟾轮早已上林端。

感　怀

我思古圣贤，日日亲图史。遗编信手抄，黾勉无穷止。吾学本迂疏，况以遭时否。俯仰天地间，原野犹多垒。一身不自持，群学将谁倚？墨池染翰深，绛帐烟云起。吾党犹有人，斯文应未坠。

春　兴

杜鹃声里唤青山，少苑红墙细柳攀。明月有亭凉入骨，湖光倒影水如环。难教春色常如此，何处芳踪可自删？曲曲峰岚堪入画，溪声犹带雨声还。

---

[1] 以下见《托塘张氏宗谱》。

秋水长天落霞孤鹜冠顶 押句限"溪西鸡齐啼"五韵

秋月溶溶照碧溪，水亭涵影转窗西。长宵有梦思求凤，天晓无眠怨唱鸡。落寞枕边钗半露，霞蒸眉畔案难齐。孤鸿不解愁为意，鹜和相随先后啼。

归朝欢·杂兴

听得提壶沽美酒，人道杏花深处有。杏花狼藉乌啼风，十分春色今无有。烟波销永昼，青烟飞上庭前柳。画堂深、不寒不暖，正是好时候。团圆宝月凭纤手，暂借歌喉招舞袖。真珠点破小桃红，香肌缩尽纤罗瘦。投分须白首，黄金散与亲和旧。且衔杯、壮心未落，风月长相守。

渔 父[1]

钓笠披云青嶂绕，绿云雨细春江渺，白鸟飞来风满棹。收纶了，渔童拍手樵夫笑。明月太虚同一照，浮家泛宅忘昏晓，醉眼冷看城市闹。烟尘老，谁能认得闲烦恼。

酒中口占

我生何所有？诗与酒为俦。酒落诗肠润，诗成酒兴留。举杯天地宽，捉笔海江流。人生本蜉蝣，碌碌将何求？不如诗酒趣，与我长无休。上为无心云，下为不系舟。

---

[1] 原注"上三篇（本篇及以前《秋水长天落霞孤鹜冠顶 押句限"溪西鸡齐啼"五韵》《归朝欢·杂兴》三篇）元至正试题，录试一名，答门下新进士。"

二十六、胡　溅

　　胡溅（1278—1370），字景云，号东白山人，又号蔗庵。永宁乡观光里（今巍山镇光里湖）人。天资敏慧，秉性温雅。少从李直方游，与陈樵、王景文、陈士允、徐景清、蒋此心、杜子寿、赵元鼎、俞子易、陈宅之、赵继道、胡叔嘉诸公为益励友。通五经诸子百家，学问深邃，文章典雅，长于诗赋，尤擅表启类。以《易经》中经魁，科场连捷，不乐仕进，遂退隐东白讲道授徒，屡召不赴，为儒林表帅。学生有李思齐、徐黼、胡太和等。入明后，被荐为翰林学士，不赴。曾参编元至治《东阳县志》。所著《蔗庵述梦记》，柳贯作辞，宋濂作文，陈樵作赋，备极推许。所著有《人物表》《续人物志》《续东阳人物志》《元进士题名记》《五经集解》《八愤小稿》《伧鸣集》《东白诗赋》。凡右族之铭序，郡邑记文，皆丐于公，时人获只字片言珍藏焉。诗风近李贺。

东白山赋并序[1]

　　东白山者，东阳之名山也，典帙间纪，图牒囊书。介东吴而趾越壤者，仰止久矣！走居山之阳，颇事翰墨，于是作赋以谢山灵。虽金声掷地，终愧孙公。庶移檄斯文，有怀素履。赋曰：

　　维太白之崒崔，埒泰华而擅名。须女[2]下荫，天孙[3]之精。亭毒元运，胶轕[4]苍冥。抗金华而作镇，控扬粤而著经。右绵会稽，左络霞城。巍巍乎实东南之奇观，宅神仙之傀灵者也。

　　尔其含谷纡川，襟江肘湖，赑屃[5]遐射，夔魖[6]潜都。翔阳摛辔以烛景，祈支卷躅于穷隅。屏翳[7]泄氛，丰隆[8]鼓煴。朕肤寸以旁魄，溶霮霨[9]而舒徐。混元化于万象，忽出有而入无。粤乃岭罦朝帟，峰攒卫戟，瀑洒天华，廪砮翠石。美箭葆劲以俟括，灵莍芽金而宅色。皋羽警曙，林麎嗥夕。仰银潢以如带，炯蟾蜍之荐璧。夭娇丹崖，洞敞石室[10]。树染青葱，卉罗绀碧。环材宗生，是焉而出。梁枌诣之修虹，栋驮娑之危极。于是登虬龙，攀嶙峋，援飞茎，厉寒云。枸杞千龄而吠夜，昌阳九节而晔晨。液钟虎魄，灵乳伏神。《农

---

[1] 见《东阳观光里胡氏宗谱》。

[2] 须女：星宿名。二十八宿之一，北方玄武七宿的第三宿。有星四颗，位于织女星之南。

[3] 天孙：织女。

[4] 胶轕(gě)：车马喧杂貌。

[5] 赑屃（bìxì）：传说中的一种动物，像龟。

[6] 夔(kuí)魖：精怪。

[7] 屏翳：吕向注为风神；郭璞注为雨神。

[8] 丰隆：王逸注为云神。

[9] 霮霨(dànduì)：浓云密集的样子。

[10] 顶有石洞，当天旱士民祈雨，自然涌水，可酌千人，名曰"玉女泉"。

经》之所录，俞跗[1]之是陈，莫不禀阳而蘠，饫阴以蓁。佺侨吹异，赤须练真。攘彭尸而仇辟，辅扁缓之术伸。复有顶汇天池，气涵华澍。产龙子于极渊，矗霓旌于贝宇。焰烛神鬐，蜃蟠冥雾。沧波灌玉井之泉，琼树泻金茎之露。逖矣冥搜，于焉奇遇。乃若阳乌渴吻，蕴虫竭辞。玉靡祠而不瘗，庙有神而必祈。鬣瓢犹靳，冰夷负疑。陟崇椒于信宿，乞仙嫔之华滋。沸尺碾以挹注，示蜿蜒而降厘。沛彼帝青，沃我田龟。鲜隰膴膴，云稌离离。瓯窭仓箱，污邪京坻。若然者犹未足以剀元鐍而跃天机也。逮其灏气肃，是空精，八风囊噫，万里涵清。然后服鹤衣之濯濯，振金策之铃铃。翮飞骨以如蜕，瞬澌河之回萦。团沃洲以微揽，岘部娄而若惊。盖将访蓬莱于咫尺，诹林蠢于苍生。翳昔典午，巍握干符。峙流炳灵，郁积扶舆。

溯山之支，纯孝乃居。极终养以衔捧，树宰木于罣如。翟乃伊尼，虎乃于菟[2]。隼驯于梁，翟巢于庐。泫斧堂之故迹，表二峰其凌虚。熏德绵祀，渍简信书。是以黉游汇踵，缨影箵趋。陶淳风于一变，飞妙声于九衢。若夫绀舍双宇，竺祖二禅[3]，一无三有，并论交翻。诧地藏之金石，泛异响于天然[4]。意神明之默扈，历今昔而永传。且夫泉膏却针，石肓忌药。高蹈幽玄，寄声寥廓。犹冰蚕而憙寒，火鼠而炙爓。诚木食以自甘，草服而和乐矣！或乃少室价高，终南径捷，固当回俗驾于钟山，谢东皋之素谒。

乃有山灵为之辞曰："桂树连蜷兮山之幽，裳芙蓉兮碧云以为裘。辛夷楣兮櫋尔蕙，席兰藉兮枕安流。蝌[5]芳泉以为醑兮，眷冥灵而尔俦。索蕒茅于灵氛兮，篮将老于斯丘。聊逍遥以容与兮，羌山中固可以久留。"

歌毕，划尔长啸，万木震动，戟发粟肩，愀然而恐。有客仿《小海》，激清商，而为招隐之歌曰："山有木兮木有枝，思佳人兮莫予携。雨冥冥兮山鬼语，风袅袅兮猿夜啼。"

嗟乎！山中不可以久留兮，愿执手而同归。山中人闻之，起而为乱曰："彼山之玉兮攻以良，彼山之瘽兮暗以章。亮夫人兮何许？披琅玕于帝旁。"

---

[1] 俞跗：上古医家，相传擅长外科手术，是黄帝的臣子。

[2] 晋孝子许孜，于山支麓捧土葬亲，有鹿触松，虎虎之。

[3] 山中有东西白二禅寺。

[4] 世传山有全石声，边有石鼓岩。

[5] 蝌（jū）：挹也，舀取也。

进士题名碑记

东阳山水环异，钟为英迈俊特之才，自唐冯宿、舒元舆，皆一门兄弟，踵武科名，载诸信史。下如宋绍兴以前，濡香翰墨，掞秀词庭，不为不多。而邑乘不传，碑石未建，殆不可考。

绍兴以后，峣然遗碣存诸横舍[1]。一邑之小，岁不下三四人，或五六人。由是而秉钧轴，入政府，践台阁，居文昌者，盖彬彬焉，抑又盛矣！

皇元自至大辛亥首诏，群士汇兴，文风焕发，今犹昔也，且擢第于春官者比比有之，又岂可阙而不记与？夫所以记之者，岂徒书其岁月，具姓名而已？使凡与是科者，行仪于身，名成于时，议论扬于朝列，利泽流于生民，表表在人耳目，将指其名而谓曰：某也忠，某也直，某也廉，某也能。

吁，可不懋勉之哉！

至正十五年七月壬辰记。

---

[1] 横舍：学舍。横，通"黉"。

贡士题名碑记

皇元大比兴贤，罗天下之士，偕计吏者三百人，拔其尤者登于吏部，财[1]百人。于是定其秩次，授其爵禄。余二百人，自非特恩，仅登籍于乡贡而已，而禄秩不与焉。

至正辛巳，始令贡士之不合于仪曹者，以路、州学正、书院山长处之。至正甲申，又令各省以乡贡解额之外，取文词可采者二百人，谓之备榜，而以郡学录、县教谕处之。俟其月日，当迁则同升吏部。盖官民材者，阅三岁而得五百人矣。

噫！士之乐育于文明之世，炯然珪璋金玉之辉煌，蔚然械朴台莱之敷鬯[2]，斯文光价何其贵且重欤！吾邑自宋以来，贡士之名不见碑碣，遂多不可考。今特以乡贡姓氏、岁月镌之乐石，而备榜附焉，抑以纪文风之盛，又以见吾邑之多贤也。猗欤美哉！

至正十五年七月壬辰记。

---

[1] "财"通"才"。

[2] 《棫（yù）朴》是歌颂周文王郊祭天神后领兵伐崇的诗。台莱：祝寿语。《诗经·小雅·北山》："南山有台，北山有莱；乐只君子，万寿无期。"敷鬯（fūchàng）：布洒芬芳。"敷"同"敷"。

东阳人物表论

邑志之作，一邑之事也，而得失系焉，不可以不慎也。斯邑古今人物，亦既著之，简帙班班矣。然犹有遗轶者，诚以轮云世故，子孙漫不可访。今得之故老而闻其略：谓若武科，则有吕渭孙屡迁戎帅，膂力绝人；周仲虎、周伯固一麾出守，善政可纪。文科则有陈大猷与其子谦亨，父子继登，文学政事，兴诵谓优；徐庚金出握郡符，学有源委；刘汝砺官止太常，陈一中禄终郡判，然二公明经授业，学子知师尊之。尝主义塾，云衿风佩，济济升堂，寒畯[1]赖以甄拔者滋众。其或翘英璧水[2]，孙业西雍[3]，鏖艺贡闱，联翩俊彩；已乃安隐恬机，而终焉嘉遁，盖不可缕数。岂非佳山水而钟若人乎？今则乘文运以蹑遗风，为之兆者已见之矣，宁不益远且大哉！

昔迁、固称良史，河南守吴公治行第一而阙其传，后世病焉；袁宏赋东征，而长沙之功不以诵，厥子憾焉。事虽巨细之不同，而称书不书，则有史氏之遗意在，故复补其逸事，尚有俟于后之君子云。

---

[1] 寒畯（jùn）：出身寒微而才能杰出的人。

[2] 璧水：指太学。也泛指讲学之处。

[3] 西雍：指周天子四门之学的辟雍。宋王应麟《〈诗〉地理考》："先儒多谓辟雍在西郊，故曰西雍。"

覆瓿集序^[1]

余与竹溪、双峰伯仲，姓同道同其志又同，自弱冠获交文字间。既而竹溪早世，双峰迨今年逾八十，养寿于清静之庭，神游于冲澹之境，当侍光仪而慕典型，盖蔼然古君子也。

诸孙协中从余游，因稿其大父平日所为文，名曰《覆瓿》，予因得以寓目焉。噫！公之文若清庙之瑟，朱弦而疏越，有遗音者矣！若大布之衣，广领而博带，有雅制者矣！视彼律吕之不谐，组绣^[2]之关，靡可同日而语哉？余所以三复而不能置也。

昔扬子云草《太玄》，刘之骏谓后人取以覆瓿。左太冲赋《三都》，陆士衡亦有是言。夫古人学博而文瞻，不能不见忌于人，譬若游氛^[3]滓岳，寸莛起钟^[4]，曾何晚于我哉！然而《太玄》之文终能贻于来裔，三都之作亦能高其纸价。今公以"覆瓿"名斯集者，自谦之词也。夫自谦于己，与见忌于人，皆不失为文之善者也！吾知斯文足以垂今而传后也。

协中奉大父命，俾余弁其篇端。余不得让，遂书此以为《覆瓿》序引。

至正九年仓龙己丑二月日吉，宗人胡瀷景云书。

---

[1] 见《前山胡氏宗谱》。胡宗寅，字德和，号双峰。著有《覆瓿集》。覆瓿（音 bù，古代一种器具）典出班固《汉书·扬雄传下》："巨鹿侯芭常从（扬）雄居，受其《太玄》《法言》（《太玄经》《扬子法言》）焉。刘歆亦尝观之，谓雄曰：'空自苦，今学者有禄利，然尚不能明《易》，又如《玄》何！吾恐后人用覆酱瓿。雄笑而不应。'"后以"覆瓿"喻指没有价值的作品。

[2] 组绣：华丽的丝绣服饰。宋陈傅良《送陈益之架阁》云："作文不欲如组绣，欲如疏材茂麓窈窕而敷荣。"此指作文过于精细华丽。

[3] 游氛：游动的云雾。

[4] 寸莛起钟：用一寸长的草去敲钟。比喻力不胜任。

迎晖阁记[1]

外侄王延平，字朝卿，居湖沧之滨。尝即所居西偏面东，跨池构小阁，于其上楔，以给其疏爽，间以时其徙倚。为制虽小，而景致颇全。方其天光四发，朝曦方升，则净绿涵漪，浮金耀彩，亦足畅灵襟而雪烦思也。

外侄告余曰："先父去延平四年，于兹戚焉，念不能以终养也。今喜母氏年臻七秩，寿康无恙。近构斯阁迎母氏，时时登眺于斯，燕息于斯，亦聊以适其情尔。窃慕孟东野寸草春晖之句，颜以'迎晖'，示不忘也。愿有以记敢请。"

余喜而为之言："夫孝子之于亲，昊天罔极，将何以报其德哉！故知父母之年，一则以喜其寿，一则以惧其衰。扬子云所谓孝子爱日者，吾于共喜，惧而见之。然则，今之名斯阁也，其孝子爱日之意乎？其欲效春晖之报者乎？噫！世之丰屋华榱，或不足以悦其亲之志，而吸菽饮水有足以尽其欢。为人子者，安吾之分，竭吾之心，亦可谓孝矣。"

胡减景云氏撰。

---

[1] 见《湖仓王氏宗谱》。

观光里胡氏祠堂记[1]

祠堂之建，古人启后世报本反始之心，而笃尊祖敬宗之意也。故君子将营宫室，宗庙为先。家之所造，必先祭器。此虽为有禄位者言之，然伊川先生谓："人无贵贱，皆祭自高祖而下，但礼有丰杀疏数之不同，不得不循其中制焉耳。"若夫孝子孝孙之心油然而兴起者，又恶可以贵贱而限之哉？

吾家累叶相传诗礼，递踵科名。先世旧有祠堂，中更变废，弗之复。濙生最晚，窃有志于此而力不瞻，乡之婚友义斯举而作成之。濙因得以集其事焉。

肇自至正六年丙戌十月辛未营建，列四龛以安神栖，辟前轩以容瞻拜，立正门以严出入。规模虽小，悉循礼制。暨明年丁亥二月始获告成，爰奉高曾祖考神主用妥厥灵，旁亲之主，亦以班袝，长幼序拜，升降奠献，偯然肃然，如亲见闻，著存凛凛，于心有不能自已者。复本诸家礼，参以时宜，定四时之荐为例程，以贻后人，俾遵而行之。

濙束发就学，志在收寸效以寓显扬之万一，坎凛岁月，殆老章缝[2]，常惧朝生夕死而祠堂弗克建，今幸成矣，既悲且懼。而今而后，凡吾子若孙嗣而葺之，扩而大之，又时思之。世世绵绵，有引弗替，则吾之心，祖宗之心也，祖宗之心，独非吾子孙之心乎？

於戏，尚慎之哉。

至正七年岁在丁亥三月之吉。

[1] 见《东阳观光里胡氏宗谱》。
[2] 章缝：章甫缝掖。章甫，儒者之冠，缝掖，大補单衣，儒者之服。后指儒者或儒家学说。

自题敬善斋记

予疏且陋，介处僻壤，朋友弃予，间有户外屦二，则起迎。旧忘饭成糜，雅歌善谑，以和吾文字。饮客亦犁然[1]得意曰："苟飧非所，浆酒藿肉奚甘焉？"吾知饮和醉，义亦云得矣。虽然，吾惧不若晏子之久且敬也。告而客卿，朝夕司戒。

泰定丁卯，东白山人书。

---

[1] 犁然：释然或自得的样子。

诗二十七首

寄陈君采岘山读书[1]

幔亭山不到，息影坐禅林。早掣黄金锁，休雕白玉心。
草香熏野服，石气润秋琴。千古无言意，相期乐处寻。

云峰院[2]

宝刹春邀客，阴风瞎[3]蔚蓝，树笼斜照古，岩合冻云
寒，景福僧何在？玄奘经未残。有坛啼夜鹤，长作令威[4]看。

元范公西山吟社及序[5]

西山先生讳矩，字符范，号浩堂，世居三元。从孙秘监之门，得
姻家许史君、贾删定、曹检正之文词，伏读玩味，守约操志，气字浩
然。筑室于西山之下，人称为西山夫子。于花园中罗结海棠洞、木香
棚、佳致亭，于下列石引山阴之溜泉作流觞曲水，与宗族彦俊四十二
人曰：子仰号一斋，任相府参军；仲璧号菊径，赠教谕儒正待宣；商

---

[1] 以下除标注外见道光《东阳县志》《柏溪胡氏宗谱》。
[2] 云峰院在县南五十六都，旧名灵岩，唐景福六年建。
[3] 瞎(yi)：阴而风，天色晦暗。
[4] 令威：《搜神后记》载丁令威学道于灵虚山，后化鹤归辽东。
[5] 见《三元徐氏宗谱》。

衡号梅轩，授儒判学士；起石号愚山；敬夫号桂轩；淳夫号松径；翼夫号松网；哲夫号寄傲轩；简夫号竹屋隐君，赠教谕儒正待宣；嗣贤授本路儒学斋谕提举宣差；懂新号竹庵；允恭号大本，授本路儒学斋谕；希贤号竹润；伯显号莘楚；直夫号晚香亭；伯申号木石山居；君实任浦江县承；济川授太史掾；允明号白云翁，簿尉为乡仪刑；止善授都使；赍贤号栖云子；明伍号谷口耕夫；处儒号渔溪居士；汝贤号竹西隐居；伯高号林泉野樵；南明号绿漪亭；世贤号耕云叟；世茂号桂岩小隐；世厚号清泉钓叟；雪容号西园小隐；孟中号居易斋，赠儒判学士；延年号率性斋；波文号守拙斋；景清号西坞小隐，又称醉云翁；景初号东园小隐；景渊号云谷居士；景汉号东坞小隐；景辉号慎思斋；南润号双溪渔隐；嘉会号桂坡；唐卿号双溪道人；爱之号牧庵。皆业儒术，作西山吟社，谈话畅欢，以为游乐。观其所以吟咏讲辨者，皆发挥天地物理之趣、圣贤六经之旨，不仅有关生民风族之盛衰，抑且有补于国家治教之得失，岂第与游逸荒醉遗落世事者伦哉！时称为儒林先生。名其村为孔村云。大德间授本路斋长，有《浩堂小稿》《西山吟稿》《经论解》各一集，藏于家。厥子云岫亦授本路儒学教论，赠提举宣差，克继祖风。

猗欤盛哉！浩堂结吟社，西山供佳致，聚族列群贤，名标四十二。溜水引壶觞，谈咏辑诗句，文藻秀儒林，英材何济济。诗社古来有，一姓亦罕遇，里名为孔村，盛事传于世。山水罗罘罳，乾坤霭清气，人杰由地灵，钟秀绳绳继。奕叶世重光，遗休永勿替。

嘉会公桂坡图

先生久矣播高风，结屋惟居老桂丛。万斛天香飘满牖，
此身如在广寒宫。

唐卿公双溪隐居图

两溪交会碧流长，未道人居古岸傍。日日澜光双目接，
一帘清思隔苍茫。

次韵周凌云归里书怀

忽忽白日驰，落落岁华远。故人从西来，酤酒复满眼。
井深无由波，旧丝苦汲短。神交语自甘，迹近意亦满。古人
贵风期，兴尽曷云返？谁歌《白铜鞮》[1]，高怀寄襄岘。

次陈君采水轩韵

波光皱縠影粼粼，自翦芙蓉绣岛云。荷屋琼茅香绕易，
水烟瑶草碧生春。剑寒越客苍梧气，囊结奚奴紫锦纹。莫遣
东风惊画舫，沧浪留与濯缨尘。

题胡太古近稿

风月平湖咏未归，水仙独听湿云衣。白银盘底珠新溅，
紫锦机中凤欲飞。赋入小山寒桂老，梦回南楚石兰稀。寥寥
太古知音少，我爱瑶编溪瀫微。

---

[1] 白铜鞮见《隋书》卷十三《音乐志上》"初武帝（梁武帝萧衍）之在雍镇，有童谣云：'襄阳白铜
蹄，反缚扬州儿。'识者言，白铜蹄谓马也。白，金色也。及义师之兴，实以铁骑，扬州之士，皆
面缚，果如谣言。故即位之后，更造新声，帝自为之词三曲。"

徐教谕任满赋赠

秩满束寒毡，溪头写钓船。世情归一笑，官事又三年。

《八愤录》四则

我昔赠子青琼鞭，期策骅骝千里先。子曾报我玉如意，期向手中扬志气。异时燕赵或相逢，下马罗拜论穷通。自怜赠言皦如日，君今十年都忘及。不买千金铸子期，铸成一错今何为？

山东病儒四十余，携妻避乱梁城居。城门车马塞官道，行囊独佩轩坟书[1]。马上将军同卫霍，貔貅十万屯河朔。不辞万里立奇功，归来献馘[2]长杨宫。论赏封侯功第一，画戟朱轮照红日。读书自叹非长才，扬雄相如安在哉？病儒犹羡将军贵，明年作赋朝蓬莱。

汉皇筑祠汾水西，夜遣祠臣亲祝厘。愿受轩辕九鼎诀，灵辉迢迢神气接。通天台北金为茎，玉杯沆瀣求长生。方士侯封糜厚禄，岁晚皤皤悔何足。当年怀核空徘徊，茂陵不见蟠桃开。

海天茫茫万仞黑，蜃楼盘结冰姨国。骊龙敛甲睡方酣，海客探珠随手得。得珠在手心却惊，幸然不值骊龙醒。纵云珠价巨万值，谁言性命鸿毛轻？辛苦风涛莫再去，骊龙失珠龙正怒。何似鲛人泣满盘，自向康衢能致富。

---

[1] 轩坟：传说中黄帝轩辕氏时代的《三坟》《五典》之书。
[2] 馘（guó）：古代战争中割取敌人的左耳以计数献功。

挽贞节先生二首

嗟子光前业，年华鬓欲霜。少微霾碧落，处士应青羊。千古声容远，一家书传香。斯人今已矣，宰树色苍苍。

旧岁访吾子，论交意颇同。公言昭白日，古道振清风。半世九泉梦，群儿万卷功。锦鸡有遗恨，泪洒暮云中。

秋晚岘馆有怀兼婴重役[1]

葛衣秋未改，日月任风吹，归梦青山隔，闲愁白发知，枯槎印蜗篆，病叶挂虫丝，江上萍花老，何人寄所思？

咏双柏[2]

扈跸遗宗潼水隈，蟠根双柏自谁栽。几围劲铁青铜干，曾泡先朝雨露来。

蒲石卷[3]

老僧写拳石，青青蒲数茎。我欲吐诗脾，一吸天下清。

---

[1] 作者在岘馆授徒时患病。婴，病。
[2] 据县志轶事谓：建炎南渡中，赵公藻携盆柏二株，建第桃岩麓而手植于庭，其枝竟槔为连理。元初子孙播迁城东，南郊旧址建居易轩，双柏瘁而复荣，名曰扈跸遗宗。陶奭龄有诗咏之，盖即赵氏潼祠之柏也。
[3] 诗也见于《三元徐氏宗谱》。

李惠题樵隐图

白云兮英英，桂树兮青青。斧之兮丁丁，斸冰漱雪兮聊适我情。下视兮寰土，驱车负笈兮傍午，纷何以兮愁苦。束将盈兮言归，啸歌兮以遨以嬉，高车驷马兮，已而已而。

奉和宅仁先生山园八景[1]

草台春意

层台养靓姿，一碧含东风。灵荄抱寸心，感此元化功。光霁接庭翠，意思孰与同。千载契元览，珍重无极翁。

竹径秋声

湛湛天一壶，灵飙激翠寒。主人坐清秋，商声发林端。人物合妙响，何劳问平安。赠子英琼瑶，报我青琅玕。

冰壶避暑

晴曦耀珠光，烦燠曷能避。玉壶斸层冰，乾坤贮清气。美人嚼琼瑶，宝唾云烟腻。勿可语权门，权门正熏醉。

雪峤寻春

天风剪银水，岚翠皆琼瑶。上有姑射仙，仿佛疑见招。暗香起孤寂，未觉春意遥。冰魂不能语，翠羽时啁嘈。

---

[1] 见《桂坡外集》卷一载胡澂作。

石坛夜月

登坛望秋月，坛高月华冷。圆光正如此，况复尘事屏。
洒洒芙蓉裳，团团清桂影。何以为君寿，白璧买清景。

花嶂夕阳

群英绣五色，列嶂春华融。西照委余彩，园林缬青红。
嗟彼步障[1]家，重重涴[2]春风。安得谪仙子，锦袍醉其中。

翠屏薇露

春风绾柔蔓，沆瀣凝芳腴。英英悲翠袭，点点千明珠。
洗此读《易》心，采之欲研朱。愿以白玉瓮，题封寄相如。

土锉[3]茶烟

迭石鬻灵草，厌俗扃柴扉。秋烟下筼屋，暖翠熏荷衣。
漠漠起孤缕，淡淡分余霏。松飔扬无影，一鹤云边归。

---

[1] 步障：用以遮蔽风尘或视线的屏幕。

[2] 涴（wò）：污染、弄脏。

[3] 土锉（cuò）：炊具，砂锅之类。

二十七、李 裕

　　李裕（1294—1338），字公饶。宋李大同玄孙。城内人。从许谦讲学于八华山，以为学贵明体适用，于是游京师，撰《至治圣德颂》上呈。元英宗召见于玉德殿，令宿卫禁中。翰林群公以其才藻清丽，奏为国子生。国子祭酒虞集极器重，授以篇、章、字、句四法，学问大进。至顺元年（1330）进士，授承事郎，同知汴梁陈州事。时黄河改道，招回灾民，重建桥梁，法办以戏剧谋利的倡优，撰文辩明鬼神之虚妄，修葺州学，聘贤师儒，改变民风。改道州路总管府推官，时裕已卒一月。

　　诗篇秀丽，尤工七言，乐府出入二李（李白、李贺）间。与宋显夫、杨仲礼、陈君采诸公唱和。编有《分类史钞》二十二卷，著有《中行斋稿》，全集失传，所存仅诗三十五首。

寿二公重修文庙记[1]

皇庆元年，岁在壬子，邑侯朵列秃以忠显校尉奉命莅东阳。甫下车，谒圣庙，见廊庑倾颓，殿庭黯淡，榱桷栋宇，剥蚀于虫蚁风雨中。辄怅然叹息。集绅士议曰："东邑才薮名邦，夙称邹鲁，今圣庙若此，何以作士类而启后贤耶？"欲申请重建。邑中绅士谓："申请必邮递，稽迟反不如捐助之速。"侯即捐俸为先倡，然后劝捐于邑之世家大族，而杜君讳绂者即捐助五百缗。侯喜曰："予固闻东邑多好义之士，不知杜君之慷慨如斯也。"

将择吉鸠工，侯又谋于绅士曰："创建大役，工费浩繁，必得才而意者数人董其事，庶克有成。"众佥以杜君荐曰："彼不惜己资以成公事，必明于义者。义则取与必严，廉可知也；义则处置必当，才可知也。"侯曰"善！"即具刺召君，君亦慨然应命。于是鸠工之材，经营董役。始事大成殿，次两庑、戟门，次奎楼、簧门，又次乡贤、宰牲诸庭祠。皆易良材，加黝垩，规模宏广，金碧辉煌。

工告竣，邑侯临视。绅士咸觞谢邑侯。侯曰："杜君之功也。予何有焉？"请三杜君以酬之，且曰："杜君捐资倡义难，秉公董事则尤难，始信明于义者必廉，廉而义者必才也。予因是而深为杜君庆。昔鲁僖公以泮宫发颂，齐桓公以稷下垂声，光武造三雍而东汉人才蔚起，太祖重文教而汴宋真儒叠兴，此气机之威召，而非因果之妄谈，今杜君留意宫墙增辉，芹藻可预，卜其后人之发祥斯地，而光辉门阀者必济上济其人也。"

---

[1] 见《全元文》卷一二二〇。

又闻杜君之祖南湖先生者，朱夫子之高弟，著《南湖文集》行于世，嗣微濂洛，阐发朱程，其有功于圣门者，诚非浅鲜。今杜君复捐重资，董劳役，使庙貌巍然，钟簴[1]无恙，其有功于圣庙者又不少也。此固杜君之绳武耶？抑南湖先生之遗泽耶？至于今，令人慨慕杜君者并慨慕先生以慨慕先生者，仍归功于朵列委云。

大元至顺三年岁在壬申壮月。年家眷弟李裕拜撰。

---

[1] 钟簴（jù）：饰以猛兽形象的悬乐钟的格架。

诗三十五首

过鹿皮子小玄畅楼[1]

隐君昔向金华住，坐爱双溪八咏楼。别起危檐更萧爽，未应前哲独风流。空山明月定谁好，野水闲云亦自秋。他日相从问清静，便须乘兴到林丘。

夜行乌桓道[2]

夜行乌桓道，风寒野气白。橐驼驾轻车，怒项不肯发。马嘶欲人立，令我竖毛发。四山无居人，明月照积雪。时方甲兵收，未干新战血。况乃多盗贼，白昼闻杀越。平生所经地，忧虞转恓怯。我行岂不迟，心伤望京阙。

淮 上

楚甸孤云外，淮河落照中。行人随去雁，极目尽西风。畦菜时时有，茆茨处处同。傍堤粳稻足，犹得慰疲癃。

---

[1] 见《桂坡集》《金华诗粹》《元诗选》。楼为陈樵宅一景，旧东阳郡玄畅楼（太守沈约有登楼八咏，又名八楼），陈樵因名为小玄畅楼。
[2] 乌桓：古东胡族一支，汉时内迁，元乌桓道在今内蒙古一带。

洛阳路[1]

刘郎骑马出南陌，陌上桃花迷马色。梦逐游丝看春日，一夜东风杏花白。欲归不归思故乡，燕女缓带双鸳鸯。明朝别辔向何处，旭日晴烟洛阳路。

阳台引

阳台张宴日将夕，长风吹秋欲无色。燕丹奉酒荆卿歌，於期感激动毛发。酒阑拂剑凭陵起，当筵直立相睥睨。髑髅青血凝冷光，西入咸阳五千里。白虹贯日日不死，祖龙犹是秦天子。人间遗恨独荒凉，袅袅哀声流易水。

云州行[2]

云州域西(一作北)草青青，落日欲没光晶荧。辎车毳帐纷簇簇，平原入夜凉风生。驼鸣马嘶人不行，牧儿长笛吹月明。我生何为困奔走？况乃此度乌桓城。有家有室隔江水，三年不归忧弟兄。妻儿寄书念我远，问我寝食仍良能。草堂步履喜无恙，石田春尽今已耕。子规何事啼向我？逡巡行亦将南征。明朝骑马登道路，世事浩渺谁能征？

嗽金鸟行[3]

昆明使者南方来，洛阳宫阙如云开。玉阶奉进嗽金鸟，水晶镂刻辟寒台。错金为屑玉为饵，神刀取脑白龟死。美人自捧明月珠，赤玉盘中光靡靡。云高夜启月当户，展翼垂吭

---

[1] "洛阳路"及以下"阳台引""云州行""嗽金鸟行"等皆古乐府拟作。
[2] 云州：河北赤城北。
[3] 《元诗选》将此诗归于李序。

为君吐。白鸢之尾扫成堆,瑟瑟轻黄如粉蠹。冶烟五色何氤氲,后宫独赐承恩人。雕成宛转合欢钿,一尺春风袖中软。不知南国江水深,铁箕已尽愁人心。岸旁沙陇高十丈,卖儿买得云南金。安得群飞万千羽,不食珠玑食禾黍。呕出肝肠奉明主,天下黄金贱如土。

九月七日题客舍壁

龙沙漠漠早秋寒,远客长忧道路难。无那归心与残梦,五更和雨渡桑干[1]。

对酒感怀漫赋

半醉簪花出杏园,玉骢嘶过五门前。岂无绿酒酬佳节?坐对青山忆去年。蛱蝶有情嫌我懒,名花底事向人怜。娇娘莫惜罗裙浣,看取腰枝醉后妍。

古　意

美人汲深井,夜久井泉冷。独向明月中,徘徊顾秋影。

定情篇

愿作云台镜,团圆誓不亏。朝朝绮窗里,相对画蛾眉。

小饮歌风台下

歌风台下酒半醉,日暮北风吹客船。扬帆直下金沟去,千里月明云满川。

---

[1] 桑干河:永定河上游,流经河北省西北及山西省北部。

早次龙门

龙门石壁高千尺，下有流泉澈底清。又是昔年曾宿处，五更风雨杂鹃声。

过抚州野狐岭

高原新雪晴，原是足车行。小市轻烟合，孤城晚照明。天寒风更起，路转岭如倾。奔走知何事，吾今愧隐生。

八月十三夜漫成寄江南友

草井度凉萤，风帘烛焰清。长秋为客日，明月捣衣声。归梦频宵见，愁心彻晓生。故园有丛菊，早晚掇秋英。

八月十五夜怀山中友人

烟消天末夜朣胧，溶漾银河望欲空。长忆山中共明月，独怜都下见秋风。羽林警卫纷如织，龙虎公屯势更雄。远客不眠愁欲绝，起看鸦鹊露光中。

送权讲主

闻师采药向江南，禅衲亲持使者骖。鹿献野花来宝地，龙偷海藏出珠龛。丹砂傍石分秋水，灵草和烟度嶂岚。此日归来进天府，芝云术露晓昙昙。

次谢炼师简啸碧真人弈棋韵

万寿宫前鹤发翁，箨冠千叶戴芙蓉。经行岩洞骑黄鹤，叱咤风霆起白龙。世外弈秋谁复见，山中玉质记曾逢。秋深琪树连云碧，怅望丹霞第几重。

青青淇园竹

青青淇园竹，莫作乐中笛。吹出长相思，愁人头发白。

宫词二首

馆娃谁比念奴娇，暖玉团香腻粉消。昨夜教坊传圣旨，梨园弟子属云韶。

宫门烟柳映风蒲，别殿交鱼[1]给傅符。太液池边下黄鹄，急宣立本画新图。

送叶审思北上二首

晓际风霆上紫坛，夜吹箫管向人间。月明孤鹤三千里，知过吴山与越山。

领得除书好便归，故山芝术已应肥。神仙政苦多官府，不及闲云自在飞。

奉和王治书纸灯韵

香茧凝脂薄，金刀逐意妍。轻清笼绛蜡，晃漾映罗笺。巧异云蓝莹，光□□火燃。好花迎宿蔼，初旭眩晴烟。制陋秦宫炬，工惭汉绮莲。映空珠网密，照夜绿玑圆。焰转虹垂浦，辉分宿丽躔。芳能欺雾縠，烨欲晕冰筵。春净波如靥，云轻雨未悬。东风愁翦翦，华屋锁神仙。

---

[1] 交鱼：悬山顶建筑装饰用的悬鱼。悬挂于正背下博风板处。

次宋编修显夫南陌诗四十韵[1]

丽质过邯郸，春风直几钱？送情怜眼艳，凝仁觉身偏。霞淡斜侵雁，云轻巧衬蝉。芳金摇翠勒，暖玉藉绒鞯。脸媚风初信，眉弯月未弦。绿深芳草雨，红绽碧桃天。却扇羞花落，褰裳炉酒翻。关心时浅笑，忆别自微言。绦脱浓香暖，巾缨腻粉斑。幽期只窨约，私语每防闲。田木须连理，吴梅易引涎。襦长腰并柳，袜小步移莲。枕障熏沉水，屏围画远山。体轻嫌蔽膝，指嫩莹弧环。怅荡元非醉，朦腾不为眠。绣盘花猗傩，锦就字迥联。锁合沉鱼夕，筝闲少雁寒。美人何杳杳，良夜独漫漫。乍见都疑梦，相逢信契仙。怜才多婉娩，倚态转翩妍。璧月红窗外，银河碧树边。幔轻云影动，帘静浪纹悬。裙薄绡长皱，袽重锦未蔫。妆台宜向日，舞袖欲随烟。鸡舌遥闻韵，猩唇厌授餐。深衣留唾碧，系帛表心丹。只忆愁肠断，宁知别绪牵。宝钗分凤翼，钿合寄龙团。红豆膏凝篚，文鹓绣作繁。凄迷千日酒，惆怅五云轩。楚女窥墙日，文园病渴年。合欢连组带，解佩杂芳荃。缨断风前烛，香偷别后筵。额黄红粉淡，泪颗绀珠鲜。苔迹和尘印，花阴带露穿。时时伤往事，故故寄新篇。人去愁千叠，心伤恨万端。蝶晴随絮远，莺晓怨春残。梦好心多感，情深意已传。蘼芜空满地，欲赠思依然。

拟　古

今晨揽衣起，及此春禽鸣。东风渐微和，草木亦已荣。矫首怀所思，所思伤我情。不如且命酒，真宰殊冥冥。

---

[1] 见《元诗别裁》。

中 秋

待月滦水上，天寒月无魄。重云委城隅，秋色连径白。北邻有嫠妇，南邻足愁客。昏灯照梦魂，风雨满沙碛。

秋千词

晴光几日飘游丝，幽窗小影含绿姿。卫娘新画双蛾浅，笑觅秋千下平苑。长绳袅碧垂垂动，盘桓宝髻摇金凤。华缨杂佩迎绪风，越罗半曳春烟重。紫燕惊飞翠鸾立，行云欲坠柳花湿。盈盈娇粉腻巾红，暖玉团香春一色。秾芳如梦秦蘅老，墙阴榆荚青钱少。整衣重起为君寿，海阔河清镇相守。

题太真上马图[1]

骊山复道凌紫烟，云旗翠花晴拂天。君王先乘照夜白，龙光射日金迥旋。太真犹凭花鞯[2]立，思入遥情迷曙色。暖香滞态娇若云，烂熳春风扶不得。杨花蓥榾定谁主，蜀道渔阳总尘土。人间千古恨丹青，回首开元泪如雨。

次祭酒虞伯生先生壁间韵

八月一日滦河滨，西风白草长如人。城乌未栖角未起，落日砧杵连比邻。砧声砧声一何急，露寒孀妇抱衣泣。行人独向明月中，望断星河夜深立。

---

[1] 杨玉环：号太真，即唐玄宗之宠妃杨贵妃。
[2] 鞯（jiān）：同韉，马鞍，借指马。

休日燕太平园听胡琴歌

朱丝玉玺鸳鸯弦，花桐刻螭麟革鲜。虬须分紫连楚筱，小佩蕤蕤云殿晓。女夷鼓歌弄天河，暖风坠露春婆娑。天马嘶烟不知处，武皇夜向甘泉路。婉声华思生古愁，醉拂尘鞯独归去。

听亦怜真给事中弹筝引

长杨侍中貂蝉客，手援秦丝泛轻雪。小响低徊入素商，飒飒凉风下秋叶。游丝欲睡莺呼起，珊瑚晓碎樛枝紫。陇水幽幽小雁寒，竹暗湘娥怨秋雨。少年书客多情苦，春思空蒙迷处所。风帘一夕感君弹，欲寄相思隔千里。

相逢曲

郎骑白马妾驾车，妾车辘辘郎马嘶。相逢且莫相怜爱，妾家只在五门西[1]。

采莲曲

长歌短棹满前溪，溪上鸳鸯对对飞。莫向中流荡双桨，水波容易湿人衣。

武林杂兴

楼阁参差细雨，帘栊料峭轻寒。人去空余燕子，春来休倚阑干。

---

[1] 五门：古代宫廷设自外而内为皋门、库门、雉门、应门、路门，此指宫城之门。

二十八、李 序

　　李序（1294—1346），字仲伦。李惠之侄。城内人。聪颖超人，8岁能诗，十三岁能文。年十七，有《和李长吉乐府诗》，气韵格调，摹仿逼真。等年长，就许谦、黄溍诸先生门，博览群书，学问大进。李序游学京师，学士宋褧、左丞危素辈见其所著《四书新说》，理优才赡，读其诗，赞为人神妙品，引为莫逆之交。左丞许有壬言于中书，移牒江浙行省，征为学校官。因火灾，未及上任而任命书被焚，于是拂袖南归，隐居东白山，与陈樵、胡澱唱和，学者称怡堂先生。其诗多模仿，少创新。李序与其叔李裕、李惠以"三李"并称。著有《纲缊集》。

诗二十四首

次韵和公泽石门六观[1]

甑山晴雪

晓起初褰薜荔裳，隔帘皓影杂红光。雪花映日孤峰起，玉柱浮空千尺长。风急露华都作霰，石寒芝草不生芳。朝暾正似丹砂色，照耀云间白玉床。

双溪春水

两岸汀洲一浦分，隔溪啼鸟近相闻。逶迤绿水绕春色，窈窕东风交浪纹。杜若沙平香漠漠，蘼芜烟暖翠纷纷。灵源不记东西路，千树桃花日又曛。

石门夕照

山下泉鸣似殷雷，山前倒影峙崔嵬。斜阳迢递天边去，暮色苍茫溪上来。青壁高悬西若木，丹崖半长夜明苔。何如落日都门道，照见东城陌上埃。

---

[1] 见《桂坡集》。公泽，李惠字。石门在县南七十里，处士李惠居此，大治台榭亭馆，旁览诸胜，概号六观。

溪亭秋月

亭前月色散斜曛，林外滩声隔岸闻。碧浪有烟浑似雪，青天如水不生云。风吹白露千崖耸，秋映银河两派分。吹断紫箫闻鹤过，空中疑是玉宸君。

狮巘晴岚

蒙茸高壁踞山梁，流彩霏霏万丈长。玉气氤氲春日暖，翠华缥缈白云香。阳波十里横烟树，阴壑千寻长露篁。坐向梧桐晞绿发，采芳自缉薜萝裳。

龙湫飞瀑

在渊灵物或飞天，祷雨何须叩祝蜓。千尺白虹晴饮涧，半岩苍树昼迷烟。雁山云冷留飞锡，匡阜诗成忆谪仙。自昔南游看不厌，归来欲写作图悬。

都门道

清晨出南陌，平旦下城闉，东风微淡荡，草木一何新。郁郁游子情，祁祁女如云，翩翩桃花马，辘辘翠车轮，娟娟珠帘下，袅袅看行人。回眸不相见，摇动陌上春，岂不频见之，匪我思所存。所思在远道，感激意重陈。愿为双飞燕，南北长与亲，云霞不相隔，飞越复经秦。

远愁曲[1]

桃杏忽已残，秾花逐流水。绿阶日色重，芳草青靡靡。飞燕衔落花，春风共吹起。飘散不相知，愁心满千里。

乌伤行

头白乌，毕逋[2]尾，尔焉知，作坟送人死，天公遣尔役孝子。头白乌，天上来，口中流血不自惜，却怜孝子心肝摧，鸦鸦夜宿坟边树，飞向山头啄呢土。新坟磊磊三尺高，衔得黄泥如反哺。秦人涸水筑山灵，飞乌为作颜氏茔[3]。颜氏子，因有祀，乌作坟，秦无人。

暮行大堤上

暮行大堤上，明月天上来。但能照欢乐，不解怜悲哀。谁家少年子？大宅高楼台。凉风管弦发，夜饮携金罍。宁知饭牛客，郁郁心如灰。欢娱岂终极，屈辱俱雄才。徘徊望明月，惆怅何由裁。

青云两黄鹄

青云两黄鹄，双飞起南极。翱翔阊阖风，直上太行北。和鸣忽弃背，中路不相得。长言生死同，胡为自持击。天风高四方，毋乃伤羽翼。丹穴有凤凰，为君变颜色。

---

[1] 见《元诗纪事》卷一。

[2] 毕逋：鸟尾摇动貌。《后汉书》载为童谣"城上乌，尾毕逋"，后因以称鸟。

[3] 《太平御览》引《异苑》云：东阳（按指郡）颜乌以淳孝著闻，九乌助衔土块为坟，乌口皆伤，一境以为至孝所致，因以县名乌伤。王莽曾改曰乌孝，唐改义乌县至今。

明 月

明月入高楼，流光何辗转。佳人一寸心，千里如素练。
浮光玉露起，华渚浮云散。光辉长若斯，君心不相见。

武皇仙露曲

甘泉照月如钧天，千门万户生碧烟。碧天无云露盘出，
明河夜拂金童仙。栖鸦起啼曲城晓，大官步进青龙道。昆山
玉尽武皇老，茂陵春风吹绿草。魏人车马东方来，一朝秋磷
飞空台。天荒地老骨亦摧，三川白日闻春雷。蕙花兰叶参差
起，微月斜明光泥泥，仙人之泪犹沘沘。

曲江芙蓉歌

绿波天矫如龙尾，河汉英英拂云起。紫云楼下花映人，
摇荡香风十余里。妖魂照夜春欲语，白玉容华旧丝缕。秦川
望月锦绣纹，桂楫兰舟凤箫女。紫云头上飞鸟过，朱兰半折
空嵯峨。怨红落粉生微波，芳华欲揽愁不歌，云裳绮袂风
露多。

绸缪曲送都彦良

天南翔雁鸣雝雝[1]，城头旭日光曈眬[2]。长眉公子绸缪
客，骑马乘冰上南陌。马蹄翩翩几千里，江汉水暖游双鲤。
东风不□天上春，拂柳吹花为君喜。绮屏桂烛开洞房，暖红
霏霏明月香。三星绰约正当户，流辉照见双鸾凰。鸾凰不惜
双飞翼，天上神仙远相忆。

[1] 雝（yōng）雝：鸟和鸣声。
[2] 曈眬：形容太阳初升由暗而明。

次韵纳斋铜雀台砖砚歌

铜雀台倾见荒土，月黑妖狐上台舞。千年瓴甋堕人间，瑟瑟苔花暗秋雨。天荒地老奈愁何，台上青泥生碧莎。斜风吹雨啼蟋蟀，此是西陵长夜歌。魏人膏血今已古，漆色凝花人未觏。一从为砚今几年，漳水滔滔自东去。为君写作铜台吟，台前瓦砾犹伤心。

和胡景云白玉心黄金泪二歌

我有坚白心，凝作方寸璧。与君交结终不移，都邑连城不能易。守灵童子无纤瑕，十年琢削如莲花。金铃珠带玉天矫，中有七窍流精华。置之灵台缟如雪，相思一夜虹光发。美人千里共月明，直上秋天贯明月。飞神出入洞八荒，璆琳为衣云为裳。光辉照子丹元府，昆山石烂无相忘。忆君更有和氏□目，千载推之置君腹。

长相思，在一方。仰天望明月，流泪何浪浪。西方白帝金为质，赐我瞳人外如漆。酸心烈烈不可支，火起灵台铸成液。为君洒向别时衣，一弹双指如星飞。为君写作加餐字，千载光辉犹不死。古来结交须黄金，眼中流出交更深。斑斑痕迹明镜小，镜中照我相思心。明珠只买蛾眉女，空使离人泪如雨。

独漉篇有所赠

独漉复独漉，隔帘月影望微月。楼头夜语不分明，碧穗开香似云叶。蜻蜓天上来，春愁立死锦绣堆。岂知身是秋风客，为君容颜瘦如石。芳菲相望采不及，千里黄云覆沙碛。背人去，几日还。曾饮江南水，今向燕支山。汀洲三月柳风起，愿得秋来渡江水。

大堤曲

野塘鵁鶄[1]暖，水葓生桂叶。暮上大堤行，拂人飞蛱蝶。门前弱柳长纷纷，水花漠漠飞暖云。柔条自有烟露色，不如愁死堤上人。刘郎肉薄愁心重，天上离鸾思别凤。春风摇荡本无根，种得桃花绕新梦。

山鬼[2]篇赠姜历山

山中鬼不独，山中亦城市。衣中环佩无玉声，直入人家弄书史。小冠斑文剪湘竹，越衣荛制如流水。玉壶未竭歌未终，飘若空中野云起。门前月色夜茫茫，门外秋风满千里。朝餐松柏露，暮食兰蕙花。陇头青桂树，何处是君家。

云松巢歌赠陈国宾

妫公子，碧烟里。薜萝引作鱼鳞衣，衣上清风如流水。云为宇，松为墙。绸缪牖户碧缕香，翠华之幄青瑶珰。乱发郁郁焕紫光，十年不出生文章。手扳苍虬上风雨，蓬莱山中本天下。

---

[1] 鵁鶄（jiāojīng）：一种水鸟，即"池鹭"。头细身长，身披花纹，颈有白毛，头有红冠。
[2] 山鬼：《楚辞·九歌》中的女神。

七夕谣

明河之水流玉云，神乌为梁贯天津。河西织云天帝子，今夕东行见河鼓。瑶光如笑横碧渚，微风徘徊自成舞。风参差，夜逶迤，愿回六龙驻不飞。明星渐出明月底，珊珊灵雨随车飞。

槐虫吟

槐虫复槐虫，高槐郁郁如青龙。枝枝叶叶被尔食，青云萧瑟生秋风。槐虫肥，枝上垂。一枝摇曳势欲绝，欲堕不堕风凄凄。下有车辙交马蹄，不可堕地身为泥。闺中女儿莫近之，令尔肌肉生疮痍。

二十九、李　庸

李庸（1296—1368），字仲常，号用中道人。李序弟。东阳城内人。以明经荐，任江阴知州，仕至杭州录事。著《宫词》一卷，《用中道人集》六卷。陈樵为之序。

诗五首

西湖竹枝词[1]

六桥桥下水流东，桥外荷花弄晚风。郎心似水不肯定，妾颜如花空自红。

题清石渡楼氏怡云楼卷[2]

英英山中云，舒卷无定期。从龙雨天下，此理何由推。我爱云自适，聚散不可羁。对之融心神，云亦何所知，云气常自在。我心常自怡，凭栏日迎望，此乐不可支。

题徐氏蒲石卷

戋戋我苍石藓，当轩吼蹲虎。劲须瘦如铁，清风满庭户。

题石边雪梅

朔风岁云暮，危石仍钝顽。每藉冰雪清，托处涧谷开。琼瑶满高树，皎皎不可攀，谅媿匪珠玉，在侧多厚颜。

题策蹇冲寒图

为爱悬崖琥珀枝，老翁驴背独吟诗。孤村流水添清兴，绝胜灞桥风雪时。

---

[1] 《古今图书集成》《西湖集览·元杨维桢编西湖竹枝集》。
[2] 下见《桂坡集》。

三十、许　愉

　　许愉（1297—1390），字晋仲，号林塘倦叟。怀德乡许宅林塘（今属画水镇）人。性孝友，博学能文。工于诗，长史朱廉称其有盛唐风致。至正中游燕京，黄溍时在翰林，见其文，语人曰："许愉，吾里之徐无党也。"缙绅交荐之。愉辞归。洪武初，部使者荐署金华县儒学教谕，不赴。因胡惟庸坐党逮治，而时愉卒且葬矣，家犹籍没，子孙谪戍，遗文零落，仅存《林塘风水辨》及一二书札。

辨地理祸福之谬[1]

风水之说，果有是理乎？否也。予尝考之往昔，证之当今，而知其说之谬也。

盖自混沌剖判之初，一气流行天地间，凝而为山岳，融而为川泽。不过因其形质之自然，非造物者用意而故有所作为于其间也。虽亘千万世而无有变迁增损也，而为地理之说者乃曰："天下诸山皆从昆仑发将，分枝檗脉，生子生孙，以布满四方。其江南之山为大江界断，则从三峡过关而来，故吴越闽广等处之山面势皆北向，薄海而止，谓之大回龙顾祖。"不知海中诸岛，化外诸国又从何处过关？何处发将也？

术者乃呼其冈陇为龙，又妄拟其形似而加之以名称，若人物禽兽宫室器用之类，而以吉凶名之，又祸福系之，且谓人之贤哲愚鲁、寿考夭折、凶暴善柔、富贵利达、贫贱忧戚皆由葬地吉凶所致，由是昧于理而徇利者，奔趋之至。有不毛之地，众所不睨视者，忽有指作葬地，则价倍常直[2]一之十矣。吠声者又从而争夺之，由是价增百倍矣。既已得之，或者辄毁訾之，谓兹山之龙穴固美矣，又有谓四者具备矣，而龙非正根，穴乃化假，砂水则未尽善也。即舍去而他图，如是者不一再易，终无归一之论。甲可而乙否，此是而彼非，至有因而荡产罄资，终身不得吉地，以至于子嗣不振，而父母遗体委弃暴露。不孝之罪将谁归哉？实行风水之术者无所逃其责矣。是谓本以求利而反以失利，可不戒哉！可不戒哉！

---

[1] 以下见《东阳昭仁许氏宗谱》。古代称地理者，即是风水堪舆之学。
[2] 直：同"值"。

殊不知人禀天地之理以为性，禀天地之气以成形，得气之清者为贤哲，得气之厚者为富贵为寿考，得气之薄者为夭折为贫贱，得气之浊者为愚鲁为残忍，是所谓气质之命囿于一定，与生俱生，死而后已。

君子修身慎行，本之以孝悌忠信，而由之以仁义礼智，则能吉其吉，而亦能吉其凶，小人反是，则凶。其凶而无所谓吉矣，于葬地何与焉？若夫天地储精，山川炳灵，间气所钟，笃生圣贤，王侯将相出类而拔萃，岂偶然哉？然而不尝有也。《诗》不云乎："维岳降神，生甫及申。"孟子亦曰："五百年必有王者兴其间，必有名世者。"未闻由葬地所致也。

术者又举孙钟化鹤、陶侃眠牛、羊祜折臂以为奇验。窃意好事者为之，或者其先世之人种德励行既丰，天将昌其后而使食其报故。假是说以符合之，若必归之葬地，则古今之远、寰宇之大，富贵利达者不可胜数，又安得有许多吉地也哉？又况山川有限，而生人无穷，后亿万年，将何处以择其吉凶者乎？势须随地可葬矣。

术者又谓天地至精至妙之气，循龙而行，至穴而止，其结咽处一点而已，即《葬书》中所言生气者是也，葬之者必须乘此气。脉之正，犹接木然。穴若失于低，则为脱脉无气，而为水、为蚁；若失之高，则为斗脉生灾，而主瘟疫横亡。深则气从上过，浅则气从棺底过，偏则气从左右过。其为是说者，盖恐其言之不验而虑其术之不行，故为是遁辞以逃之也。

夫盈天地之间者，阴阳之气无乎不达，所以开物而成务，阳生于子而阴生于午，春则发生，夏则长养，秋则肃杀敛挈，迨夫十月之交，则天气上升，地气下降，闭塞而成冬。何为结咽止于一点之微哉？不知此山地气本温燠，遍此处一山皆若是温燠也。又有谓穴中五色泥者，不知此处一山土色皆若是光泽也。其为谬妄至甚彰者，胡乃甘心没溺而不知返耶？会不思地理之说，上古以来迄于东汉，未始言也，至魏晋乃有郭景纯、管公明创为之说，以聋瞀时人之耳目，且景纯虽得正而毙，尚不能前知祸其之及已，况能及人者乎？

逮赵宋时，复有杨、曾、廖、赖，著书立言以盛行于世。虽高明特达之士亦不能无惑焉？知西山蔡公、勉斋黄公之《玉髓经发挥》，吴草庐、虞邵庵亦各祖述之，所以著论，谓知者之过之也。凡人之生有骨肉之躯，则有血气之欲，及其死也，魂气则升于空，飘然若风中之絮，堕无底止，不知归于无何有之乡也。体魄则归于土，顽然与木石同。虽投之水火，委之鸢蚁，亦罔有知觉也术，乃谓死者之体魄能乘生气以福后昆，何其不思之？甚乎，人之生前欲致其子于富贵尚不可得，岂有既死之后，形神既离无所知觉者所能为哉？

术者又有支位之说，以穴前砂禽水法分兄弟之贫富盛衰。且以时事论之。尝见邻族有二子者，父母爱其幼而憎其长，每每服勤节用以资助其幼子，而幼子者越常败度，随得而随失之；长子则俭啬以持家，竭力以营生，不假父母之助而家给足备矣。此又见朽骨之不能有知，也明矣。于山灵也何与？

术者因见江南诸山，峰峦奇屈，形势低昂，遂乃巧立名称，妄配吉凶，指陈利害，以耸动流俗。至于中原空旷之野，目极千里，无可为辞，则曰"高水一寸即是山，低土一寸水回还"之语以神其术。余旧游燕齐之境，见其冢墓，凡鼻祖所任子孙玄曾，率以昭穆为序而祔葬焉，虽累代绵延不改卜也。由其广衍无际，非若江南之陡峻险隘不可施展也。

外尤有可讶者。世之门师，乡之俗士及门师之徒，目仅识丁，不通文义，既无师传，但听之道途余论，亦无文书可观，辄便与人扞穴下向，彼固未尝自信也，特假此以窃濡沫之利尔。时人亦知其技之浅短，特乐其易与尔，果何所取乎？其有高出此辈者，则挟是术以自售于豪门富室，急于射利，或未有停殡之丧，预拟寿穴之卜，则指其先茔告之曰："此地信美矣，惜乎穴未尽善也，但欠贵显尔。倘更之，则全备矣。"否则曰："此地气运将过，衰替将至。但迁之吉处，则福禄无涯矣。"于是贪利者、畏祸者欣然从之，使祖父遗骸暴露，可胜欺哉？

是风水之不足信，先哲多议之者。若唐吕才，宋司马公、程叔子、杨诚斋，著论以救世之弊。至甚明白，惜乎知道者之鲜也。姑因老聩之余，聊述梗概以遗子姓。辞不足以达意，言不能以备文，非敢求同俗之知也，复叙次平生目击已验之迹附于左方，俾后子子孙孙不可从俗而悖义也。

三十一、李　惠

　　李惠（1299—1370），字公泽，号适庵。李裕弟。东阳城内人。博涉经史，志行高洁。大臣因其才而荐其任归德州同知，力辞不赴。隐居兴贤乡四十九都石门（今属千祥镇），筑圃莳花木，大治台榭亭馆，据其要会，以极游眺之美。与同人许谦、黄溍、陈樵、胡助等论文谈艺，鼓琴为乐。旁览胜概，作《自题石门六观图》诗，许谦、陈樵皆相属和。著有《适庵集》。

诗六首

自题石门六观图卷[1]

甄山晴雪

天上神仙缟素裳，云间宫阙陆离光。一轮日上金盘烂，千尺峰高玉笋长。饥鹤斜窥松桧影，野人独惜蕙兰芳。明朝黛色新如沐，添得泉珠满石床。

双溪春水

曲岸逶迤路不分，隔溪渔唱忽相闻。浮槎触树云离影，合浦交流縠聚纹[2]。芳草拂烟迷远近，落花随雨下缤纷。鹍鹕飞处春云薄，立遍汀洲日未曛。

石门夕照

北涧流泉响蛰雷，连峰中断石崔嵬。一川红叶青山暮，千里黄云白雁来。阴草含烟明翠羽，寒花和露委苍苔。故人独在秋江上，谁把琼芳指镜埃？

---

[1] 见《东阳历朝诗》。石门在县南七十里，处士李惠居此，大治台榭亭馆，旁揽诸胜，概号六观。
[2] 縠（hú）纹：绉纱似的皱纹，常用以喻水的波纹。

溪亭秋月

荫树临溪坐夕曛，绝然人事不相闻。岚光湿袂浑如雨，水气腾空半作云。野枳堕英青鸟拾，山梨成实白猿分。中宵月在松梢上，筑石方坛礼少君。

狮巘晴岚

翠色双虹走石梁，海虹如练拂天长。阴崖尽作云霞色，朝露时闻芝术香。白昼野猿啼绝壁，黄昏山鬼泣幽篁。自从绝顶观秋月，碧露[1]犹侵薜荔裳。

龙湫飞瀑

峭壁千寻势接天，天风吹下玉蜿蜒。石根喷沫白于雪，波面凝光清若烟。尽日风雷驱魍魉，多年草木化神仙。翩翩无限云霄兴，月冷空山夕梦悬。

---

[1] 碧露：清澈晶莹的露水。

三十二、周如玖

　　周如玖（1301—1378），字仲彰，号翠亭。玉山乡马塘（今属磐安）人。少年倜傥，崛起于文学。元至正三年（1343）登林亨榜进士，五年擢行中书省敕召助教国子，迁翰林侍讲。二十年调湖广分省郎中，守襄阳，进四川道右参政，加枢密副使。至正二十三年调任河南行中书省左参政，行枢密副使，知平章政事。元末，告归故里。明太祖起复如玖故官，赐紫金鞍马。洪武元年（1368）八月，河南闻如玖归，省、郡军民皆率旁县而附。寻奉明太祖之命往招平章郭云等归降，又赐以金帛。九年因直言进谏忤上意，降为四川眉县主簿。越二年，卒于任所。

　　如玖之诗，与吕默齐名，砥节高简，一洗元季积习，著有《龙沙二集》《乌台集》《河南集》《锦川集》《南归集》。宋濂所作其行述称"诗豪文壮，砥节高迈与同邑吕默类""若斯人也，其旷古之良材欤！"其作品大多散佚，今尚存《翠庭剩稿》诗四十首。

诗五首

舟发浙江[1]

风帆东上浪冥冥，钟鼓山前近驿亭。江海秋生天汉白，鱼龙夜没水云清。谁从三岛求仙药，自信孤槎是客星。为唤篙工叩舷起，浩歌沽酒月中听。

平阳晚眺

全晋山川气象开，蒲城烟树拥楼台。土风旧有尧时俗，人物今无楚国才。千嶂晚云原上合，两河秋色雁边来。昔贤胜赏留陈迹，落日登临画角哀。

余杭道上

独骑瘦马吟归去，路绕荒山暝不分。雾中早日白于月，水际寒松多似云。龙蛇大泽蛰未起，鸡犬前村声已闻。来往风尘底自老，金堂石室有微君。

---

[1] 以下四首见《磐安县文化志》。

大朝忤旨[1]

四鼓咚咚起着衣，五花门外尚嫌迟。圣恩若放归田里，睡到山家饭熟时。

寄郭逸溪[2]

吾东郭隐士，乡曲老成人。白发吟诗苦，青山入梦频。梅花溪上月，兰蕊屋前春。十里相思处，翩翩锦轴新。

---

[1] 忤旨：违抗旨意。
[2] 见道光《东阳县志》。郭逸溪即郭霖，详见后。

三十三、胡　瑜

胡瑜（1309—1350），字季瑊。胡助子。兴贤乡东湖（今属南马镇）人。阳朔主簿，调贺州通判官，杭州路架阁。能诗文，有《甑山存稿》。

外大父陈镇府君行状^[1]

外祖陈府君既没之三年，我先妣宜人始归先君。又二年生瑜。越三十八年而先妣卒。又十有六年，瑜留寓京师。痛念远去乡里，不能时展壤墓^[2]，每推先妣思亲之心，未尝不重外家追远之情也。于是述外祖行实告于立言君子，求文表墓。俟道路底平奉以南归刻石墓前，显扬遗德云尔。

按府君姓陈氏，讳镇，字师传，世为婺州东阳人。所居距县五里，乡曰甘泉，里曰太平，村曰长塘。其先自颍川再渡江徙居富阳，又自富阳迁于东阳。谱牒所载可见者，至今十数世，盖唐末五代至宋元。曾祖父讳良佐，绰称居士。祖考讳洪，有文学，与西山真文忠公为友。考讳居广，皆隐德不仕。故宋宣和中，升八府君始宅长塘之上，凿池建亭。至今二百余年旧屋犹存，子孙亦尚聚居如故。居士在当时继续辛勤起家，生理日裕，夫人王氏内辅之力为多。乃即所居再筑楼聚书，招名师教子弟。乡先达倪、许、乔、王诸公多在馆中，累世相承不废。自宋季以来，乡里大家有礼法者，长塘陈氏其一也。

府君生于积善之家，幼所服习固以异于常人。及长，嗜学，修进士业未及，有闻于时，而宋亡矣。当至元十三年春，宋主既降，婺以内附会宋臣掖其两王，道吾邑入闽，王师随而攻之。凡大军再过，村民往往走避兵锋。独外祖守舍不远去，遂为哨骑所射，坠丛薄中，已闷绝。及骑退，左右扶出，抽矢复苏。而镞隐于背，竟成巨疮。日敷良药，越九载，肉溃尽，镞始出，乃愈。后郡县失治，盗贼群起。抱金创，携老幼，伏匿山谷。崎岖艰险者前后十有余年。噫，何其不幸哉！外祖天性质实，无所矫揉。虽当颠沛之际，应事接物一

---

[1] 见《亭塘陈氏宗谱》。
[2] 壤墓：壤坟，高起的土地。

以诚恳行之，侥幸之心不萌也。为人宽厚和裕，与物无竞。有凌之者弗较与曲直，而人自愧服。咸以长者目之。然操守不畏强暴，不媚权势。屡迫凶威终不少变，卒亦无以害之也。凡输赋徭役必为乡里先。尝以事挠官府。其奉祭祀必敬，待宾客必尽礼，治生敦本。在乱离间，亦课僮奴事耕稼，且善理财，躬行俭约，凡世俗侈靡事一切屏去。晚岁田畴大增，积贮充实。子壮孙长，家事以堪付托，而外祖尤勤力如少年时。凡所设施皆可为子孙法。

外祖生于宋嘉熙二年戊戌四月初二日子时，卒于大德九年乙巳十月二十三日，寿六十有八。夫人同邑徐氏，故宋江州司理元善[1]之女也。懿行敦笃，勤事女工妇道，姆仪姻亲则之。生于宋淳祐元年辛丑三月十六日，卒于至治三年癸亥十二月十四日，寿八十有三。男二：咸亨、咸忻。女一，适太常博士胡助，即瑜考妣也。孙男四：弼、白玉、世贤、忠贤。女一，适蒋天麟。曾孙九：乐善、继善、述善、望平、济、选、迟、弥、润。女八，适应伋、范绍祖、应佺、楼思晓、蒋锡、郭埫、金仁镛。元孙六：友闻、梦辉、梦熊、公善、公实、端闻。女四，适楼似春、蒋世明。昔外祖之殁也。权殡于所居之后山浅土。及外祖姚弃世。方营卜宅兆，未获襄大事，而瑜二舅氏亦相继卒。先妣日夜劝督诸任。至至正三年二月乙巳，乃克奉府君与夫人之枢合葬于其乡米山之原。孙皇毕力安厝，则先妣佐其资用焉。

呜呼，陈氏自居东阳以来凡数百年历十余世，仕未有至六百石者。故无功业显于世。然聚德积善于乡里长者家，世世不替。视彼朝荣而夕悴者宁不有间乎？识者必不重彼而轻此也。况我外祖府君志怡行安，懋其德善，虽遭艰厄而考终正命，亦何愧于太丘后人哉？先妣宜人间谓瑜曰："尔外祖钟爱于我，不肯与凡子，故婚姻迟暮。及纳尔父之聘，喜曰'择婿得此人吾无憾矣。'"吁，外祖之有是言也，真知人哉。瑜虽不肖，亦何忍湮外祖之德而不彰乎。第生晚不及详知出处，然尝逮事外祖母，颇获闻大略。今姑取先妣旧所诵说，与恒闻于乡里长老者，故为行述如右。

时至正二十一年岁次辛丑十二月十五日，外孙胡瑜百拜识于明时里寓舍。

---

[1] 徐元善（1218—？），字长如，城内人。博洽群书。宋咸淳乙丑进士，官至台州司理参军。入元后，归隐天台，遂居石梁。

三十四、胡宗谨

胡宗谨（1312—1374），字彦恭，号恰颜。永宁乡观光里（今巍山镇光里湖）人。通载经及诸子百家，能文善赋，举授永康县教谕。

爱梅诗序[1]

　　梅之为清也尚矣。而爱梅者林公和靖其人也，如香影之咏，超妙入神，由是和靖之清与孤山风月并传，人皆知其皎皎，可倚能领其趣者，抑何罕耶？

　　里中孙君原谨，太白乡先生耳孙也。志甚壮，操甚洁，际时屯棘，未始以荣华自役，至游息之寓，异卉瑰木则尝注意，盖得乎中而适乎外。故尔近自兵发以来，君乃筑别墅，俯仰池上，埙和篪应，于是游结息焉。虽木林立而爱梅尤甚。尝抚孤树临池，且横枝卧水，状甚高古，暗香疏影妙出天然。

　　窃按花品，惟梅禀[2]太极始气，故能魁百花，凌岁寒，脱尘俗，得所以遂其生，因人而全，其清古今一致也。风月固无异，斯池上之风月亦孤山之风月也，而孙君之心非即和靖之心乎？诚可谓能倾其趣者矣。余获与君伯仲时同佳玩，倦恋不忍舍，遂假诗以写其万一。

　　诗曰："迹继逋仙复有人，梅花相与共精神。香魂独伴池边月，和气先传天下春。一点铁心坚有节，千年玉骨净无尘。淡如能尽家学远，安得重逢为写真？"

　　甲辰（1364）腊月初吉龙飞，里生胡宗谨序。

---

[1]　见《婺东忠孝世家孙氏宗谱》卷十。
[2]　禀：领受，承受。

三十五、李贯道

李贯道（1315—1355），字师曾。裕次子。东阳城内人。笃学苦行，经术通贯。至正戊子游西浙，杨廉夫、郑明德辈咸敬慕之，交荐为和靖书院山长。吴门学者翕然云集，时黄文献公见而喜曰："师曾我亲友也。能继其家学，必有以光道州（李裕）之业矣。"至正十三年（1353）解元，次年登进士第，授将仕郎、饶州路鄱阳县丞，未赴。改詹事院掾史，寻扈驾上京卒，私谥孝节先生。所著有《敝帚编》等。

诗二首

三星行赠季高[1]

三星射户金光芒，梧桐碧树栖鸾凰。窗前夜整合欢举，绣罗宛转成鸳鸯。云屏雾帐经于縠，珍簟斓斑织湘竹。美人振珮江上来，粉面团团照红玉。桃腮杏脸天上娇，暖香腻色春妖娆。关唯窈窕泛流征，子夜国香春梦遥。重城漏断鸡声里，曙色曈昽照窗绮。暑天夜短君莫愁，百岁欢娱今夕始。

黑松使者歌[2]

苍龙吐火凝烟碧，千载寒光照奎壁。使者如蝇天上来，服食铅华[3]身似漆。括囊奉赞朝明光，削圭琢玉盘龙香。客卿夜拜平章事，食采楮郡司文章。磨肝沥胆传经史，流泽涵濡管城[4]里。淋漓竹帛斑烂文，诘曲权奇分八体。六籍皎皎垂日星，皇风万里如云行。功成韬晦不自白，本支百世流鸿名。

---

[1] 《东阳历朝诗》并见《桂坡集》。

[2] 《桂坡集》。黑松使者：古时制墨，多用松烟，品质上乘的还要添加香料，古人因此戏称为松烟侯、黑松使者、玄香太守、亳州楮郡平章事等。

[3] 古时道人以铅汞炼丹，南唐谭峭《化书·铅丹》："术有火炼铅丹以代谷食者，其必然也。" 宋沉作喆《寓简》卷二："安国服铅丹，寿三百岁云。"

[4] 管城：毛笔。毛笔的笔杆多以竹管制成，因此被人封为管城侯。

三十六、李思齐

李思齐（1316—?），字齐贤。东阳城内桂坡（今城东新安街一带）人。寓居湖山。从胡瀕学，受知于许谦。元至正四年进士，为龙泉知县。洪武初，宋濂荐为河南按察司佥事，命下而卒。

诗二首

夕阳红[1]

九日霜天百草休，一番红叶发诗愁。海霞不雨迁林表，野火无风到树头。高拥残阳萧寺晚，半随流水楚江秋。一从题句传情后，更有何人访御沟[2]。

题徐氏蒲石卷

猎猎石上蒲，青青迸苔碧。何人写冰纨[3]，清气生几席。

---

[1] 见《御选宋金元明四朝诗元诗选》卷五十一。

[2] 御沟：流经皇宫的河道。

[3] 冰纨：洁白的细绢，也指绢制的团扇。

三十七、陈显道

陈显道（1326—1372），字如晦，本名李应荣。东阳，城内桂坡（今东街社区桂坡坊一带）人。其父李相为母舅陈案抚养，遂从陈姓从。显道少时好学，明经义，旁通天文、地理、乐律、历法、军事。乡试失利，即不再应试，称："大丈夫要以功勋垂名青史，岂能与这帮小儿在笔头上争长短？"元末乱兵四起，陈显道散尽家财，招募武勇，据险守要，寇不敢犯。至正十八年（1358），朱元璋攻下婺城，陈显道备陈济世安民之策。时方国珍占据台州、温州、庆元（今宁波）、越州，陈显道随主簿蔡元刚前去招安。次年三月，方国珍献温、台、庆元三郡来献，并且以其次子方关为人质。次年十二月，复遣显道与博士夏煜前往，传朱元璋话："福基于至诚，祸生于反复，隗嚣、公孙述前车可鉴。"方国珍惶惧，献上降书。朱元璋赐陈显道手札及和诗，以表恩宠与嘉赏。后历任江南、湖广二行省司都事。二十六年，朱元璋定鼎金陵，擢将作监少监，督治营造。又遣显道令方国珍兄弟称臣入觐。显道历官至尚宝司少卿，因忤旨外放临洮知府，洪武四年（1371）召回复职。病卒，太祖命官府造墓，护丧归葬。

诗一首

奉使说方国珍途中作[1]

驱车出东门，远上天台城，崎岖道路遥，行者难为情。高山插天起，屹立如回屏，前途在云杪，仿佛秋蛇行。俯视万壑底，涧水轰喧鸣，恍然心目眩，几焉堕危层。况兼风雨至，泥滑如饴饧，飞磴跨绝峤，万丈悬空冥。藤萝拂人面，石级多峻，一步三退缩，战若履冰。仆夫屡颠踬，性命鸿毛轻。行迈亦云苦，胡为事远征？神武恢疆宇，垂念及生灵，俾将诚信辞，以息东南兵，藐焉[2]一小子，敢不来趋承。

---

[1] 见道光《东阳县志》。
[2] 藐焉：幼小的样子。

三十八、杨 苐

　　杨苐（1327—1400?），字仲彰，一字质夫，自号鹤岩，晚号锦溪渔者，学者称鹤岩先生。其先义乌人，父德润始迁东阳南溪鹤岩。杨苐以清俊修敏之资，好学不倦，深入研讨《六经》奥旨，文辞典雅，操笔立就。早从李序、陈樵游，晚登黄溍之门，与宋濂、王祎同学，尤为黄溍所推重，以友相称。杨苐孝行凤著，重气节，义不仕元。洪武初聘为义乌学官，讲学授徒，士乐归之。杨苐才干气度与宋濂诸人不分伯仲，但不以仕宦为务，不以文章自高。洪武十六年（1383），诸大臣荐举，杨苐以母老婉辞。及至京，上疏。放还，赋《被征诗》百韵以见志。晚年隐于南溪之滨，闭门绝客，束书问农，文不留稿，诗不赠人。

　　著有《百一稿》《无逸斋稿》《鹤岩集》，合二十余卷。又辑海内名流乐府诸作，名曰《元诗正声类编》。

书秘书公《井田论》后

　　右论一道，乡先达宋秘书郎何公淡所著之文也。予家藏书有论学关键者，内载此文。盖南渡后诸名公决科[1]之杰作，如丞相马廷鸾、刘梦炎、江万里、状元徐元杰、省元徐霖、叶大有、王胄等诸作皆在其中。而公此文亦与焉。且所载之文，体式不一，有所谓按时立论者，有所谓就题生意者，有所谓反题立意者，有所谓添意发题者……体式之变不可枚举，而此篇则所谓就题生意者也。宋制试进士，初场或用经义，或用声律诗赋，第二场则悉以论出题，故为士者莫不工此。公以嘉泰三年，车驾幸太学释褐，此文丰居辟靡时程试而为之者邪。友人何用宾，公之五世从孙也，以诗书世其家，而于先世之遗文遗墨宝爱之尤。谨尝手录其高祖内舍公及高叔祖参政公[2]应试《周礼经义》二通为一卷，请当代名人题识，发扬以垂不朽。吁！如吾用宾，诚可谓知尊祖之道者矣！用是膳写前论朝达官、才士、老师、宿儒言，足垂训人所不可致而至者也。复经宋章如愚先生所撰《秘书郎何公行状》刊印成册者，命予题之。予观其祖宗积累之久且厚，然后知公历显官、善政治者，非无，自而然也。本固叶茂，源深流长，信夫！

---

[1] 决科：参加科举考试。
[2] 参政公：此处指何梦然。

元故鹿皮子陈先生行状[1]

　　先生讳樵，字君采。姓陈氏，其先当宋之初自杭之富春来徙，遂为婺东阳太平里人。曾祖讳居仁，妣朱氏。祖讳哲，宋登仕郎，妣郭氏。父讳取青，宋国学进士。慷慨有大节，尝抗章诋时宰贾似道欺君误国状。迨元朝取宋，丞相忠武王伯颜阅架阁得所进章，壮其言，征而欲用之，不为出，韬晦终身，晚自号闲叟翁。妣郭氏初，乡先生蟠松石公一鳌[2]得徽国朱文公之学于徐文清公侨[3]之门人，讲道绣川上，及门人之士亡虑数百人，翁实为高弟。

　　先生敬敏，趋过庭[4]受业，父子为师友，朝夕讲贯而切磨之间，又从里儒师复庵李先生直方游，受《易》《书》《诗》《春秋》大义。比弱冠，博综群籍，自六经以下至诸子百家之言，靡不研究。既而疑淳熙以来，诸儒之说经者似与洙伊洛之旨有所未合，乃悉屏去传注，独取遗经，精探其理，如是者十数年，一旦神会心融，以为圣贤之大意，断然而趣可识。片言而道可尽也。

　　于是乃隐居小东白山之间谷涧少霞洞中，自号鹿皮子，著书十余种，其言宏博而约之于至理，微言大词奥义，多有先儒所未经道者。若曰心之精神，性[5]；神者，性命之本[6]。言动，性之用；知觉，性之知；喜怒哀惧爱恶，性之情；

---

[1] 见《亭塘陈氏宗谱》。

[2] 石一鳌：南宋义乌人。号蟠松。王世杰弟子。景定五年(1264)进士。开门授徒，陈樵父亲陈取青，以及义乌王龙泽、黄溍皆其弟子。

[3] 徐文清公侨：徐侨，字崇甫，义乌人。从学吕东莱门人叶氏邦，登淳熙进士，调上饶县簿，复登朱文公之门。任至工部侍郎、奉内祠兼侍读等，卒，谥文清。其学史称"文清学派"。

[4] 过庭：典出《论语注疏》孔鲤"趋而过庭"，后以"过庭"指承受父训。

[5] 孔子曰："心之精神是谓圣。"南宋心学家杨简传承此说加以发扬，陈樵则曰："心之精神曰性。"详见陈樵《答客问序》。

[6] "神者，性命之本"：意思是精神是生命的本源。司马迁《史记·太史公自序》："神者生之本也，形者生之具也。"

饮食男女，性之欲；仁义礼智，性之德。又曰，神之所知之谓智，知天下殊分之谓礼，知分宜之谓义，知天地万物一体之谓仁，礼复则和之谓乐，圣人之道在仁义礼乐，而邹鲁蔽之曰仁，仁者与天地万物为一，而天下和，求仁者，尽分以复礼，合宜以徙义，使复归于一体之仁，而人已安，则家齐国治而天下平矣。其说《太极图》，则谓太极者太始也，阴阳太始之一气，一气生于无始之真，而动静不穷。太始，本无始者也，无始之真以为神，气以为质，而人物生焉。其说《洪范》，则为禹谟舜歌，九功称六府三事[1]。至九畴[2]，则六府为三五为八。而国之建官，史之立志，事系本之《河图》《洛书》《易象》之所自出，于六府三事何有乎？其说《易》云云。至于《春秋》，则谓有是非而无褒贬。其言曰，《春秋》鲁史之成书，曰修《春秋》，孔子修其词者，核其事而厘正之。曰，寓王法，吾未之见也，寓王法之论始于不识孟子者为之。孟子曰"《诗》亡，然后《春秋》作"，言王泽未息，是非善恶于《诗》可见，至公论泯灭，寇乱公行，见之美刺者曰亡曰寡。孔子不得不定其是非以传信天下云尔。褒贬进退以寓王法，则孔子不知也。尝谓自汉以下，说经而善者不传，传者或不得其意，以故说者不以六经，今当断来说于吾后矣。

时之巨儒若安阳韩先生性余，余姚孙先生自强，吴兴陈编修绎曾，武昌冯待制振见其所著书[3]，莫不亟称焉。先生以说经之暇作为文章，韵沉气蔚，词调俊伟而精神动荡，譬犹明月之珠，悬黎之璧，文采焕发，照耀白日，而视之者不觉目眩心骇，爱恋而不厌，故一篇之出，人争传播，上至京都以及遐方僻壤，无不知所宝惜。诗人之选若钱塘仇公远、白公廷玉、谢公翱，同郡方公凤，河东张承旨翥，文章大家若四明戴教授表元、蜀郡虞侍书集，长沙欧阳丞旨玄，莆田陈监丞旅，永嘉李著作孝光，同郡胡司令长孺、柳待制贯、黄侍讲溍、吴礼部师道、张修撰枢与先生为文字交，争相敬慕以为不可企及[4]。虞、

---

[1] 六府三事：语出《古文尚书·大禹谟》。六府即水、火、金、木、土、谷，三事即正德、利用、厚生。

[2] 九畴：指传说中天帝赐给禹治理天下的九类大法，即《洛书》。泛指治理天下的大法。

[3] 韩性，字明善，绍兴人，祖籍河南安阳，浙东理学家。孙自强，余姚人，治《春秋》，中绍定五年进士，官博罗县令。陈绎曾，吴兴人。官至国子助教，元至正三年(1343)，任国史院编修。

[4] 仇远、白廷玉、谢翱、方凤、张翥、戴表元（戴良）、欧阳玄、陈旅、李孝光、胡长孺皆宋元时诗文儒学名家，虞集、柳贯、黄溍、吴师道、张枢见后。

黄二公尤加推重，虞公尝曰："若比诗赋，鹿皮子为当今第一。"又曰："鹿皮子之文章妙绝当世，使其居馆阁，吾侪敢与之并驾齐驱耶？"黄公则曰："吾侪所为文，不过修陈规，蹑故迹，无有杰然出人意表者。至如鹿皮子，以无为有，以虚为实，人不能方而鹿皮子能言之。卓乎，其不可尚已！"

先生也未尝自言作文须拔出流俗，使自成一家言，当如孤松挺立，群葩众卉，俯仰下风而莫之敢抗。苟徒取前人绪论织组成章，夫人能言之，是犹嫫母效颦于西施也。何取于文哉？先生论著虽富，然未尝专以是为名。学者以文为请，辄曰："后世之辞章乃士之脂泽、时之清玩耳，汉魏以来，经术不明，圣人之道熄，士非文词，内无以自见，外无以自附于翰墨之林，识者耻之。学者不事穷理明经而唯修辞之为务，以辉聋瞽，袭声誉不知其于道，何如也？吾知服膺夫六经而已，尔浮辞绮语，何有哉？"

先生之学以诚笃为主，以沉静为宗，左图右史，一室萧然，敛容危坐，至数月不越牟限。而又操履清介，行至端方，在父祖时，家业素丰裕，乃痛洗膏粱纨绔之习，恶衣菲食人所不堪，处之自适，视纷华盛丽事漠然，不足以累其心。屏迹林丘垂七十载，直与世绝。朋侪以文业显于朝者贻书欲引至先生，先生俱不答，曰："士君子，蕴道德，抱才艺于其身，顾上之人用舍何如耳？爵禄宁可干耶？"

先生平生不妄取，非其义，纵千驷万钟弗为动。然轻财好施与，尝发所藏锡为器，误以白金授工，锡工悉易之，虽觉不较。岁凶，灭私家之粟以赈闾里之乏食者，乃以来牟[1]自给。邻县东江桥坏，人病涉，当其复作也，捐资为助居多。其救灾恤患大率类此。

性尤孝，父闲叟翁久患咳，不良于行，出入扶持无少违者。翁病剧，户唾不能，先生截竹为筒，每吸痰涎而出之。母夫人既殁，藏其遗衣服及寝疾时，进膳余米，见辄鸣噎流涕。终丧克尽礼制而哀戚过之。

待族姻故旧皆有恩谊，接物一于诚，言温气和，元几微及人过失长短。遇后生晚出，谆谆诲诱，必以孝悌忠信为之本，闻者油然而自得。有求文者未尝拒却。年及耄期，犹披阅著述不厌倦，方岳重臣逮郡县之吏，仁且贤者，仰慕

---

[1] 来牟：古时大小麦子的总称。

声光，时遣使存问，或亲执馈食之礼，耄生畯士[1]，以得接见为幸。下及舆台阘隶，也皆知所推敬，咸称之曰"陈先生"云。

至正十九年己亥，家被兵燹，避地来居子婿王为蒋坞精舍，乐其山林风物之胜，遂终老焉。越六载，乙巳九月一日，曳杖薄游山中，归，少遭寒热，肢体觉疲劳倦，默坐于一室，不饮食者逾月。县令遣医馈药，先生谢曰："吾年至此，保首领以殁焉，幸已宏矣。尚何以药为哉？"病革，进子孙与其婿，而谓之曰："畴昔之夜，梦我祖父母父母，旦夕吾必省侍于地下。"越二日，遂卒。时十月十四日戌时也。先生之生于前元戊寅十月九日丑时，至此得年八十有八，娶朱氏，先二十二载卒。子男六人，延年、大年、耆年、乔年、昌年、逢年。大年以礼经中至正庚寅乡闱乙榜第一，授国子学录命兼徽州路歙县教谕。五子皆朱氏出，逢年侧室范氏生也。先生没时，唯乔年在，余皆已先卒。女三人，适王为、俞忠、张绍先。孙男九人廷玉、廷珪、廷筠、廷鸾、廷凤、廷槐、廷海、廷俊、廷璿。女四人适徐信、俞本、虞庆、徐珍。曾孙男五人起宗、绍宗、超宗、林宗、朝宗。女三人在幼。以是年闰十月十有八日葬于县西南四十里怀德乡斗潭山之原。县长贰及学士大夫、宗姻、门弟子、方外之交咸来会，莫不悲悼掩泣如失所依归。而经纪丧葬之事则王为之力居多。

先生所著书，有《易象数新说》二卷，《太极图》二卷，《洪范传》四卷，《四书本旨》二十卷，《孝经新说》二卷，《通书解》三卷，《经解经》四十卷，《答客问》三卷，《石室新语》五卷，《圣贤大意》十二卷，《性理大明》十卷，《淳熙纠缪》四卷，《鹿皮子》四十卷，《飞花观小稿》三卷。呜呼，六经之旨，自孔孟不作，众说纷纭，孳莫从辨，定濂洛诸儒者出而圣贤之义始明。至朱子集厥大成而圣贤之意益明，于是支离穿凿之论革而学者有所宗师。

有元混一寰区[2]，以明经取士为盛典。非程朱之说者弗录于有司，是以四海内外趋于一轨，不约而合。山林穷经之士，虽有意见发前人之所未言者，箝口结舌，孰敢出片词以动人之观听，同文之治可谓至矣。先生以高出之资，负绝人之学，乃奋然不顾人之是非，论道著书，必欲畅其己说，自任斯文之重，

---

[1] 畯士：寒士。

[2] 混一寰区：天下一统。

屹为东南之望者数十年，不亦豪杰之士哉。况当朝廷文明之盛，野无遗贤，独高蹈深隐，终身不复出，逸气清风，横绝宇宙，真足以廉顽而立懦，又岂当世之所易及也？苂幸获执弟子礼于先生之门人，所愧者质性陋劣，于先生之学莫能窥见其藩垣，而先生之垂殁也，乃悉以遗书授苂。俾有传于方来，顾惟先生平日述作之已流播四方，人诵家传若无憾矣。特其所著《群书》未克大行于世，谨藏之名山，以待后世之知吾子云者。复掇其粹行，上于宋太史氏，请为墓随之铭，若夫传儒林传隐逸，他日操笔尚有望矣。

诗两首

次龙谷隐君韵[1]

四海同文未足欢，要令赤子莫饥寒。豺狼猛噬势犹在，鸿雁哀鸣声未残。治国但期登葛亮，攻城不必事田单。有怀几欲排阊阖[2]，万里深愁路淼漫。

题南溪隐居图

爱子南溪隐居好，流泉绕屋山苍苍。林塘细雨狎鸥鹭，径竹清风鸣凤凰。一经教子书插架，五彩养母春满堂。愧我无能比羊仲，杖藜亦得同徜徉。

---

[1] 以下两首见《横城城义塾志》。
[2] 阊阖：泛指宫门或京都城门。借指京都、朝廷。

三十九、蒋允升

　　蒋允升（1328—1357），字季高。蒋玄子。怀德乡洗马塘（今属南市街道）人。幼颖异，读书过目成诵。稍长，益自力于学，师事方麟、李晔，蒋玄与方麟去世后，束书入怀师山（八面山南麓）中，博考而精思之，发为文章，动合法度。而喜自驰聘，有古作者风。后登黄潛之门，称赏述作，相得恨晚。一时宋濂、王祎皆推重之。允升恂恂儒者，非其言弗言，非其道勿为。事母孝，相其兄植门户，振乡间，周姻族，备极恭慎，远迩无间言。既试有司，不合，遂弃去。部使者以茂才荐授庆元路儒学正，未任而卒，年二十九。宋濂、王祎皆为辞以哀之。著有《时效斋稿》《穿杨集》。

诗十一首

偕王子充北行[1]

黝兮，鬖兮，而相缪兮，彼苍抑何高，使我忧兮！
白日且莫蚀，苍蝇且莫飞，有姝者娃同尔归。[2]

赠赤城画师奚彦先

紫霞之客居天台，翩然骑鹤上天来。秀眉方瞳玉颜好，
手援荷囊携紫蕱。色染烟霞绚五采，心涵造化薄九垓。仙露
滴入丹青色，挥毫为我写真迹。笔端朝夕生东风，吹动名园
春的的。东君去后花长春，仿佛沉香故亭北。魏紫姚黄未足
多，良工冶态真倾国。青青荇藻依绿水，鲫鲋鳜鲤参差起。
洋洋出水浪浮花，汕汕冲波藻萦尾。悠然畴昔濠上情，览之
不出门庭里。神龙幻出势莫当，波涛飞卷云满堂。欻然蜿蜒
挂东壁，健鳍振鬣何昂昂。更看猛虎出深峡，目光夹镜松风
凉。神工妙思不可数，乾坤万象归毫楮。真宰上诉泄天机，
鬼魅夜泣生风雨。碧海鲛绡青玉轴，古来妙处蟠心腹。今君
写出俱绝奇，千载流芳看不足。

---

[1] 以下见《横城城义塾志》。
[2] 原注：元政衰，王子充诣京师上书，惟季高与之偕。途中有所触，歌云：云变征也。是年秋，同
渡江归，子充赠以诗。明年遂卒，子充复哭以诗。

载香亭

何事桐江一钓钩，林泉自足快青眸。仙花当槛香浮月，绿水涵山碧侵秋。雪藕独邀东省客，采莲长系若耶舟。埙箎迭唱吹余韵，曾待明年结胜游。

碧　桃

淡扫蛾眉意态新，恍然身世在琼林。天台人去春无色，阆苑花归月有阴。蝶到溪源惊白雪，莺来洞口点黄金。缑山不见吹笙子，寂寂东风耿素心。

和韵送杜宗元诗三首

芙蓉峰高夐烟霞，上有丹丘仙人家。氛埃廓清天宇阔，万仞璧玉光无瑕。

屹然立峙当空拥，清映双溪翠茗动。玉井之莲五老峰，秀色相伴声价重。

赠行聊作采莲歌，凝望芙蓉离思多。芙蓉芙蓉不可采，欲赠君子意如何？

送赤城蒋仲斌

百川有源海水深，万木有根柯干森。人生俯仰成古今，子孙绵远世裔分。表表英彦吾宗人，嘉嘉先志重有心。远来鸟道蹑白云，遗我谱牒秩有伦。展卷顿觉情相亲，宗义焕然一朝新。支分派别何振振，吏部徙居今几春。至今流泽垂后昆，君才矫矫鹤出群。相逢一笑席未温，玉瓶酒尽南溪滨。悠悠别思难重陈，缥缈暮云连帧中。

送胡仲衡北游

由来豪侠士，早充观国宾。意气方莘莘，令姿何振振。玉京三载余，珠履跂名门。日部幕府彦，结交契兰金。襟期忘尔汝，燕寝同晨昏。弟兄皆卓越，济济出儒林。凤池播芳声，虎榜流英音。吾子独皇皇，弹冠望青云。自惜时未遇，言旋非隐沦。徘徊中道留，眄睐山中人。相逢一邂逅，相知意殊深。同舟沂江流，飞帉来荒村。松风日携手，萝月夜论文。勺水不可留，壮志念未伸。驾言复北行，驱车要路津。秋风吹柳枝，不堪持赠君。阳关贮离恨，倏忽成分襟。悠悠吴江秋，蔼蔼燕山春。青眼久相望，旧游俱缙绅。佳期彩云重，后会何相亲。君不闻古来管鲍与雷陈，百年结交惟知心。

送李仲积北游[1]

飘飘青骢郎[2]，壮志薄四方。报言适上京，示我云锦章。往昔筮仕初，令姿方昂昂。结交在幕府，观光登庙堂。出驰青丝骑，归醉绿霞觞。春风足游骋，群彦参翱翔。一朝朔雪寒，灵椿谢芬芳。拂衣归去来，幽栖岘山阳。帝乡良可怀，佩剑苍精光。系心非归伦，欻然事远扬。我亦慷慨士，

---

[1] 李樋：字仲积，城内人。仕至总管府推官。陈樵有同题诗。
[2] 青琐郎：黄门侍郎的别称。唐杜甫《奉同郭给事汤东灵湫作》诗："飘飘青琐郎，文采珊瑚钩。"

襟期久相忘。愿言买扁舟，送君过钱塘。此去拾青紫[1]，功名非所量。燕山万里远，别情万里长。为君劝加餐，更期早还乡。

九月朔日登远怀亭

碑仆荒基秋复春，登临感慨重怀人。诛茆伐木亭追旧，拭土剜苔石又新。不为浮名加粉泽，要推遗教被乡邻。升堂训语存无缺，朝夕观瞻岂厌频。

---

[1] 青紫：本为古时公卿绶带之色，指高官显位。

四十、胡协中

胡协中（1331—1375），字太和。孝德乡前山（今歌山镇西宅）人。从胡减授经，罕仕进意。洪武六年，诏举经明行修之士试春官第，其文上等，擢官。同选者三十六人，名列榜首。寻授从事郎，仕卫辉府胙城县知县，以政事称。

韩柳欧苏论[1]

人材关乎气化，文词载乎道德，此古今之通论也。况一代之兴，必有一代之人材。有其才而无其文，有其文而无其德，乌可谓之真儒耶？

粤自孔孟之后，道之不传也久矣。大雅既散，淳风丕变，世道日降。汉之董贾，晋之陶谢，虽为文合经，其于传道盖未闻也。逮唐而宋，韩昌黎、柳子厚、欧阳永叔、苏子瞻，人材辈出，欲以续先贤之绪，开后学之传。其文词相颉颃，而道德不无[2]有浅深之间，虽不可窥其涯涘，而亦不容不论也。

子厚之文，若日精月华，曒曒乎不可尚。而昌黎之文，若云行雨施，洋洋乎不可御。欧阳之文，若千兵万马，驰骋无涯。子瞻之文，若长江大河，滔滔无穷。匪异也，盖势也。观柳氏梓人、橐驼之传，黔驴、捕蛇之说，封建、辩桐之论，乞巧、送穷之文，其得文之华丽者乎？韩子原人、原道之文，送王陶、李愿之序，获麟之解，祭鳄之文，佛骨之表，平淮之碑，其得文之中正者乎？欧阳观兵法、纵囚之论，秋声之赋，庐山之诗，醉翁亭之记，其得文之雄壮者乎？苏氏卫兵之论、万言之书、宝绘堂之记、赤壁之赋，其得文之辉润者乎？故愚谓四子，其文虽各有所长，而其为德不无有异。大抵韩子耿介之心、謇谔之操，有非他人所及者。柳子终莫出朋党之论，而苏子亦不能御邪人之倾，欧阳氏亦有补衮之职。

呜呼，儒之进退尚矣！或见弃于时，或取憎于人，或攘斥于朝，或播迁于野，岂时之不遇，抑儒之不能变通耶？岂道之或衰，抑儒之不能固守耶？四子虽齐名后世，抑不知所以为道为德果何如耶？其接道统之一二者，非韩子其谁欤？彼二三子岂得不敛衽以避斯文之锋乎？

---

[1] 以下除另注外，皆见《前山胡氏宗谱》。
[2] 原本"不无"两字误倒，今据《前山胡氏宗谱》改。

胙城劝农文[1]

盖闻一年之计在于春，一生之计在于勤。故为农者，不可不及时，又不可不加勤也。

二月既望，东作载与，尔农宜力尔田，耕尔野，朝夕弗怠，庶秋成可望，卒岁无忧。余到任以来，往岁罹亢旱，田野薄收，农民之困甚矣！近者雨雪并降，屡兆祥于冬春间。厥土滋润，二麦同登。告尔农民，庤乃耒，覃乃耜，深耕以开辟之，广耨以播种之，加力以培植之，毋失其时。使收成之际，生者众，用者舒而食足矣！岂不乐哉！尔农其听之毋忽。

---

[1] 胙城：今河南省新乡市延津县。

诗九首

题李齐贤寓居湖山天趣堂[1]

东南一望稻粱区，幻出神仙碧玉壶。市上移家今孟氏，湖中避世古陶朱，岁寒松竹为佳友，春色山川当画图。我亦欲忘尘世事，相从云外理樵苏。

梓　泽

一代荣华似有余，千年梓泽尽丘墟。珊瑚树底秋霜冷，翡翠帘前夜月虚。

送李齐贤赴句容教官

焕然一榜著英猷，健翮[2]于今志可酬。最爱儒官清似水，休嫌学舍窄于舟。芹香鲁泮[3]三年客，书对寒檠[4]午夜秋。从此名驰柏台上，弦歌蔼蔼教声流。

---

[1] 以下两首见《金华诗录》。余并见《前山胡氏宗谱》。齐贤，李思齐字。

[2] 健翮：矫健的翅膀。比喻有才能的人。

[3] 鲁泮：鲁国的泮宫。泮宫，即古代国家的大学。《礼记·王制》："大学在郊，天子曰辟雍，诸侯曰泮宫。"

[4] 寒檠：寒灯。

挽蔗庵胡先生

两楹奠梦忽蘧蘧，食蔗庵中讲席虚。遗子岂无桑氏砚[1]，传家幸有载公书。丹心报本崇祠宇，白发思亲结墓庐。看到孤云栖止处，令人感慨复长吁。

钓　台

先生本住富春山，山在浮云暧瑞间。春色满林青冉冉，秋声着树响珊珊。一丝波上乾坤动，百尺竿头日月闲。若使声名今在尔，未容高隐碧沙湾。

谢　恩

紫微宫殿拥神仙，引领群儒步独前。冠带恩沾秋苑雨，衣裳香惹御炉烟。鹓行已列瑶阶地，虎拜初瞻玉陛天。朝罢从容花底立，不知身在日华边。

思　亲

太行山下云俱白，错认家山列画图。两浙东西千里隔，半年南北一书无。萧萧白发严亲老，碌碌青春幼子孤。直待瓜期归侍日，好将藜杖向前扶。

---

[1] 桑氏砚：磨穿铁砚，形容人刻苦勤学或意志坚定。典出《新五代史·桑维翰传》，桑维翰铸铁砚，称："除非这铁砚磨穿了，我才改用其他途径。"后来张于考上了进士。

父老七十在任弗克奉觞

今年十月小春时，阻奉亲闱献寿卮。彭泽未由归故里，老莱犹喜作婴儿。江南日暖梅花早，卫北天高雁信迟。笑指县庭松与柏，愿将苍翠祝期颐。

送张率初归养

从来忠孝两难全，子独能酬纪行篇。梦里庭闱种白发，客中灯火复青毡。始知爱日情尤好，终见凌云志自坚。只恐辞京归去后，征车还复赴林泉。

四十一、胡维扬

胡维扬（1332—1386），也做维扬，字一之，号学士。孝德乡前山（今歌山镇西宅）人。自幼聪敏，学造渊深。邑宰荐授义乌县税禄大使，退仕，重修宗谱，纂编考证，昭穆无讹。

双峰胡宗寅墓志铭[1]

　　至正十年岁在庚寅五月晦，先祖终于正寝。越十又二年壬辰二月二十有八日壬辰，葬于家之西苎墓山之原，其近才百步许。凡兆域茔堮悉生时之自营，松楸梧槚皆存日之所树，至于安厝岁时亦由治命，诸父不敢违也。若夫圹志、墓铭及自祭之文，非特笔之于屡书，抑且口之而不置，维阳犹能记忆，故得以备参考，述其志行。固将请于当代儒宗为文，以发扬其隐德不止此也！

　　然维阳于诸孙为最幼，而知吾祖者为最深，斯言也非僭也，良有以也。维阳九龄而失恃，先祖矜其零丁，爱其耿介，故饮食数载，特加厚焉，末年示以归根，近录叙述其始生之因，应世之劳，投闲之方，养寿之道，以一身之弱而敌百病，制于外以全其中；以一心之微而应万事，极其变而归于常，其所以立言置趣不下数千百言，维阳惧览之者弗周而知之者惟艰，故敢采摘会其要而传诸后，虽蹈逾躐[2]之罪而亦不敢辞也。

　　先祖讳宗寅，字德和，双峰其号也。曾祖考讳必达，妣俞氏。以先宋咸淳二年丙寅之岁十月七日戌时生，自先祖而上凡有伯祖三人，先祖居四。堕地逾时，迨将不举，高祖精于星学，推详躔度，因扬言于外，以为三兄皆不能及。声闻于房闱，群婢乃具汤以盥，解衣而襟。时孟冬始，肃风寒中其肌体，故其疾乃与生而俱，髫龀间遭世变，奔走于道路，晦迹于山林，蒙犯霜露，栉沐风雨而众疾俱作。世道甫平，负笈邸邑，从清友先生张泳学，义理涵育，文辞典雅，几冠而归。时法制未备，以置邮暂立门户，其差徭悉皆蠲复[3]，暴官悍吏

---

[1] 以下除另注外，见《前山胡氏宗谱》。
[2] 逾躐（liè）：超越、践踏。
[3] 蠲复：积存、重复。

屏迹缩颈，不敢躐突于左右。由是得尽心于简编之事，致力于性命之学，尝与长伯祖岁时商榷，日夜刮劘，谨记录，辨异同，或赋诗，或论文，或戏采衣，或对床话，孝友之政，聿修则用舍之道固同也。

优游数载，外侮风起，于是入城府伺候。于公卿之门，奔走于道路之侧，迨无虚日，天诱其衷，大憝授首，脱然而归，父子兄弟俱亡恙，熙熙真乐，不必有待于外求也。

友人曹公良甫任甬东教官，以荐剡上宪司，宪司乃移文宣慰司，宣慰司授以建德路桐庐县儒学教谕，人咸以为可以伸斯文，尺蠖之屈，乃竟不赴，何哉？是未悉先祖之方寸者也！平时恒对维阳诸父言曰："余宋人也，汝曹曾祖父母同终于国难，余时痛国家之沦没，悯大父母之死忠，恨不与之同死，今苟延性命者，亦以草莽之臣有黄冠归故乡之思乎！"绎此言则可得不赴召之意也。

昔严子陵垂钓于桐江，禄虽不及于一时，而名愈高于千载，吾祖既不任其职而访其遗，而又不能显身后之名，盖其地虽同而其志则异。子陵受万乘之知而蔑一嗣之可，继吾祖养一元之德而启后人于无穷，引而不发，全乎天也。平居尝曰：吾事亲之际不潜窃于上，不私蓄于下，闺门之中咸恒正气，外余无一毫所染，三辰在天不可诬也。夫人之于嗜欲，大则杀其身，小则蛊其志，此古今之通患。而吾祖于货利声色外之如此，几于道矣！

大德初，罹曾祖丧，曾祖庐于高祖墓下，而先祖兄弟俱留祖居，间尝轮侍，终不得奉养之宜。凡数载，先祖告诸兄曰：父死不葬，母在不侍，为人子者当如何哉？于是商议历年逾月谓以一子侍养而终，莫能定，兄弟探阄，而吾祖得守先茔，奉慈闱，适志愿也。

八年春始克奠居，以备定省温清之礼。曾祖妣谓先祖曰：尔父以孝事亲，谓墓之东北一隅偏卑，故筑室与我同居，意欲创楼以助形势，不幸而逝，我伐木取材欲鸠工而未遂，今汝定居于是，必继先志，以成其事。未几，曾祖妣又即世。先祖念念不忘经营筑椽，唯恐弗及，楼成，匾曰"述善"，践前修而待后人也。知命之余，息肩弛担，丝毫不为己累。戒诸父以八字曰：仁义忠信、谨慎勤俭。实持身保家之大要也。

厥后逍遥忘世，养寿于冲澹之乡，适志于文字之间，潜玩义理，触处洞然，存养于中而操守于外。徜徉乎畎亩山林之乐，曾不知老之将至，向之感疾曰白癫，至是而尽脱，肌肤若霜雪，倏然山泽之间，若神仙中人物也。

晚年修叙谱牒，命伯父聚会宗族，赈贷其贫者、寒者，以成敦睦之德，盖吾祖得中和之气以生，资性恬雅，容仪修整，识见高迈，操履端方，充养完粹，无复圭角，故能博极群书，有述有作，文理真述无所矫饰，锲薄谐谑绝于言议，生不苟于世，老自得于天，仰不愧俯不怍，靡为卓异之行以沽名钓誉。虽不求人知而人自不能舍也。尝语子孙曰："读书在识大义，达大礼，验天理，忘人欲，勿效今儒寻章摘句，曲学以阿世，偏有所长而不能贯通，必也切己慎思反身自得，庶几不背于圣贤之道也。"然先祖平日为文不自具。族之长兄居敬操笔杂录，先祖见之以覆瓿自况，长兄题以为名，先祖因而命之，盖深感激。后之无传，寓嗟叹而致勉励也。维阳卯角入学，少有进益，颇称意，辄自喜亟称许焉。

己丑冬，与太和兄相与校覆瓿稿而为集，明年春，书成。先祖年八十有五，尚能引笔书名。至夏五而属纩[1]矣！呜呼痛哉！忆先祖尝自称曰逸民，非怨望也，推此心而已矣！世儒由科第而进者，悉皆自荐，苟能超拔于流俗之外者无二三焉。吾祖虽不见用于时，其所以为士之道，视古之人无愧也已。维阳自惟肤陋，无以显扬潜德，而由见而知之者，悉著其详，而不敢杀。盖有待于当道君子笔削云尔。先祖配祖妣周氏，名柔懿，字仲德，同邑甘泉仁孙之女，登仕郎嵊县丞核孙之侄，祖妣三岁而丧母，登仕命冢妇鞠育而遣嫁之。及归于我祖，淑德徽行为家仪，则肃雍以处闺门，兹爱以长子孙。先祖十六年卒，逾月而葬，今合祔焉。子男三人，伯父讳兼善，父讳止善，叔父讳似埙，孙男八人，若兰、翁衍、延庆、维岳、协恭、维申、协中、维阳，孙女一人，从程适俞道生。曾孙七人，桓道、钧道、渊道、允道、贯道、任道、源道，曾孙女一人来朋未行。维阳言不能文，握笔战汗，涕泪淋浪，不知所裁，谨述先祖自为之铭于右，铭曰：

生以劳，死以息。死无亏，生无益。既不失，又何得？死与生，去何觅？千万世，犹一日，叩斯人，瘗者石。

至正十二年岁在壬辰二月二十八日，孙维阳泣血撰。

---

[1] 属纩：用新绵放在痛危者鼻口上，以察是否断气。表示病人弥留之际。

诗十八首

东白山祷雨[1]

果然仙境异人间，峡转频惊虎踞关。衣袭林霏寒气肃，香联石塔藓痕斑。碾中云液清堪酌，头上天都近可攀。归路已占甘雨意，廉纤送我过南山。

奉挽鹿皮子陈先生

九十仙翁戴鹿皮，昔年琳宇拜皋比。道传神圣千年统，学贯天人三教师[2]。泰岳岩岩瞻莫及，源泉混混逝如斯。少霞洞口飞文焰，俗眼何能措一辞。

登岘山

曲径穿林境趣幽，昔年冠盖忆同游。三山回首青相顾，万木成阴翠欲流。藩镇功高羊傅石，英雄泪滴楚天秋。登临莫恨无清兴，亦有梅花遣客愁。

---

[1] 以下两首见《金华诗录》，以下并见《前山胡氏宗谱》卷十四。
[2] 三教师：指孔子、荀子和墨子。

哭祖父双峰诗

笔卓南山双翠角，洪涛阴发破崔嵬。中堂易箦言犹在，绝壑移舟去不回。燕翼贻谋终有忝，桐枝接木竟无材。哭声欲尽情何限？泪雨焉能到夜台。

上赵御史

诸将迁延不进兵，柏台宣令趣军程。朝廷旰食忧民切，使者绣衣持斧行。白兔瓜田今绝迹，青骢花县忽闻声。五原决狱施霖雨，好慰云霓仰望情。

题郑岩谷口耕图

谷口耕者郑子真，炎精无光坚避世。一犁春雨意自闲，驷马不能回一视。嘉誉四达蜚长安，戋戋有来王凤币。嚣嚣不肯屈毫芒，嗟哉乐道忘人势。扬雄署列新大夫，纪录盛德宁无愧？人嗤徒隐张声名，岂知养高崇节义。展转妙笔巧入神，安得画出古人意。我今直指为君歌，写出家传枕中记。

奉寿家尊六十

花甲从头周岁阳，灵椿庭下寿星光。但将诗礼供甘旨，自有箕裘启义方。沧海安期丹枣熟，商山甪里玉芝香。年年爱见赵衰日，长把梅花奉一觞。

奉赠禅师

谁道归乡道不成，归乡还得避声名。命途一任风波恶，心地长如日月明。华顶溜分知有本，庞眉山耸似无生。万苍郁郁含春雨，方寸平田自在耕。

方　岩

萦纡云栈云如飞，凿石为关居虎威。庙食犹存灵赫赫，谱书曾载德巍巍。香浮古鼎结成字，苔上层阶绣作衣。白马吸池传故事，何当再为息兵机。

送姚希孟赴台州路录事司达鲁花赤任

海滨霞气，蒸为赤城，昭应天上泰阶之台星。神仙之府千万数，虚无缥缈，名之曰蓬瀛。杳然莫测异人世，丹梯不许俗士登。有客束书远从朔漠起，手折桂枝上天朝玉京。翩然飞下婺女之墟域，苍松翠竹三载为吟盟。再膺帝命下阊阖，职隶仙府之下为正卿。堂上慈亲鹤发被台背，琼裾玉佩俱东征。君今之官视篆余的的，遗我珊瑚之枝茎。挂之堂上素壁日，再拜顿使天下尘埃清。

凤凰台

凤凰去后台空在，千载悠悠事已非。锦帐花残红雨落，玉箫声断彩云飞。桐枝婀娜含朝露，竹实萧条老夕晖。不似旧巢梁上燕，年年长为访乌衣。

朝天宫

琳宫爽垲敞元门，瑶草琼枝拥异根。绛蜡灯明香不断，丹砂药就火犹温。好山近接烟霞路，老柏唯承雨露恩。不是仙家多胜事，壶中别有一乾坤。

武　昌

虎战龙争事业灰，旧时台殿镇苍苔。翠楼江上曾重建，黄鹤云间不再来。仙笛声吹山石裂,客帆影带夕阳回。无端一阵西风急,雪浪翻空万斛雷。

安 陆

阻带山河称绝险,气吞上国势冯陵。千年经史定褒贬,几度千戈趱废兴。滩畔观兵遗马迹,舟中照客炯萤灯。愁怀不必吊今古,俯仰渔人理钓罾。

襄 阳

晓日趋薇省,秋风怯苎衣。阳乌翔宝树,鞍马候彤闱。岘首翠如画,檐牙势欲飞。朝朝望柏节,未欲愧寒微。

至湖广省

屯田有命开边利,乘驿长驱诸省垣。趋走何由沾雨露,行藏未定属乾坤。城楼日午檐阴正,江岸山寒树色昏。最爱黄鹂如旧友,间关啼向驿西门。

蜎 矶[1]

大江东去势汹汹,中有楼台涌翠峰。琪树风和栖彩凤,瑶阶云湿挂苍龙。神姝何日显灵异?仙掌当年砥要冲。行客停舟得瞻拜,炉烟字结紫云浓。

承都省檄管吏往太平

驭吏出姑孰,今辰发水程。长江自东注,游子独南征。去橹数声急,扁舟一叶轻。等闲风起处,白浪拥如城。

---

[1] 蜎矶(xiāojī):在安徽芜湖西江中,矶上旧有灵泽夫人(俗传即三国时刘备妻)祠。

四十二、王　奎

王奎（1255—1323），字景文，号南冲。玉山南里（今磐安县尚湖镇大王村）人。王霆曾孙。元泰定元年（1324）张益榜进士。授婺州路儒学，转江西湖口县知县。曾参修元至治《东阳县志》。

宋进士桃成三公墓志铭[1]

　　故宋进士赵君既葬之，明年丙子，其孤嗣元造余白玉山房，拜且泣曰："嗣元不幸，先君见背，襄事虽云举矣，而墓上之石未有刻文，惧无以发扬潜德，不肖孤实疚心焉。敢请先生惠之铭，庶有以示来叶托不朽[2]也。"奎忝辱公生平遇爱之深，不可以无文辞，遂为之序而铭之。

　　公讳若炐，字文用，代居东阳县南三里许。其先出自伯益之后，至宋魏王七世孙讳公藻者，官忠训郎监潭州南岳。靖康后，自汴避地东阳，遂为县人，乃公高祖也。曾祖讳彦稧，官承直郎，祖讳游夫，隐处弗颙。考讳时栘，任知丞。姚郑氏，有贤行。公生而秀异，不类常儿。甫成童，即能记诵敷文。族之长老常奇之曰："是儿气质非凡，他日必取青紫，亢吾宗也。"从同里金判杜先生幼存游，先生主新昌桂山书院时，公随往三年始归。复会乡族有志之士陈霖、赵与愷、李贯、吕桂孙、张梦吉、赵时历、赵若辈，于桃岩精舍，夙夜切磨，所资日深。虽隆冬盛暑弗少废也。景定辛酉应贡入太学，条陈时政七事，升上舍屡考居第一。咸淳乙丑改元，登阮登炳榜进士。时赵氏一门同榜者五人，乡邦荣之。登第后，父母相继物故，哀痛悲号，柴毁骨立。先生长者咸劝之曰："与其灭性以痛亲，孰若扬名以显亲。"遂感其言节哀，自力而丧葬之。仪举不违礼，恒以亲不逮养，故岁时祭享必呜咽涕泣，其存心宽恕，与人交无妄言，家素饶且贵，略无一毫骄矜态，见乡人贫乏者，随其多寡济之。服阕，将之京，会北兵下江南，遂绝意仕进。尝曰："为臣子不能死节，岂可忘君父

---

[1] 见《浚仪赵氏宗谱》。
[2] 叶托不朽：依托文字传递给后代，以期达到永存的目的。

之馐而自取富贵耶？"日与群从昆季徜徉山水间，觞咏相乐。故居毁于兵燹，公改创县治北隅潼塘之上，轮奂一新。晚年操履愈坚，杜门自守，外务一不以萦于怀，惟接亲宾，教子姓，无他事也。

元统二年甲戌十二月二十五日抱疾而终，距所生淳祐甲辰年正月五日春秋九十有一。卒之明年乙亥十一月十二日，葬于五都下陈之原。元配贾氏，先公二十八年卒，与公合德。继娶陈氏、姜氏，子男四：长嗣元，即乞铭者；次嗣侑、嗣兴、嗣隆。夫君子之立身，出与处而已，出处不正者无足论。今公登名黄甲，随时显晦，可谓知出处之正者也。宜得铭。铭曰：

赵以国氏，支于东阳。闻人显爵，奕世耿光。继生俊杰，登名甲第。宏抱未施，遭时云季，遂晦其迹，复敛其华，凤隐丹穴，骥留渥洼。维进维止，蹈其斯正。载永厥年，考终厥命，福祉有在，子孙绵绵，我铭贞石，过者式焉。

四十三、马道贯

马道贯（生卒年未详），字德珍，自号一得叟。瑞山乡马宅（今马宅镇驻地）人。弱冠师事许谦，谦殁，尽礼如亲丧。性恬退，非公事不入城市。白云及门甚多，以道贯为著。县之柽溪东南有石室，曰"仙人洞"，道贯读书其中，更名"小隐"。著有《尚书疏义》六卷及《一得叟集》。

迈里古思平寇碑[1]

惟处州多高山穷谷，缭为洞窟，而青田牧溪、缙云、箬奥尤为险阻。其民俗矜勇悍，喜攻斗。平居无事时，长吏拊循得其欢心，奉租税如期外，不得问一事。稍以法令约束之，则构结党与，张其桀骜，吏莫敢谁何，素号难治。

至正中，牧溪盗曰吴甲、箬奥盗曰杜乙[2]，相煽为不轨。江浙行中书选戎帅分阃制之，屡降屡叛。十七年春二月，遂横溃逸出，北犯婺之永康，执达鲁花赤野速达，而掠武义县，分道犯东阳之南鄙。所至烧庐舍，恣杀敚[3]，势张甚。浙东部使者以告于江南行御史台，方议遣帅。今江东廉访司经历迈里古思公，时为宪台行军都镇抚，有文武才略，佥谓莫如公宜。遂命公总制戎兵，往讨其罪。三月丁丑，祃旗[3]于征。甲申，师次东阳，遣裨将余姚州判官黄中，引军进营永康之方岩下，与主簿吕元明会军，下令：凡进战，惟盗之求，得老稚妇女洎来降，皆勿杀。益募民，有募兵及粟者，赏官如著令。戊子，军正赵公复、台掾许公汝霖相继来督师。甲午，贼复犯东阳之南鄙，遣上虞县主簿陈国友、潘黑虎往逆之，斩首十七级。贼旋遁去。壬寅，黄忠、吕元明军自方岩进，败贼于净心。甲辰，遣嵊县主簿宗伯不花进屯方岩。夏四月庚戌，师进缙云之胡陈[5]。贼众来拒，宗伯不花率右军自仁王寺取道与战，败之。吕元明率左军自溪淤战，斩首二百余级。既而，贼千余分五队来逆战，乃合左右军击

---

[1] 见《全元文》卷一二二〇。
[2] 吴甲、杜乙，即青田牧溪的吴英七和缙云箬奥(今大洋)的杜仲光。
[3] 敚（duó）："夺"的古字。强取，夺取。
[4] 祃（mà）：古代在军队驻地举行的祭礼。祃旗，古时出兵前所行祭旗礼。
[5] 胡陈：今缙云壶镇附近，为壶镇前身。

之，贼败走，乘胜逐北，直抵长照，焚其寨五十余所。贼复合余众拒我。黄忠率中军进，当贼锋，转战而前。遣右军转贼阵后，截其归路。左军趋双溪口，邀击之。贼又大败，生擒其伪千户三人，获旗鼓、铠甲、器械无算。戊寅，谍报贼将以翼日袭方岩营。公闻之，即统诸军以夜半倍道疾趋方岩。至，贼众数千已薄我营。黄忠、吕元明军与之鏖战。公纵兵鼓噪而进，黄忠军望见公绛袍紫马，手剑破阵突至，勇气自倍，内外夹击，斩首二千余级，生擒其伪千户、百户六十六人。辛酉，我师直捣小日、左库、山溪、净心诸寨。诸寨皆箐奥捍蔽，而小日山势壁立，磴道缘岩，歙仄以上，而下临绝涧，不幸投足一失利，则顿踣颠陨，骨肉齑粉不可救。贼自恃以为绝险，官军之诛莫能至。至是，始震骇乞降，誓不敢复有意于反，以野速达来归。壬申，振旅而还。是役也，参谋刘君俨、王惟一，记室王祎，皆运筹幙府，与有功绩。

初，公之未至东阳也，东阳以岁恶阻饥，又罹兵乱，它翼军戍兹土者，乘时肆抄掠，县中恶少假名义兵先锋，以攘劫人为事。居民逃避无所，挈妻子，束担任，出门不知所往。及闻宪台军来，益大恐，虞军士之重辕轹也。比前驱至，问大将谁，皆云迈公，民心始安。它翼军惮公威名，即遁出境。公既至，捕恶少，斩其尤无状者二人以徇，告编氓无恐，列市肆业农桑如平日。士卒于民无秋毫犯，军食足，则听以其赢与民贸易，民赖以济。

县之人士德公之政，相与鸠工聚材，为公立生祠县西，致其报效之私。买田若干亩，以畀福昌寺僧，俾掌其租入，以奉祀事。耷石刻辞，昭示永久，亟请文于内翰黄公潜。内翰许诺，而疾革不果，则以属之道贯。道贯洪惟国家立纲陈纪，文武并用，定为亿万斯年之制度。当累洽重熙之运，四方无虞，治教休明，用科举取士，虽将帅之子弟，皆折节为诸生，以明经掇青紫。士之所尚，惟在俎豆，而韬略孙吴之书或未之读。一旦中原俶扰，将不知兵，兵不知战，遂使南北纷纷，以至于此。有自进士擢第，奋其忠勇，以鞠师旅，遏乱略，树勋业，如吾镇抚公者，盖鲜其俦。世恒言戡定祸乱当用武臣，儒者迂疏不足赖。以公今日之功，较之儒者所建，孰与武臣多？因并论而刻诸石，以彰我国家科举得人之懿。

十八年秋七月癸卯日记。

诗三首

奉和李宅仁八景山园诗[1]

石坛夜月

璇霄无云凝一碧，玉蜍洞彻天地白。虚坛净埽秋寂寂，斜透寒光照颜色。藉薜荔猗坐瑶石，清箫罢弄横羌笛。素鸾飞动青琳琅，夜深和影侵衣裳。

翠屏薇露

薇花结构琼阑干，五更沆瀣濡红殷。脂屑不褪娇如醉，芳心滴沥浑无言。鲛人盘底泪新泣，芙蓉杯里凝香液。飞来白鹤点翠寒，摇碎明珠羽衣湿。

土锉[2]茶烟

主人朝诵玉川诗，藓花新劚翻香泥。樵青烧竹沸金鼎，轻烟直上云洞西。笼花拂柳任来去，仙鹤巢寒避何许。一片两片飞成云，时伴苍龙作灵雨。

---

[1] 见《桂坡集》，八首录三。
[2] 土锉：炊具，犹今之砂锅。

四十四、李 唐

李唐（生卒年无考），字仲宏，又字士宏，号东白山人，也号青台山人。李序、李庸弟。城内人。从许谦、黄溍游，潜心经史，为胡翰、宋濂等推重。明太祖下婺州，与吴沉、许元、叶瓒玉、胡翰、汪仲山、金信、童冀、戴良、吴履、孙履、张起敬会食省中，日令三人进讲经史，陈治道。明洪武初，以明经荐授本县儒学教谕，复荐升为郡学教授。家居讲学，从者甚众。著有《尚絅斋稿》。

送一之祷雨嘉应序^[1]

　　广严上人荆山戒缁侣，致淳谒予于青台之麓，且曰：今夏弥月不雨，邦人大恐，致祷于雩，上下奠座，寂然无响答，致淳闵焦稿之久，念慈悲之大辄，熏修供献，靡不致虔，而亦终未能孚格也。于是里人陈君刚中，复延礼一之胡君至妙智精舍，以檄致雨，旋获丕应，邦人赖焉，其推仁济物之利不细矣，幸先生之文以纪其实，庶知甘雨之来有自也，敢以为请，予方以得甘澍为乐，然不知其所从来也，抑何方欤？其孚感也，又何人欤？非淳师之至，以之告予，几何而不以致雨之功验，诸人而归于天矣。

　　虽然一之胡君缝掖士也，少力学砥行，及壮而筮仕于司征，尝遨游于江淮汝汉之间，得异书方术，飞符檄动冥漠，其响如答，若驱雷叱电、兴云致雨、役鬼神、走魑魅，特余事尔，宜乎！拯旱以济民，推仁而利物，沃焦稿俾滋茂，变炎热为清凉，易于反掌也。昔栾巴^[2]馔酒以示救焚之奇，左慈^[3]飞符旋致流潦之溢，则胡君之学，蕴积之久而昭著于外，能溥于人者。若此作霖雨以济大旱，苏民物而成岁功，穷不独善隐，而中权岂栾左之伯仲欤，予因叙述其抱负之奇，而有惠物之溥，是岂世俗所谓方士之灵异奇诡涉于怪诞无实者可同年而语哉！故列功行之实，而使邦人诵焉。

[1] 见《前山胡氏宗谱》一之即前山之胡维扬，善祷雨，多灵异。
[2] 栾巴：字叔元，魏郡内黄人，东汉宦官、大臣，好道术。
[3] 左慈：生卒年不详，字元放，庐江人，自号乌角先生，东汉末年著名方士，少居天柱山，研习炼丹之术。

诗十首

题俞仲材紫霞洞[1]

叠嶂重围小洞门，一溪斜抱数家村。岩栖野鹤松头梦，墨戏江梅雪里魂。随水桃花春有脚，粘云石磴树无根。隐君却为王租出，山屐青青带苔痕。

简　友

一上吴宁百尺台，画溪翠岘绣如堆。庭虚只放松风度，帘静不妨花日来。林鸟近窥黄卷语，野航轻载白云回。归辕倘与山人共，红叶秋深正掩苔。

金蒙返照

绝壁清巉岩，上有丹霞飞。黝然林壑暝，半悬若木辉。志士惜寸阴，壮心忽若违。安得鲁阳戈，凭高为一挥。举头见明月，怅然增嘘唏。

合浦渔舟

二水交浪纹，东西多浦溆。溪翁踏小舟，持钓冲寒雨。

---

[1] 以下十首，见《东阳历朝诗·前集》卷之三。

风波谅不恶，蓑笠得我所。彼蹈不测渊，六鳌可一举。倘非
作楫人，望洋徒踽踽。

觞咏亭

帖石临湍结野亭，风和天期畅幽情。流杯也信落花急，
秀句却缘修竹清。漫继当年文字饮，绝胜今日管弦鸣。古今
俯仰成千载，谁复倏倏嗣令名。

荆筠春鸟图

萧萧陵风羽翼齐，幽情何事只卑栖。春山不是无芳树，
短竹荒榛莫浪啼。

题丹青小画

汀树沙燕暖翠浓，一溪春扬一丝风。得来总是桃花鳜，
绝胜寒江钓雪翁。

题墨梅二首

色染盘鸦宫样妆，孤山引鹤映玄裳。无端改却冰霜操，
犹擅春风翰墨场。

枯槎蟠漆点松煤，冰雪春风长墨苔。昨夜黄昏新月上，
浑疑疏影过帘来。

题晴雨墨竹

长夏书斋多爽气，终年坐榻有秋声。却缘笔底生风雨，
分得潇湘一派清。

四十五、李 崇

李崇（生卒年不详），字俊德。城内桂坡（今东街社区新安街一带）人。明洪武三年初开科，金华府中式四人，东阳李崇、马廉、胡宏道在内，次年由乡荐授风翔府通判，历平凉府同知。表如京，卒于旅舍。

诗四首

题芦雁图[1]

寒雁秋来宾，排空羽跄跄。凉风夜萧飒，秩然亦有行。不为稻粱谋，洲渚各飞翔。兼葭兢宿食，群处能低昂。斯人于同气，敦睦笑可忘。

题楼氏怡云楼二首

危楼高架白云端，上客闲登跨彩鸾。素练横秋飞画栋，玉绡出岫拥红阑。阴连碧海珊瑚润，气合琼楼翡翠寒。如在水晶宫畔立，浩然诗思涌波澜。

云屯万马拥青山，闲倚琼楼看往还。晓挟龙飞银汉上，春期燕语画梁间。林峦失翠心多悦，星斗连珠手独攀。紫诰相催归凤阁，不堪持执上天颜。

雪藕篇

高荷出清沚[2]，濯濯扬熏风，植根更芬洁，晶玉同玲珑。何年掘玉井，移自太华峰？冰霜立肌骨，星宿罗心胸，淤泥不能染，灏气潜相通。君子抱清德，内焉蕴其聪，卑踪颇敛藏，处浊能从容。长歌雪藕篇，怜尔风味同。

---

[1] 见《东阳历朝诗》前集卷之三及《金华诗粹》。
[2] 清沚：清澈，此指清池。

四十六、玉华山樵

　　玉华山樵（生卒不详），本姓王，也作玉华山人，自号天性然，亦曰大呆子。元至正年间来寓东阳里柏、东山，披麻戴笠，闲吟山水间，遂为东阳籍。明初与吕伯祥、赵希德、孙原载诸人亲。善饮酒赋诗，诗集《玉华遗稿》。余姚王华为双岘王氏作《继善堂记》云："元内相玉华山樵颜其堂曰善庆，为文以记，惜文不传。"

诗十二首

和原谨爱梅诗[1]

萼绿之华似逸人，临流日日想丰神。镜中数点忽疑雪，醉里一时都是春。月影只过虚白室，空香肯逐软红尘。谁知岁晚心如铁，可惜吾侬咏未真。

云山小隐图为益斋写[2]

幽人爱闲居，闭户足清赏。日出新雨霁，变态千万状。细泉流花间，轻云浮松上。吾亦有山癖，杖策常独往。众妙入静观，至虚绝遐想。兴来写成图，淡然神情畅。

为主人图壁作歌[3]

七载间关走闽越，一夜思亲鬓成雪。回头往事付空花，形影相随衣百结。当时恨见机不早，扁舟一棹江南归。西风尘土障天起，秋水鲈鱼空自肥。即今寄食荒村里，佳士出迎常倒屣。当歌对酒忍暂欢，握手论心愧知己。老怀岂能忘故

---

[1] 此诗见诸《忠孝世家孙氏宗谱》，为至正甲辰前（1364）和孙信之而作，署名为"王玉华山樵"，可见玉华山樵来东时间和姓氏。
[2] 以下散见东阳《象冈吕氏宗谱》《白珏沈氏宗谱》《忠孝孙氏宗谱》等。
[3] 此诗也名《自述》，亦见《七修类稿》卷四十九。

山，神游往往于其间。为君写此转凄恻，片云零落何时还？[1]

和韵答玉山吕诚中

穷途往往白头新，谁赠绨袍念故人。此日不须思旧雨，空山聊自度残春。艰难作客仍多病，生死无家任此身。二十年来相忆处，几回月夕与风晨。

题画梅

仙子凌波去，湖山雪正迷。如何双斥鹨，却借一枝栖。

巍　山

万山日落皆烟霭，突兀中天只此峰。最爱山前老松树，终身不受大夫封。

画秋景

天际征帆何处舟，西风昨夜已飕飗。道人无限伤心事，写作江南一片秋。

图山水歌

山石巃嵸[2]兮树林围，荆刺塞路兮狼虎咬人。白石惨兮天地昏，归来兮王孙。

北风凄凄兮裂肤寒，大雪飞空兮白漫漫。渔翁独钓兮江之干，有客兮愁空山。

---

[1] 原注：读此诗，其出避必有不得已者。"当时恨不蚤见几"，自悔之词也。
[2] 巃嵸：山势高峻。

观泉图

平生诗与画，岂为世人传。独坐长松下，遥看瀑布悬。千崖空翠湿，万壑白云连。乘兴聊挥洒，风流愧昔贤。

秋　意

天际孤帆何处舟？西风昨夜已飕飕。道人无限伤心事，写作江南一片秋。

雨霁登文昌阁

雨过东山翠作堆，文昌高阁倚云开。登临不觉黄昏到，明月清风次第来。

夏　景

赤乌飞中天，大地石亦裂。道人自清凉，百虑尽灰灭。熏风响素弦，修竹堕苍雪。纷纷畏途者，谁能沃焦热。

四十七、吕　默

　　吕默（生卒年不详），字审言，自号白玉山人。家居玉山乡玉峰（今属磐安）。隐居不仕，学问该深，诗律精妙。鹿皮子陈樵见其《泰素坛》诗有"秋光有白生虚室，春色无青到朽株"之句，深嘉叹赏。所著有《耕余野唱集》若干卷。弟昌言，亦以能诗称于时。

友怡园记[1]

蔡君希本，世居太白之阳。其曾大父以儒起家，故其子孙多有尚义者焉。希本自罢兵燹，与伯氏析灶者十余稔，居之西偏。旧有地不过数百弓，其外皆从兄弟所有。希本割沃壤以贸之，于是其地益广而规益展。乃绕以垣墉，护以篱藩，旁植竹木，中植蔬果，花径药畦，井乎就列。又将即其崇高以为亭台，就其洼下以为池沼。凿一门于东，固扃鐍而谨出入。似欲效司马氏而独乐焉。忽念同气之重，乃伐其墉，剖其篱，与伯氏共焉。

予与希本交最契，每至其家，则见希本偕其兄或披襟，或岸帻，或携杖履，徜徉于药畦花径间，饮酒赋诗，兄唱弟和。但觉池沼亭台浑是一团和气，余尝慕之。

一日希本导予坐海红花下，谓予曰："筑斯圃也有年矣，愿为名之。"

余曰："经云'惟孝友于兄弟'，又曰'兄弟怡怡'，予见子伯仲游于斯，息于斯，燕集于斯，是得友怡之义者也。名曰'友怡'可乎？"

希本曰："唯。"

于是和墨伸楮大书以遗之。又从而祝之曰："夫乖气致异，和气致祥，理之常也。昔田氏有紫荆，议欲分为三，则华叶憔悴；复合为一，则敷荣如初。子诚能不以独乐为事，将见所种之树有连枝；所植之花有并蒂；好鸟鸣于上，不争巢而栖；灵兽育于下，不择子而哺。"于斯时也，二君鹤发相辉，鲵齿相映，下视曾元如兰苗芽，亲族以为仪表，里闬以为典刑。则子筑圃之功益大，命名之义益彰，而予之文亦不湮没矣。伯氏字希文。

---

[1] 见《鹿峰蔡氏宗谱》。

四十八、陈士允

陈士允（生卒年里居不详），从李直方游。为人古朴迂远，不趋势利，闭户读书，深明《易》旨。尤虑学者未易读程、朱传义，乃辑诸家所著为集注。

《周易》集注自序[1]

　　《周易》一经，自孔子传之，商瞿氏而下传之，至今上下千七百年。说者亡虑数十百家，前倡后和，咸务明经。倡于前者不必嗫后人之有言，和于后者不必逊前人之已作，要在归于至当。百世以俟圣人而不惑尔。

　　汉、魏、晋、宋、齐、梁、陈、唐诸儒姑置勿论。至宋程、邵、张、朱诸夫子出而以身任道学之寄，皆尝心契羲文周孔之心，意会羲文周孔之旨，见诸著述，宜无余蕴者矣。及合沙郑氏[2]、沙随程氏[3]、隆山李氏[4]、厚斋冯氏[5]、平庵项氏[6]数君子者接武而起，致其精思，亦皆有以扩先儒之所未发。然则学愈讲则愈明，义愈析则愈精，讨论润色，夫岂厌于多乎？

　　士允不敏，窃尝沉潜经义，而博究乎诸家之说。或者病其博而未约，因约群言为之集注，乃不自揣，间亦窃附臆说之一二焉。夫探珠于渊，终身不过得珠；采玉于山，终身不过得玉。至于其他奇珍异宝，固不得以兼致。此专门独见之学所以难为工也。掉鞅[7]乎百货之区，游目乎群玉之府，奇珍异宝，云委山积，左掇右拾，莫非希世之珍，又将于中抡其最者，此会萃诸儒之说所以易

---

[1] 见道光《东阳县志》。
[2] 合沙郑氏：郑东卿，南宋初人，字少梅，莱州三山（今属山东）人，自号合沙渔父。著有《易说》《易卦疑难图》《先天图注》等三部。
[3] 沙随程氏：南宋经学大家程迥，号"沙随夫子"。其学古行高，海内尊师。著有《古易考》《古易章句》等。
[4] 隆山李氏：即李舜臣，南宋人，史学家李心传父，精通易学。
[5] 厚斋冯氏：冯椅，字仪之，号厚斋先生，南康都昌（今江西省都昌县）人，南宋著名理学家。淳熙年间，曾从朱熹讲学。著有《太极图》《孟子图》《孝经辑说》《厚斋易学》《尚书辑说》等二百余卷。
[6] 平庵项氏：项安世，字平父，号平庵，其先括苍（今浙江丽水）人，后家江陵（今属湖北）。于《左传》《周易》诸经皆有见解，自谓其学得自程颐《易传》。
[7] 掉鞅：形容才力宽绰，从容不迫的样子。

为好也。臆说之附，诚不自揣。譬犹陈燕石于琼瑶之间，编鱼目于明月之侧，宁无不类之惭乎？然尝闻之，昔程夫子之传《易》也，未济之义采诸工师之言。古之君子不以人废言也久矣！士允之不敏，虽不敢引遥睇于作者之林，而方之执艺事之贱工，尚或不容多让。世无程夫子则已，有之，或将有采于斯乎？

书惠国公遗训后[1]

宋赠太师惠国何公遗训十有四则，其第一则及第二则首二句皆公手自缮写。公时方患日眚，不任作书，故书多胡涂，几不可辨。至其后云云，则公口占之辞而侍史书之，以足成其训者也。六世孙观光复加翻膳，别作卷轴，张之高堂，朝夕瞻视，期于弗坠先训，而属士允秉笔识其下允。窃惟何氏阀阅之盛，号为吾邦望族。惠公初以年三十游太学，四十第，奉太常教授高安郡调浙西仓司干官，寻以目眚奉祠而归，五十有四乃卒，其赠太师惠国公，则以幼子入参大政，貤恩[2]所致也。且公既以科第起家，荣跻膴仕[3]，而今子六人，其四人亦复由科第、由舍选，联镳宦途，阐扬中外，为郡守，为监司，为执政，花萼相辉，金紫交映。公虽不及享其禄养，亦可含笑入地矣。

及宋亡元兴，南士多摈抑不任柄用。公之孙泊于曾玄尚复能以才名自致禄位，世济厥美，岂不以所积者厚故所发远且大欤？乃若公之训辞传之至今，盖以六世百五十年之久，而手泽如新。遗言未泯，子孙佩服，愈久不忘。由是观之，君子之泽盖未艾也。公侯之子孙必复其始，抑将有当此语者哉？庸书而识之，以致士允区区期望之意。

同里后学陈士允谨书。

---

[1] 见《东阳何氏宗谱》。

[2] 貤（yí）恩：将本身和妻室封诰呈请朝廷移赠给先人。

[3] 膴（wǔ）仕：高官厚禄。

四十九、刘世容

刘世容（生卒年不详），永寿乡茶场（今属巍山镇）人。宗谱有雪庵道人序，记其诗《茶场十二咏》一组，并征诗多篇。

诗九首

茶场十二咏[1]（选九首）

巍山独耸

青连平地一峰高，钟得乾坤万古牢。自此洞仙来访处，茶场名有吕宾桥。

永泰僧寺

万磴迢迢竹径深，清流密护日沉沉。老僧闲坐长松下，一曲清风自赏音。

吕宾仙桥

茶场市上石为梁，仙侣相逢趣更长。明月清风千古意，姓名万载自馨香。

---

[1] 因刘金氏各宗谱记载有别，茶场十二咏部分诗作者归属有争议。另有同题诗为征集诗，其无名氏《茶场喧市》"望东东望见人烟，风景嚣嚣辄自然。茅店密开斜照后，酒旗摇曳午风前。交通商贾谈无已，论旧渔樵话更便。喜有相知来过访，抱琴沽酒夕阳天"，写茶场市肆曾经繁荣。还有宋濂所写的《斗坜灵祠》"立祠前阡寄数椽，神威赫赫著威权。银台燃烛摇红影，宝鼎焚檀喷紫烟。画栋飞云光闪闪，空阶铺草色芊芊。东家起鼓西家笛，尽庆丰年乐自然"及赞"有山可樵，有水可渔。烟郊有犊，芸窗有书。刘氏之家，举世何如！"（下略）。据光绪元年重修《茶场金氏宗谱》，参以其他刘金氏十三居谱牒。

柏杯故址

巍山山下柏杯居，孝悌相承播美誉。授敕义门荣耀后，古碑文墨近何如？

赤城遗文

按部曾留使者车，清辞底向义门书。李唐只说张公艺，三百余年九世居。

独山飞云

千岩万壑独崔嵬，秀丽连岚面面开。紫凤可怜招不得，白云飞去又飞来。

芦塘玩兴

云汉无声影倒悬，藕花菱叶自圆圆。乱离已觉头如雪，何日从容可问船？

石室怡情

丹崖一室倚天开，是处生风不费财。秀色动时云外人，青飙每逐望中来。

洗马芳池

池畔曾闻父老传，昔人洗马已经年。只今漫说人仙驭，何日还逢祖逖鞭。

五十、郭　霖

　　郭霖（？—1368），号逸溪，又号溪上翁。歌山（今属歌山镇）人。幼颖悟，博览百家，及与朱世濂同侯陈樵于太霞洞，因诵法程朱，潜心经传者十余年。当道闻其矣，屡征之，谢病不就，储书千余卷，日与四方贤士相砥砺，暇则钓于练溪滨，人皆呼为溪上翁。尝语宋濂曰："世变极矣！天必生圣人为之主，但予老不及见耳。"不数年，朱元璋建立明朝，而霖已卒。

刘金氏谱序[1]

　　溪上翁以疑年逸老于柯溪之上，一日，内侄梓州刘子手携家乘来征余叙。余曰：叙其谱，孰若铭其德之为愈也，铭其德非燕许之笔可乎？固阅首帙一二篇读之，乃梓州先君师禹继承父志，编修谱图。其先祖定甫公与同甫公叙先世源派繁衍之盛，是亦苏朋允自引其苏氏之谱可援是为据，况经照磨本斋刘公跋其后，文贲简牒，足以垂远，使余已无指辞处。

　　前族之有谱其来尚矣，苟无谱何以明尊卑之分、昭穆之叙哉！历代氏族实关天下风教之大，故国有史，家有谱，不可无也。梓州承祖父之志，续修家乘、谱牒，明一族之分，不至如途人，其志盖可嘉也。乃祖定甫公，实余外舅。

　　予自幼时为通家子弟，知先生之族为甚悉。原其上世，出自儒家约斋，名俭，字执礼，前宋举子也。始居儒岩与禅林僧讲论儒释，当时士大夫君子向慕，遣子就学，日与诸子刮砺[2]，为文章德行渊源深识，为世巨儒。有二子仁孝明敏，长曰忠，号禅林居士，十五应童子科为秘书，有四子：次号诚斋，自幼聪慧，凡书一览终生不再读，其遗芳流誉，故老往往能道其实，使人起慕起敬，继世有孙名公权，爱人及物，富于家资，当宋宣和间群盗窃发，以捍卫乡井，发仓廪以济有功，实行志其墓。公权三世孙名逊，再迁梓涧居焉，至校勘节金汝砺，其家复大有志于学。聚书数千卷，屋连栋甍，田连阡陌。继而教谕直学提领上舍，由同堂兄弟皆以经学守职，骎骎乎其盛矣。先生以知府单氏之

---

[1] 见《刘金氏宗谱》。
[2] 刮砺：刮摩淬砺。比喻在学术上切磋研究、刻苦钻研。

系出继于节金公后，自是其家益盛。先生少时经史过目即成诵，作文下笔立就，顷刻数千言，为世大儒。府参政直阁知县公平野雅相敬重，当路宪司刘公慕先生名德，求入谱籍，乡里衣冠望族，莫不师尊之。以经业出仕衢州学录，弃职而归，遂不复仕。时聚药货盈屋，务在济人，远迩之人逋其真者，不可胜计，悉贷之，而不责其偿也。以钱谷周急亦如之。号云心，年八十卒于家。

梓州之兄仲和、泳用、舟汝，皆先生之孙也。克勤克俭，肯构肯堂，复兴刘氏，此又先生积德之所致也。孙有名淳者，割股肉疗母疾，从兄仲刚为文记其事，士大夫咸为歌诗欣慕之。余尝表泰伯断发文身为孝黜，昌黎议动人之非也。仲刚名浤通，经学深于易，屡举不第，遂折节教授。为人有大志，尝欲得时行道，以康济斯民，深痛抱负不得展用于时，赍恨而殁。殁之日，家无余财，同母弟用舟与之经理丧事无缺者，又能抚其遗孤，可见孝义萃于一门，宜乎蕃衍而昌大也。先生族弟称宣使，号见山，其人孝义当宋之季，监法酷重，军民评讼，诬害良善。时乡间其风甚炽，宣使公发愤病民罹害，倾家财，竭力上诉。不良辈受辜，其风遂息，庇及旁郡乡里，至今称之。而孙有名需亨、仲孚，乃云心翁之堂侄，前校勘之曾孙也，博文约礼，尤长于诗书，隐居教授，时称敬之先生。

余前所云，皆耳目之所睹，记写之序谱而发明至此者，盖谱不过谱其世数、行第、年月日时、嫁娶而已，至如人材德业可得而记哉！刘氏之族既盛且昌，予恐源远而失其传，故历历书此，以俟夫刘氏孙子贤者，求当立言之大笔，状其行，铭其德，庶于斯有以考焉。故余不辞芜陋而叙之详也。

诗二首

爱 梅[1]

踏雪来寻能几人，溪桥初见觉劳神。影横浅水半痕月，香满先天一点春。叔雅诗家空爱墨，罗浮仙境自无尘。清心终作和羹用，且守山林莫认真。

鸡鸣山图和玉樵山人诗[2]

谁写骑驴孟浩然，天然名笔世争传。白云每自胸中出，金印何劳肘后悬。齐鲁好山青未了，因何佳句景相连。两人对坐谈玄久，可是风流拟昔贤。

---

[1] 见《忠孝孙氏家谱》。
[2] 见《象冈吕氏宗谱》鸡鸣山即虎鹿镇东山主峰鸡啼尖。玉樵山人即玉华山樵。

外　编

一、吴师道[1]

《诗集传名物钞》序[2]

呜呼，《诗》一正于夫子而制定，再正于朱子而义明。朱子之功，万世永赖。此《名物钞》之所为作也。君念朱传犹有未备者，旁搜博采，而多引王、金氏，附以己见，要皆精义入微，前所未发。又以《小序》及郑氏、欧阳氏谱世次多舛，一从朱子补定、正音、释考，名物度数，粲然毕具，其有功前儒，嘉惠后学，羽翼朱传于无穷，岂小补而已哉！

然有一事关于《诗》尤重者，不可默而弗言。鲁斋尝谓："今之三百篇，非尽夫子之旧。秦火，《诗》《书》同祸，《书》亡缺如此，何独《诗》无一篇之失？如《素绚》《唐棣》《狸首》《辔柔》《先正》等篇，何以皆不与？而已放之郑声，何为尚存而不削？刘歆言，《诗》始出时，一人不能独尽其经，或为雅，或为颂，相合而成。盖闻夫子三百篇之数而不全，则以世俗之流传、管弦之滥在者足之，而不辨其非。朱子固尝疑《桑中》《溱洧》诸篇，用之祀何鬼神？享何宾客？将词之讽，何礼义之止？不得已，则取曾氏所以论《国策》者，谓存之而使后世知其非，知所以放之之意。"仁山屡载于《〈论语〉考

---

[1] 吴师道（1283—1344），字正传。兰溪人。十九岁诵宋儒真德秀遗书，乃致力理学研究，竭力排斥其他学说。元至治元年（1321）登进士第。授高邮县丞，延祐间为国子博士，六馆诸生皆以为得师。后再迁奉议大夫。以礼部郎中致仕，终于家。著有《礼部集》二十卷及附录一卷、《易杂说》二卷、《书杂说》六卷、《诗杂说》二卷以及《兰溪山房类稿》等。

[2] 下见《礼部集》。《诗集传名物钞》八卷，元许谦撰。

证》，可证谓诸儒皆然之。某尝举以告君，君方遵用，全经宜不得而取也。今《钞》中《二南相配图》，鲁斋所定者盖合，各十有一篇。退《何彼秾矣》《甘棠》于《王风》，而删去《野有死麕》，则君固有取于斯矣。以君之谨，重虑启夫末流破坏之弊，卓然有见，寤疑辨惑，如鲁斋之言，使淫邪三十余篇，悉从屏黜之例，岂非千古一大快？朱子复生，必以为然也。惜斯论未究，君不可作矣。

姑识于序篇之末，以俟后君子考焉。

《读四书丛说》序

　　《读四书丛说》者，金华白云先生许君益之为其徒讲说，而其徒记之之编也。君师仁山金先生履祥，仁山师鲁斋王先生柏，从登北山何先生基之门。北山则学于勉斋黄公，而得朱子之传者也。

　　《四书》自二程子表章肇明其旨，至朱子《章句集注》之出，折衷群言，集厥大成，说者固蔑以加矣。门人高弟，不为不多，然一再之后，不泯灭而就微，则泮涣[1]而离真；其能的然，久而不失传授之正，则未有如吾乡诸先生也。盖自北山取语录精义以为发挥，与《章句集注》相发明，鲁斋为标注点抹，提挈开示；仁山于《大学》有《疏义指义》，《论》《孟》有《考证》，《中庸》有《标抹》[2]，又推所得于何、王者，与其己意并载之。

　　君上承渊源之懿[3]，虽见仁山甚晚，而契谊最深。天资纯明，而又加以坚苦笃实之功，妙理融于言表，成说具于胸中，问难开陈，无少疑滞；抑扬反复，使人耸听深思，随其浅深而有得焉。故自远方来从学者，至数百人，遂为一时之盛。今观《丛说》之编，其于《章句集注》也，奥者白之，约者畅之，要者提之，异者通之，画图以形其妙，析段以显其义。至于训诂名物之缺考证补而未备者，又详著焉。其或异义微牾[4]，则曰："自我言之，则为忠臣；自他人言之，则为残贼。"金先生有是言也，可以见其志之所存矣。

　　呜呼！欲通《四书》之旨者，必读朱子之书；欲读朱子之书者，必由许君

---

[1] 泮涣：分散，涣散。

[2] 标抹：本指屋梁上的短柱，此指标注。金履祥有《中庸标抹》，今作《中庸表注》。

[3] 懿：美德。

[4] 牾（wǔ）：牴（dǐ）牾，抵触矛盾。

之《说》。兹非适道之津梁，示学者之标的欤？君未殁时，西州人有得其书而欲刊之者。君闻，亟使人止之，且恐记录之差也，则自取以视，因得遂为善本。诸生谓余："尝辱君之知，俾序其所以然。"窃独念：昔闻北山首见勉斋，临川将别，授以"但熟读《四书》"之训。晚年，悉屏诸家所录，直以本书深玩，盖不望付嘱之意。自是以来，诸先生守为家法。其推明演绎者，将以反朱子之约而已。故能传绪不差，闳大光明，弌克[1]至于今日也。又念：某识君之初，尝以"持敬致知"之说质于君，君是之。复举朱子见延平[2]时，其言好恶同异、喜大耻小，延平语"吾儒之学，理不患其不一，所难者分殊耳"。朱子感其言，精察妙契，著书数十万言，莫不由此。学者于朱子之书，当句读字求，必若朱子之用功，而后足以得其心。此君之拳拳为人言者也。然则得君之《丛说》而读之者，其于君教人读书之法，尤不可以不知也。故因并著之。

君名谦，其世系履行与凡他经论著作，详具友人张枢子长所为行述，兹不复赘。

---

[1] 弌克：即一克，蒙语"大"的音译。
[2] 延平：李不同（1093—1163），字愿中，学者称延平先生。朱熹之老师。

请传习许益之先生点书公文

　　窃以博士之官掌司书籍，讲授经旨，是正音训，今之职也。当职猥以疏庸，具员承乏。伏见监学虽有藏书，并无点定善本。诸生传习，师异指殊，不无乖舛。尝闻先儒有云："昔人鄙章句之学者，以其不主于义理尔。然章句不明，亦所以害义理。"又云："字书、音韵是经中浅事，先儒得其文者，多不留意。不知此等处不理会，枉费词说牵补，不得其本义，亦甚害事也。"三复斯言，诚为至论。

　　当职生长金华，闻标抹点书之法，始自东莱吕成公，至今故家所藏犹有《汉书》《资治通鉴》之类。逮宋季年，北山何文定公基传朱子之学于勉斋黄公，若鲁斋王文宪公柏实游其门，仁山金履祥并学于何、王。而导江张学于王氏，以教于北方。王氏所点《四书》及《通鉴纲目》传布四方。金氏、张氏所点，皆祖述何、王。

　　近时许谦益之，乃金氏高弟，重点[1]《四书章句集注》，及以廖氏《九经校本》再加校点，他如《仪礼》《春秋》公穀二传，并注《易》程氏传、朱氏本义，《诗》朱氏传，《书》蔡氏传，朱氏《家礼》皆有点本。分别句读，订定字音，考正谬讹，标释段画，辞不费而义明。用功积年，后出愈精，学士大夫咸所推服。谦之学行，本道屡荐于朝，不幸而没。其他亦有著述，而点书特为切要。今所传多出副本，而其家藏乃亲笔所定，可信不差，学者得之，真适道之指南也。如蒙监学特为申明转闻上司，委通经之士亲赍善本，就其家传录；并广求吕子及何、王、金氏之书，颁之学宫，嘉惠后进，寔[2]斯文之大幸！

---

[1] 重点：重新点校。
[2] 寔：实在。

《张屏岩先生文集》序

士传世不专以言，而言固德之符也。夫子曰："有德者，必有言。"夫德修于身不见于言，有之矣？其见于言，则亦皆心术行事之所寄。如景之出于形耳，不然圣人岂为是确然深信之论哉？

若吾东阳屏岩先生之为人，纯明而粹美，夷坦而渊深，孝爱友让，敦义笃行，自其乡之人及吾党之士识与不识，皆称其为君子长者也。当宋季年以诗义第，浙士第一入太学，才二十有六载。英华之气发于文辞，同时辈流固望而敬之矣。未几国亡，随其君北迁，道途之凄凉，羁旅之郁悒，闵时悼己，悲歌长吟，又有不能自已者焉。方中朝例授诸生官，独以亲老丐归，遂得婺学教授改调。时年甫强仕，即陈情辞禄以遂志养。杜门深居，沉潜经籍，缕析群言，益造精微，不为苟作。盖其自少至老，虽所遭不同而履度若一，故所著述皆本性情义理，春容[1]和平，粹然一出于正。较其生平所为，殆无一毫不合者。所谓有德之言，岂不信哉！

公既殁，其子枢哀遗稿，属愚为序。雅闻公晚年屏弃笔砚，以汩性害道，区区以言语求公，特其浅者也。况子长超卓之才，闳肆[2]之学，方大振于文，异时并其前人而尊显之，宜也。于愚何取焉？独念初与子长定交，逮今且三十年，闻公尝嘱以吴某无他，来必许其周旋，见则自延之庄坐，竟日谈学馆旧游及留燕时事。尝出数编相示，每读一篇，已析言其所作之故。盖公平居人未尝见其面也，貌焉不才，负公期待，衣冠道尽，风流日微，故书以致其拳拳之思，有不知其僭矣。

公名观光，字直夫，屏岩其号，里系事行，详见子长所自志，兹不著。特别取其出处之，概有系于文者云。

---

[1] 春容：文章气度雍容，用辞典雅。
[2] 闳肆：宏大舒展。

东阳县修学记

有地百里，视古诸侯，生齿数万，服属征会，虽时异势殊，古治寥邈，然有能垂意诗书、俎豆间，则其贤于世之吏亦远矣。盖知学道则爱人；而能劝学敦儒则必知慕夫道，事必有本，而政与教，非二致也。不然，则有倡兴作以厉民，饰观美以要誉者，又不若不为之愈，人之诚伪贤否何如哉？

东阳县教谕求君惟学以书来，道其邑尹许侯思忠修学之美，曰："学创自前代，更历有年，外虽宏壮，而中实敝坏。许侯始至，即慨然有志。顾改作则重烦，而并修亦未易，乃以至顺壬申新从祀两庑，余将以次及。元统乙亥春，且满未代，益大展力，由大门、殿堂、斋庐、前后书阁，朽蠹者易之，倾陀[1]者正之，阙败者补之，黯昧漫漶[2]者鲜明之。又改作棂星门及便门等仞墙。崇严像饰，显显赫赫，费皆出于士之乐从者，而官不与知焉。落成之日，士皆易冠服、肃视听以趋，而叹前此之未见也。盖侯之治邑也，明敏而有惠爱，故久而益孚，他政绩彰备皆可纪，而此尤系于教，请书以示方来。"

予察其言许侯之笃于政教，而非厉民要誉者之比，是诚宜书。惟吾郡多名文人，何取拙鄙者？敢辞。而求君复再书。谓侯尝通守兰溪，子实受廛[3]之氓，而君亦援先世契好，请益坚，乃直叙其梗概，而复为之言曰：东阳为婺大邑，昔之贤令长如唐戴叔伦有去思之颂，宋庆历中鲍令安上建夫子庙，有惠于民，至今人目其所憩岩为"鲍令岩"，民俗固厚矣。自冯宿拱之兄弟以文显，而近世尤多宰辅，至连四五人咸以文学科第进，儒风抑盛矣！山川如昨，声气

---

[1] 倾陀（qīngtuó）：倾覆毁坏。
[2] 漫漶（mànhuàn）：因年代久远而模糊不清。
[3] 廛（chán）：古代城市平民一家所住的房屋和宅院。

犹存，吏意遽不古若？而学士大夫岂划出前人下哉？今许侯之美，诸君既颂之毋忘，固当因其作兴之机，而励其景行之实，化鲁侯明德之风[1]，而表周士维植之效，至是而交无愧焉尔。求君协承侯之志，克相是役，教事迄今乃成，岂不与其有荣乎？

---

[1] 鲁侯明德之风："鲁侯"指鲁僖公。是说鲁僖公非常贤明，能修养明德，修作泮宫。

诗三首

送许益之赴赵侍御招二首[1]

扬帆千里载书琴，此事光华喜见今。青眼怜才真有道，白云出岫本无心。校书灯火西斋静，听讲衣冠北府深。岁晚幽期良自保，孤根未恨远穹林。

绣府乌台峻碧霄，金陵佳丽未萧条。诗书正气屯诸彦，花月残歌笑六朝。山倚石头青入画，江吞天际白吹潮。胜游健笔追雄浑，为寄林间慰寂寥。

四月癸卯，原父杜徵君自武夷山道兰江，道传、子长来会，明日往拜许君益之墓，道传有诗，因次其韵

五年绝朋俦[2]，索居大江浔。来归顿闻同，扫迹方投簪。何言得良会，星聚临兰阴。太常俨耆德，隐君澹冲衿[3]。追琢金玉章，讽和鸾凤吟。柴门闭潺雨，竹树幽深深。笑言劳契阔，喜我病不斟。张子飞车来，顿忘山水淫。欣然钟期遇，宝匣开瑶琴。独嗟白云老，不见伤我心。束刍拜墓下，衿佩来森森。斯文黯销落，白日氛翳侵。经德固不回，岂弟神所歆。峩峩武夷峰，郁郁金华岑。前修未云邈，千载嗣遗音。

---

[1] 以下见《礼部集》。

[2] 朋俦：朋辈，伴侣。引申为朋辈的交往。

[3] 冲衿：宽淡的胸怀。

二、黄　溍[1]

白云先生墓志铭[2]

先生讳谦，字益之，姓许氏。其先占籍京兆之兴平。后有官于吴者，因家焉。九世祖延寿，宋刑部尚书。六世祖实，元丰间始居笠泽，寻又徙婺，为金华县人。曾祖讳经国，祖讳应龙，皆弗仕。考讳觥，淳祐丁未进士，卒官宣教郎，主管三省枢密院架阁文字。无子，以从父兄贡士君日宣之次子嗣，即先生也。

先生天资高巚[3]，甫能言，贡士君之夫人陶氏授以《孝经》《论语》，入耳辄不忘。五岁就学，庄重如成人。宋亡家毁，贡士君相继沦殁。先生稍长，侨居城闉[4]，借书于人，以四部分而读之，虽疾恙不废。所涉向博，知解且至。既开门授徒，而犹有所疑，无所从质。闻仁山金先生讲道兰江上，委己而学焉。金先生曰：“士之为学，若五味之在和。醯盐既加，则酸咸顿异。子来见我已三日，而犹夫人也，岂吾之学，无以感发于子耶？”先生闻之惕然。是时，金先生年七十，先生三十有一矣，请不拘常序，就弟子列，而所居相距尚

---

[1] 黄溍（1277—1357），字晋卿，一字文潜，义乌人，元代著名史官、文学家、书法家、画家。文思敏捷，才华横溢，史识丰厚。一生著作颇丰，诗、词、文、赋及书法、绘画无所不精，与浦江的柳贯、临川的虞集、豫章的揭傒斯，被称为元代“儒林四杰”。其门人宋濂、王祎、金涓、傅藻等皆有名于世。

[2] 除另注外，皆见于《金华黄先生文集》。

[3] 高巚：高高的样子。

[4] 闉：原指古代城门外的瓮城，这里指城郊。

远。会金先生设教于吕成公祠下，乃获便于参叩。

金先生尝告之曰："吾儒之学，理一而分殊。理不患其不一，所难者分殊耳。"先生由是致其辨于分之殊，而要其归于理之一。又尝告之曰："圣人之道，中而已矣。"先生由是事事求夫中者而用之。金先生殁，先生益肆充阐[1]，多所自得。尝谓："吾非有大过人，惟为学之功，无间断耳。"先生制行甚严，而所以应世者，不胶于古，不流于俗，介而不矫，通而不随，身在草莱，而心存当世。

大德十一年，岁在丁未，荧惑[2]入南斗，向北而行。先生以为灾在吴、楚，窃深忧之。是岁大祲[3]。先生貌加瘠，或问曰："先生岂食不足耶？"先生曰："今公私匮竭，道殣相望，吾能独饱耶？"其处心盖如此。而素志冲澹，以道自乐。浙东宪府闻先生名而不察其志，辟以掾，避弗就。肃政廉访使刘公庭直举茂材异等，副使赵公宏伟举遗逸，亦皆固辞。赵公在南台，命除舍馆，迎致先生，将使众僚多士有所矜式[4]。欣然为之起，而不久留也。先生既东还，以目眚倦于应接，屏迹八华山中。学者翕然籯粮笥书而从。居再岁，以兄子丧而归。户屦尤多，远而幽、冀、齐、鲁，近而荆、扬、吴、越，皆百舍重跰而至。先生之教，以五性人伦为本，以开明心术、变化气质为先，以为己为立心之要，以分辨义利为处事之制，至诚谆悉，内外殚尽。尝曰："己或有知，使人亦知之，岂不快哉？"或有所问难，而辞不能自达，则为之言其所欲言，而解其所惑，讨论讲贯，终日无倦，摄其麤[5]疏，入于密微。闻者方倾耳听受，而其出愈真切。惰者作之，锐者抑之，拘者开之，放者约之，为学者师垂四十年，著录殆千余卷。随其材分，咸有所得。达官富人之子，望闾而骄气自消，践庭而礼容自饬，四方之士，无贤不肖以不及门为耻。搢绅先生至于是邦，必即其家存问焉。或访以典礼政事，先生观其会通，而为之折衷，闻者无不餍服。省台诸公，若王公士熙、耿公焕、王公克敬、郑公允中、李公端、吴

---

[1] 充阐：扩大。
[2] 荧惑：古指火星，因隐现不定，令人迷惑，故名。
[3] 祲：古代称不祥之气。
[4] 矜式：尊重而取法。
[5] 麤（cū）：同"粗"。

公焘、赵公天纲、陈公思谦、赵公仲仁，前后列其行义于中朝。乡闱王司曹集贤鉴、杨翰林刚中亦率同院剡上其名于省闼。郡复以遗逸应诏。先生终不为动。

仍纪至元之元年，属当大比，诿先生以文衡，亦莫之能致也。尝谓："吾非必于隐以为名高。仕止，唯其时耳。"晚年，尤以涵养本原为上务。讲授之余，斋居凝然。一日，瞑目坐堂上，门人弗知也，径入焉，则阒其无人，侍先生之侧，拱立久之。先生顾而徐言曰："尔在斯耶。"其习于静定，久而安焉，可知也。先生少痛孤，不逮事架阁公及其夫人韩氏，而事陶夫人，克尽子职。兄璟性刚严，委曲承顺，怡怡如也。时氏姊有子，而贫无以为养，迎归，奉之终身。钟爱二子，而教饬有方。冠婚丧祭，宾客之礼，必尽其情文。既老，而益艰瘁，僦屋以居。有田不足具饘粥，而处之裕如。门人吕权、蒋玄、金涓方为先生买田筑室，而先生逝矣。

先生素多疾，金先生病革，徒步往省之，会大雪，中寒湿。及奔，兄璟丧于广信，疾增剧，不果于行。疾少间，而神更清茂。三年冬十月，疾复作，谓其子元曰："伯兄以是月二十三日卒，我死，殆与之同日乎？"及是日，正衣冠而坐，戒元以孝于母、友于弟。元复请所欲言，先生曰："吾平日训尔多矣。至此，复何言？"门人朱震亨进曰："先生视稍偏矣。"先生更肃容端视。顷之，视微瞑，遂卒，享年六十有八。

娶朱氏，承直郎、广德路总管府推官天与之女。子男二人：长即元；次亨，以为兄璟后。先生葬以其明年春正月壬寅，墓在县西北婺女乡安期里。交友来赴者若干人，门人以义制服者若干人，合泉布，营葬事，因其自号，而题表曰"白云先生许公之墓"。其又明年，学者相率上状郡府，祀先生于学宫。金肃政廉访司事杜公秉彝，建请赠官赐谥，未报。

先生于书无不观，穷探圣微，期于必得，虽残文羡语，皆不敢忽；有不可通，则不敢强。于先儒之说，有所未安，亦不敢苟同也。读《四书章句集注》，有《丛说》二十卷，敷绎义理，惟务平实。每戒学者曰："士之为学，当以圣人为准的。至于进修利钝，则视己之力量何如，然必得圣人之心，而后可学圣人之事。舍其书，何以得其心乎？圣贤之心，尽在《四书》。而《四书》之义，备于朱子。顾其立言，辞约意广，读者或得其粗，而不能悉究其义；或以一偏之致自异，而初不知未离其范围。世之诋訾贸乱[1]，务为新奇者，其弊正坐此耳。始予三四读，自以为了然，已而不能无惑。久若有得，觉其意初不与己异。愈久，而所得愈深，与己意合者，亦大异于初矣。童而习之，白首不知其要领者何限。其可以易心求之哉？"读《诗集传》，有《名物钞》八卷，正其音释，考其名物度数，以备先儒之未备，仍存其逸义，旁采远搜，而以己意终之。读《书集传》，有《丛说》六卷，时有与蔡氏不能尽合者，每诵金先生之言曰："自我言之，则为忠臣；自他人言之，则为残贼。要归于是而已。"其言《春秋》三传，有《温故管窥》若干卷，间以《春秋大义》数十百条，与友人张君枢极论之，皆传、注所未发。于三《礼》，则参互考订，求圣人制作之意，以翼成朱子之说。其语学者，必顺天地之理，酌古今之宜，使通于上下，皆可遵用。又尝句读九经、仪礼、三《传》，而于其宏纲要旨、错简衍文，悉别以铅黄朱墨；意有所明，则表见之。其后友人吴君师道得吕成公点校《仪礼》，视先生所定不同者，十有三条而已，其与先儒意见吻合如此。有老儒自以为善言《易》，力诋程子。先生与之反复辩论，辞详义正。老儒语塞，乃谢曰："不意子之于《易》，若是其精也。"

先生中年以还，仰观俯察，益有见于阴阳往来升降、消长阖辟之故，谓："伏羲[2]之经，广大悉备。文王、周公、孔子之辞，乃其传注六爻之义，特发凡举例耳。诸儒于象辞变占，各有攸尚，要不可举此而废彼也。然独未有所论述，岂不以孔子晚始好《易》，孟子深于《易》，而不言《易》乎？"其观史，有《治忽几微》若干卷，仿史家年经国纬之法，起太皞氏，讫宋元祐元年秋九月尚书左仆射司马光卒。备其世数，总其年岁，原其兴亡，著其善恶。盖以为光卒，则宋之治不可复兴，诚一代理乱之几，故附于续经而书孔子卒之义，以致其意也。书成，以示张君枢，为言："运祚之延促，岂必推之天命？犹有人事焉。汉之大儒言灾异，皆欲近修人事，上答天变。况圣贤之培植基本，祈天永命者哉？有国家者，不可不仁民，盖以此也。"先生于天文、地理、典章、制度、食货、刑法、字学、音韵、医经、数术，靡不穷贯，一事一物，可为博

---

[1] 诋訾贸乱：毁谤非议，以致混乱。

[2] 伏羲：古帝名，即文中之"太手皞氏"，也作太昊氏，中国医药鼻祖之一，华夏人文始祖。创立八卦，始造文字，发明乐器等。

文多识之助者，必谨志之。至于释老之言，亦皆洞究其蕴，谓："学者孰不曰辟异端。苟不深探其隐，而识其所以然，能辩其同异，别其是非也几希。"凡其书俱已行于世，述作之大意，则见于《序》，引文多，不得以尽载。有《三传义疏》《读书记》，皆稿立而未完。诸生有日闻杂记，未及诠次。其藏于家者，有诗文若干卷。文主于理，诗尤得风人之旨。有《自省编》，昼之所为，夜必书之。殆疾革始绝笔云。

金先生所著《论语孟子考证》《资治通鉴前编》，皆未遑刊定，垂殁，以属之先生。今二书得以大备而盛行，先生力也。自圣贤不作，师道久废，宋初学者有师，始于海陵胡公。先生六世祖，受业于海陵，号称能以师法终始者。逮二程子起而倡圣学，以淑诸人。朱子又溯流穷源，折衷群言，而统一其归，使学者有所据以从事。由是师道大备。文定何公既得朱子之传于其高弟文肃黄公，而文宪王公于文定则师友之。金先生又学于文宪，而及登文定之门者也。三先生皆婺人，学者推原统绪，必以三先生为朱子之世嫡。先生出于三先生之乡，而克任其承传之重，遭逢圣代，治教休明，三先生之学，卒以大显于世。然则程子之道，得朱子而复明；朱子之道，至先生而益尊。先生之功，大矣。先生葬以卜年，而元以张君枢之状，俾溍为之铭。溍之少也，无所识知，莫能从先生游于高明之域，奔走汩没，不知老之将至，而为庸人之归。鄙陋之言，何足形容有道者气象乎？重惟先生之交游，多已凋谢，而溍偶独后死，义不得辞也。敢悉取状所述，序其首而为之铭，以系于左方。铭曰：

道学之传，天下为公。婺之儒先，独得其宗。巨人迭兴，踵武相接。逮于先生，绵绵四叶。先生之学，能自得师。实践之功，出乎真知。万殊之差，无微不析。一本之同，会归有极。酬酢万变，志用其中。涵养本源，以敬始终。际兹休明，力扶正学。闻风而来，罔间南朔。阳春时雨，随地发生。洪纤高下，始仰曲成。迪惟前人，学有师法。克生后贤，规重矩叠。先生有作，弥大而昌。师严道尊，于昔有光。先生之身，斯道所寄。视其安否，以为隆替。胡天不慭[1]，不讫髦期[2]。山颓木坏，人将畴依？不亡者存，遗书孔有。文不在兹，尚启尔后。

---

[1] 慭（yìn）：愿意留。
[2] 髦期：暮年，衰老之年。

东阳县重建谯楼记[1]

古者国无小必为台门，所以严等威、重教令，非苟致崇饰而已也。以为不若是，无以习民于上下之分，而一其观听也。古今殊时，郡国异体，所谓丽谯者，不皆出诸侯三门之制。其以楼易台，或犹有取礼之以高为贵者乎？春秋讥新作南门，非谓夫修旧而加其度也，盖失时也。

东阳，婺壮县，提封几二百里，民堵至四万区，不啻如古子男国。县署之大门故有楼，库仄下陋，岁久且就圮。丞耿君某以为是不称古者严等威、重教令之意，爰合其乡之大家俾撤而新之。寻有二尺以为基之崇，参其基以为屋之崇，修去屋崇五尺，广参其修而益五尺。凡修广视旧率加什二而崇倍焉。为间者五，而加其旧者二焉。君之惠孚于人，故民乐献其力；智周于物，故工喜荐其伎。始作于延祐二年冬十月，而讫役于三年春二月，又不失乎土功之时，是宜举之易、成之亟也。学校之士，咸相与言"吾党不可拱手视具"，乃买石而以书，来念曰："吾耿君之兴坏起废，可称述者非一，而楼为大，愿纪成事，来者尚有省也。"

潘不佞，无能赞美颂勤，然窃观是役也，有礼之贵而无《春秋》之讥，能勿喜闻而乐书之哉！动而法于礼、《春秋》，则夫所宜书者止楼云乎哉！程工属役之凡庸可略也。

---

[1] 见《金华黄先生文集》卷九，元刊本。金华丛书版《金华黄先生文集》第四卷创题作《东阳县门楼记》。

送胡季瑊序[1]

东阳胡先生，往来京师三十年，通籍于朝，再居史馆。悉以家政畀[2]其二子，一无所问。二子亦能承先生之志，厚自植立，岁时遣问寒温，所进资用服食之须，相属不绝。先生以是安之，忘其身之客也。

嗣子瑜方侍慈亲，且力持门户事，恒以不得奉晨昏于万里为歉。先生以书来谓：已得请以太常博士致其事，品在第七，用著令得貤恩于父母，将归而展燎于先茔。瑜闻之，即日就道，往迎候焉。

昔者陆贾以千金分其五子，各二百金，令为生产，约以过之，则给人马酒食，极饮十日，而更一岁中，率再过，毋久溷汝。疏广、受以宦成名立行，足止之计，归老故乡日，令其家设酒食，请族人、故旧、宾客相与娱乐，子孙几及君时，颇立产业基阯[3]，而广以为自有旧田庐。予尝评先生之旷达似陆生，廉退似疏傅，若夫有田庐而令子孙勤力其中，以供衣食，则不止于人二百金。父子相随出关而归，卖金供具，与乡宗族同飨上赐，则不止于岁中再过其子，与疏傅固无大异，视陆生殆将过之。然窃观陆生始事高帝，后去官家好时，至文帝时，乃复起，未必能常乘安车驷马，歌舞、鼓琴瑟、数击鲜以为乐也。国家承平滋久，垂意稽古礼文之事，招徕耆俊，以备咨询。

先生年未及谢而自请纳禄，安知不有知陈丞相之言陆生，而复起先生于家者？先生虽欲以疏傅自处，得乎？予以衰谢之余，继罹忧患，结庐先墓，待终天年。无从篴迹于乡党故旧履屐之末，试以予言谂于先生，何如？瑜曰：诺。则次第其语于行卷之首，以为序。

---

[1]《金华黄先生文集》卷一八，元刊本。

[2] 畀：交给。

[3] 基阯：阯同址。根基，基础。

书东阳徐氏族谱图后记[1]

宋奉议郎、两淮宣抚大使司干办公事徐公，彬，字文伯，潞之曾外祖也。徐为东阳著族，七世以上名皆阙，而以行称。六世祖曰增，兄弟五人，增最长，次永，次极，次谌，次逸。族大而分：增居县南，号南徐；谌居县东，号东徐。两族尤盛，掇巍科、跻仕者，代不乏人。

增之子曰起，起之子曰寿，公高祖也。曾祖曰元辅；祖曰楠，免解进士；考曰炘。公以太学上舍生登淳祐七年进士第，补安庆府教授，堂差泗州教授，召除国子正。宝祐六年，与潞之曾祖户部府君同在两淮制幕，为主管机宜文字。淮西则公，淮东则户部府君。故户部府君为我祖考请婚焉。

祖妣之来归，景定元年也。时公已不禄，一子亦早夭，二女：长即我祖妣；次适永康章氏。潞生未晬，遽自免乳，去母氏之侧，而荷祖妣之抚育教诲者二十年。祖妣没已久，而潞忝有禄食，德薄位卑，所以荣其先者，宠数有限，莫伸罔极之报。衰退之余，误蒙收召，入直翰林，备员侍讲，始用著令，推恩于祖考、祖妣。

比年两膺锡命，潞既得谢而归，会奉制书，展告墓下，族姻里党咸会，祖妣之再从侄文泰亦在焉。因出徐氏谱图，俾潞以祖考、祖妣之年寿、卒葬、赠封官爵系于下方。

我祖考讳墿，卒于大德八年五月廿四日，寿六十有五。祖妣卒于大德七年八月廿四日，寿六十。以十年八月，合葬于义乌县所居东北三里崇德乡东野之原。祖考前承节郎，初赠中顺大夫、礼部侍郎、上骑都尉，追封江夏郡伯，再赠嘉议大夫、本部尚书、上轻车都尉，进封本郡侯。祖妣初追封江夏郡君，进封本郡夫人。

文泰字伯通，庶几能亢其宗者，徙居义乌三世矣。

---

[1] 见《黄文献集》卷七，金华丛书本。

诗十八首

制使马公祠堂[1]

朔风破沧溟，白浪无余地。可怜甘棠树，乃尔能蔽芾？借问谁所遗？马公古能吏。当年印累累，庶务剧于猬。藏龟不待灼，骕骏无留辔。逼仄兵马区，蔼然承平意。晏安亦聊尔，国步方不易。至尊久尝胆，壮士频裂眦。煌煌青冥钺，可同牛刀试？呜呼豪俊人，竟偃风云志。致身岂云卑？生世已其季。安知颍川守？遂非庙堂器。严祠闲寂寥，古木合苍翠。平生瓣香祝，毋乃儿女事？如何百载下，能堕看碑泪。永惟茂陵翁，苦心抱天艺。力耘宜有收，黾勉[2]观来裔。渠渠桑梓恭，喋喋市井议。庶哉瞻前修，树德毋自畏。

西岘峰

层云抱春岑，急濑泄嵌窦[3]。修蹊入窈窕[4]，众绿蔚以茂。名亭标水乐，柱折荒碑仆。幽寻得缁庐[5]，乱石扶结

---

[1] 《金华黄先生文集》卷一，元刊本。
[2] 黾勉：勤勉，努力。
[3] 嵌窦（qiàndòu）：山洞。
[4] 窈窕（yǎotǎo）：形容深远。
[5] 缁庐：寺庙。缁，黑色，僧尼穿黑衣。

构。青精午堪饭[1]，碧涧寒可漱。平生慕真赏，及此成邂逅。冥探指绝顶，有路忽通透。缘萝度蒙密，翠气湿衣袖。寄身沉寥内，下睨人寰陋。清讴杂风竹，大狡啸落岫[2]。东峰在眉睫，可望不可就。同游却何时，瑶草春已秀。

怀判簿吴勉斋公[3]

华屋山邱不可期，岘峰依旧绿参差。空怀下榻延徐孺[4]，无复乘舟访戴逵[5]。日暮惟闻邻舍笛，岁寒赖有角弓诗。旧游寂寞成今古，冷石黄花处处悲。

东阳县西道中

柿叶成阴绿满村，桐花覆地草连云。百年旧事无人记，犹指前朝御史坟。

哭李无逸[6]

青春未受二毛[7]侵，谈笑俄闻变古今。千日却醒徒有望[8]，九原莫作竟何心。平生欠荷刘伶锸[9]，此夜谁弹子敬琴[10]。

---

[1] 青精：一名南天烛，又称墨饭草。道家制作青精饭的原料之一，亦指青精饭。

[2] 狡（jiǎo）：传说中的兽名。山海经西山经："（玉山）有兽焉，其状如犬而豹文，其脚如牛，其名曰狡。"

[3] 吴方正，号勉斋，见前。

[4] 徐孺：豫章太守陈蕃不喜欢应酬，墙上挂了一张卧榻，只有南州高士徐孺来时，才放下招待。

[5] 典出《世说新语》东晋王徽之雪夜乘舟访问朋友戴逵。

[6] 李师勤：字无逸，城内人。

[7] 二毛：头发有白有黑，常用以指老年人。

[8] 千日：指千日酒。晋代张华《博物志》载：中山狄希能造千日酒，饮后醉千日。刘玄石好饮酒，求饮一杯，醉眠千日。九原 本为山名，在今山西新绛县北，相传春秋时晋国卿大夫的墓地在此。后世因称墓地为九原。

[9] 刘伶锸（chā）：《资治通鉴》卷七十八："刘伶嗜酒，常乘鹿车，携一壶酒使人荷锸随之，曰：'死便埋我。'当时士大夫皆以为贤，争慕效之，谓之方达。"锸，铁锹，掘土的工具。

[10] 子敬琴：《世说新语·伤逝》："王子猷、子敬俱病笃，而子敬先亡。子猷问左右：'何以都不闻消息？此已丧矣。'语时了不悲。便索舆来奔丧，都不哭。子敬素好琴。便径入坐灵床上，取子敬琴弹，弦既不调，掷地云："'子敬，子敬，人琴俱亡。'因恸绝良久，月余亦卒。"

水乐亭西烟草碧，旧游回首重沾襟。

寄陈君采[1]

江淹文采碧云消，潘岳才华玉树雕[2]。后尔千年开键钥，森然作者见风标。琪花[3]夕日辉相并，金匮名山路未遥。剩欲倾心数还往，高期无使竟萧条。

送蒋仲安赴都会试

意随飞鹗上秋天，梦断慈恩四十年。及此鬟髦俱秃尽，见君头角共崭然。计阶已趣轺车动，胪句行听卫士传。紫陌红尘衣易化，看花得意莫留连。

次韵答陈君采兼简一二同志七首

温诏[4]欣初晴，峨冠盍共缨，如何沧海上，独看白云生。灯火三千楮，冰霜五百程[5]。谁须富车骑，终古陋桓荣[6]。

忆昔双溪上，相逢暮时雨。交游倾意气，谈美挹丰仪。草草中年别，寥寥[7]大雅诗。受材[8]知有分，丰啬竟谁司？

---

[1] 陈君采即陈樵。

[2] 江淹：字文通，南朝文学家，其诗"日暮碧云合，佳人殊未来"。潘岳　字安仁，西晋著名文学家。美姿仪，少以才名闻世。

[3] 琪（qí）花：亦作"琪华"，仙境中玉树之花。

[4] 温诏：词情恳切的诏书。

[5] 程：指以驿站邮亭或其他停顿止宿地点为起讫的一段路。又旧读文书，日以百二十斤为程。

[6] 桓荣：字春卿，沛郡龙亢人，东汉初年名儒。

[7] 寥寥：雄劲，清越。

[8] 受材：天赋。唐·韩愈《荐士》："有穷者孟郊，受材实雄鸷。"

不谓飘零日，求贤网四张。胡然[1]卑小技，乃尔閟[2]孤芳。宝唾[3]非无色，江鸿讵有行？散材何所以[4]？徒愧饰青黄。

十载西洲客，论交着处新。时时谈述著，一一望光尘。澹月银河晓，暄风玉树春。幸令窥仿佛，微薄尚何伸？

默守[5]知存道，清言不废儒。身方同木石，名已在江湖。此士须前席[6]，何人属后车？唯应耕钓者，缥缈识霞裾。

尚想南归始，簪花出禁闱。尘沙迷故步，桃李借余辉。有日酬天造[7]，终身返布衣。风流成二老，巾屦傥相依[8]。

亦有贞君子，难忘太古情。诗简来绝响，茗碗出新烹。磊落单传意，萧条异代名。无为念离别，惆怅不能平。

喜赵继道至，有怀君采

匆匆聚散定何常？耿耿心期[9]故未忘。草木关情人事异，云霄回首路歧长。交游历落银河隔，制作纷纶瑞锦张。为语何时共倾倒？秋床风露已生凉。

---

[1] 胡然：何故。

[2] 閟（bì）：隐藏。

[3] 宝唾：对人的谈吐和文词的赞辞。

[4] 散材：《庄子·人间世》认为栎树等是散材，无用之木。这里是自谦之辞。所以：所用。

[5] 默守：保持玄寂。《老子》："知其白，守其黑，为天下式。"

[6] 前席：《史记·商君列传》："卫鞅复见孝公。公与语，不自知膝之前于席也。"后表听者入迷。

[7] 天造：皇帝。

[8] 巾屦：借指隐逸出世之人。傥：同"倘"，可能，或许。

[9] 心期：心中相许，相思。

次韵答胡古愚博士

麻衣草坐老仙翁，曾及清时[1]侈际逢。行殿晓趋开豹尾[2]，禁林[3]秋宴出驼峰。休官尚想英游并，爱客何嫌异味重。况乃东阳山水窟，主张风月有诗宗。

送胡古愚

白沟[4]河水照行装，杨柳春旗日影长。傲兀郑公新座席，敛藏马史旧文章[5]。谈经安用青油幕，载笔徐归白玉堂[6]。北望京华天尺五，賸收余兴入奚囊[7]。

送胡古愚兼简道传博士

坐拥皋皮十载余，忽闻飞鹗[8]上公车。此行未可轻投笔，随处犹须小曳裾[9]。灯火尚惭余事在，云霄转觉故人疏。为言留滞[10]今头白，无用诸公荐子虚[11]。

---

[1] 清时：清平之时，太平盛世。
[2] 豹尾：天子属车上的饰物，悬于最后一车。后亦用于天子仪仗。
[3] 禁林：翰林院的别称。
[4] 白沟：河名。在今河北省，上游为拒马河。
[5] 郑公：郑玄，字康成，东汉经学家。马史指司马迁。
[6] 白玉堂：指翰林院。
[7] 賸（shèng）：尽情。奚囊：诗囊。
[8] 飞鹗：指鹗表。汉·孔融《荐祢衡疏》："鸷鸟累百，不如一鹗。"后指推荐人才的表章。
[9] 曳裾（yè jū）：拖着衣襟。亦指曳裾王门。
[10] 留滞：指身处困境。
[11] 子虚：司马相如所著《子虚赋》中的虚构代言人之一。

三、赵孟頫[1]

玉山庵记[2]

墓之有祠，将以饬蒸，尝护松梓，宁祖宗魄体于万年，此世家之首务，人子之孝思也。玉山在王氏家侧，相去数百步，秀而昂，隐而伏，诸山环峙，群阜罗列。庆元初，义士王公公范偕夫人蒋氏葬于山之阳，肖子五人：曰隽、曰容、曰宷、曰宏、曰宾。相率与谋，置田若干亩，鸠工集材构祠墓。侧绘以藻石，缭以饰垣，前有礼门，中有飨堂，后有寝室。斋湢[3]有所，升降有阶，贮藏有库，宰割有房。岁敛租息，以充春秋报祀之需。遗余世守勿替，迄今一百余年矣。嗣孙道传持苏谏议书，嘱余记诸石，以垂不朽。余惟王氏昔为江左首称，至三槐晋国公父子显庸，金辉玉映，簪笏盈朝，为先宋名臣。矧公范乃晋国公子，历官秘书监丞，懿之后，高祖养晦公宦游于台，胥宇于兹，望重婺南，资甲一邑。兹庵之创，虽起于一时，传之后世，皆昭德泽之有自，扩孝敬之无休。祭祀绳绳，报祖宗之茂功也；松梓森森，防樵牧之侵践也。

呜呼！庵之制既光于先，克裕于后，创者固难而守者岂易耶！田亩租税，征之有规；牲醴菜果，征之有簿。毋毁毋怠，斯为贤子孙也。已用书其美，以

---

[1] 赵孟頫（1254—1322），字子昂，号松雪，松雪道人。赵匡胤十一世孙。吴兴（今浙江湖州）人。博学多才，能诗善文，懂经济，擅金石，通律吕，解鉴赏。尤以书法和绘画成就最高，善篆、隶、真、行、草书，尤以楷、行书著称于世，与欧阳询、颜真卿、柳公权并称"楷书四大家"；开创元代新画风，被称为"元人冠冕"。

[2] 见《胡仓王氏宗谱》。玉山庵在江北街道湖仓村北。

[3] 湢（bì）：浴室。

式将来。铭曰：

　　猗欤王氏，肇显晋公。三槐手植，子孙继庸。为宋名臣，为今令族。庆泽绵绵，人文丕毓。伟哉公范！埋玉兹山。令子孝思，建祠墓间。斥田共祀，设位安神。春秋崇报，生育之恩。茸而弗零，专而弗怠。暨千万年，如公之在。

　　大德壬寅十月之吉，翰林承旨吴兴赵孟頫书。

四、贡 奎[1]

送胡古愚除翰林国史院编修序[2]

　　余自少时从师讲道，至吕成公，知其乡为浙东之金华，因考其山川之胜，孕秀于人者，非偶然也。稍长因识乔文惠公诸子，知自穆陵以来，一时文物之盛，家公户卿，杂以权谋声利，相望若背项然。最后交义乌朱氏兄弟，始得论学术文章，访问承平往事，则向之里第、林园、衣冠、钟鼓之区，今皆散而为郊墟田瞳，莽然莫知所在矣。独成公之学，征而愈著，久而益彰，其必有属于今而淑于后者。及来京师，得胡君古愚，质直明朗，能以辞气发其精密，而不立偏异以从时尚，有古人之风。又因以知有许益之者焉，于古愚为友，其人履道力学，耻于干时取名，居环堵之室自乐也。其他俊士辈出，何其乡之多贤哉？

　　夫山川之气有时乎盛衰，而其孕秀于人者，则未尝间断也。故其人之于道，犹川之于水，沂其源出于山者，演迤汪洋，昼夜混混，以汇于海。其断沟绝涧，暴盈倏涸，亦岂异夫权谋声利之于一时也。余所谓属于今者，其不在二三子乎？

　　古愚以永嘉郡文学，除翰林国史院编修官，需次暂归，凡朝之名胜，咸赋诗以赠，而属余序。余惧夫山川之胜，亦足以遂安致乐，而损其远遁之志，不然，处者固以其道自任，而仕者将以行于时，此古圣贤之所以不遑宁辙也。试持予言，质之乡之老人长者，其然乎？不其然乎？

---

[1] 贡奎（1269－1329），字仲章。宣城（今属安徽）人。谥文靖。

[2] 以下皆见于《纯白斋类稿》附录，两文作于至和元年夏六月。

古愚诗集序

　　余读古人书，常思其人不得见，将求之今人之行有能如其书者。苟不得之，则其言之止乎礼义，莫诗若也。吾于金华胡君有得焉，君之诗也，温柔婉粹不丽于俗，有志于古雅者也。故其号曰古愚，性迂直，不屑屑于世尚。客京师，峨冠博带，游王公大夫间，一言不及他，独好论诗文，常瞠目力争，于古今人毫发不贷，是故乐与之交，多好古博雅之士。

　　余尝悲世之人于荒基野冢，得毁泉、断碑、蚀镜、破鼎，以为古物，至疲精力以购之，何其蔽也！如君者，非儒林之古物乎？何犹弃而莫之取？未几，执政者荐于上，擢为国史官，余喜其有得矣。方今太平百年，登歌郊庙，其职可以作为雅颂，称述功德，追复商、周、鲁之作，其古莫有加于此者。夫二雅之变，可复于正，及其终也，犹出于公卿大夫之为。

　　君官于国史矣，而有志焉，孰不以是期？然山川风土人情物理之宜，形于咏歌而载之此集者，亦足以达古诗人之旨矣，后将有考焉。

五、柳 贯[1]

题子长作谢太傅王右军画赞后[2]

世言晋室崇老庄，尚玄虚，公卿大夫以清谈相高，卒至于蹙国短祚，而王、谢二氏尤为人门之望，尤不为公论所贷者也。

嗟乎！以是而论一代风俗，似矣，而人物物论，固未之尽。律以吾孔氏家法，则夫优劣可否，庸可置而弗论哉？以谢太傅之沉识雅量，桓温、冲、玄在其并包翕受之中，一谈笑，顷操纵阖辟之，而彼固莫之知其筹策为何如。乃若王逸少之忠规清裁，料殷浩不足以协和中外，重计安危，先事进诚，而深以据形势、消乱萌为制胜之一机。逮其誓墓不仕，此固高世之节。谓轧于王述，耻居其下，则浅之为知逸少矣。比安于导，文雅诚若过之，而谓逸少惟以书名，不几于艺掩其善者乎？必若吾文公先生之言，安固有心中原，然亦为清虚所绊，展拓不去。千载之论，至是定矣。

予困吝[3]中，子长佳友时时以文字相激发，近复以所著《太傅右将军画像二赞》寄予，使寓目焉。子长之厚意，其将有益于予，予顾曷足以当之哉？昔予考核人物，而以为晋之清虚，其究殆起于季汉矜尚名节之徒，知以名检自胜，而不知其流遂至于是，而莫之止也。呜呼！安得中行之士，而与之论中庸之道哉？因并志之，子长怃然之乎？

---

[1] 柳贯（1270—1342），字道传。婺州浦江人。东阳武状元俞葵外孙。元代著名文学家、诗人、教育家、书画家。博学多通，工书法。官至翰林待制，兼国史院编修，与元代散文家虞集、揭傒斯、黄溍并称"儒林四杰"。

[2] 以下见《柳待制文集》，转见《全元文》卷七九。

[3] 困吝：本指困于蒙昧而举措艰难，此指忧患。

都督堰记

社陂潭在社山西北，因其崖埒截流为坊，曰都督堰者，唐容州刺史厉公文才之所创也。厉为里显姓，公为里闻人，民濡其惠，谓容州实领岭南五管之政，尝为都督治其地，故即其官而名之，犹郑圃之有仆射陂，汉阳之有郎官湖，著民志焉。

里负山，若溪土田庐，疏岁多暵干[1]。自公为是浸灌之利，而方境之内，民获艺获之饶。降唐迄今，余五百年，人运有绝续，农功有降升，亦系乎时哉。

至元改元之明年春三月，浙东海右道肃政廉访保定李公按部台明，还莅东阳，土民张清之、陈仁、张祐、张生者持状诉言：潭并溪西注，广赢二十四亩，酾堰为灌尹村、湖头、夏厉可百顷。迹其上流，有泉二十眼，出砂砾间，而并输于潭，故泉不耗。宋淳祐辛丑，刺史裔孙秘阁修撰模具其本末，镵诸贞石，今尚可考。何圭者，忮[2]忍人也，利潭旁退滩可垦为田，日葊沙壤积置上，湮塞之余，潭存十二三耳，渠之所泄，仅溉圭田，而向日所溉及之百顷，线溜不通。民病无年久矣！微公仁于爱物，勇于革奸，则刺史之意有泯无闻而已。

公方恻然为动，立逮系圭，俾伏其辜。因命县尹张君希颜按迹以复其旧。君至，且得圭变潭广田之实，农甿距踊，咸操畚锸从事，累石修崇故堰，灌其疆亩，复还渠道，而故所出泉眼亦为披决荒秽，浚发清冷。溯源东行三百三十

---

[1] 暵（hàn）干：晒干。意为干旱。
[2] 忮：强悍。

步，薄山趾，二泉潢涌，并出车轮。益疏瀹[1]，使之通流，于是潭所汇蓄，上承源泉，下达畦垄，涵巨浸以澄虚，派洪流而导顺，有源有委，无或壅阏者矣。县以图上其事于公，公悉如请申，命君率诸长贰并往覆，谋为经久。

乃四月十又三日，张君偕县长官百嘉纳君、县丞杨君单车径造，召集耆老，相厥方域，授之经画，锄钃[2]坌兴，抵岸角立，广洫股分，清澜钩贯，从阡衡陌，引满资深。时经月不雨，苗未及殖，东野西瞳，农方告病。而兹承堰之田，水鸣漍漍[3]，耒耜如云，趁时力作。则夫桀陂古迹，虽肇始乡贤，而渠堰新功，延鸿于部使。盖公学以通经为本，政以达道为权，轺车所次，志在观风。既激浊以扬清，亦存诚而去伪。览兹讼牒，慨悯农田，申嘉凫舄[4]之英，载采舆人之讼。废陂当复，初何俟于歌谣？大田其丰，将底至于富庶。然则论翟公召父之政，而必根诸《禹贡》《春秋》之学，可诬乎哉！予退自班行，栖隐比县，习闻道路之言，庸托风人之义，不靳纪实，贻厥方来。公所从行掾，则沈公德贞、张君敏其人也。

社山一名禹山，故有禹祠，其乡曰乘骢，其里曰御史。自泉眼西至潭堰五百步，又自潭堰西南引至渠田九百余步，凡渠堰之广袤具于碑阴。

丙子夏四月丙申记。

---

[1] 疏瀹（yuè）：疏浚。
[2] 钃（qú）：古代戟戈类兵器，此指农具。
[3] 漍漍（guóguó）：水流声。
[4] 凫舄（fúxì）：指仙履，喻指仙术。亦常用为县令的典实。

申屠将军庙记

学者东阳蒋玄从吉卜，改葬其先人谷城府君于舍山之阳，乡曰乘骢，原曰怀师，其地则申屠氏之所故有。舍山旧名夏山，申屠氏世居山旁。

按郡志，大智院在县南五十里夏山，梁征南将军申屠狄征蛮航海，遇风涛而怖，亟许舍宅为院，因号舍山。而将军亦卒以战没[1]。今院犹祀之，则夏山真将军之居也。

县志云："申屠大防，梁征南将军狄之裔孙，居舍山下，有智略，勇而好武，善斨[2]法，每临敌，伪遁诱追者，而背手取馘如神。宋宣和初，有盗窃发，官民奔窜。大防毅然以身卫乡井，殄灭妖贼，乡井赖之。时所在盗贼充斥，朝廷遣使者发兵诛讨，乃檄大防摄行县事。会盗屯比境方岩上，大防因自奋效用，直捣贼巢，授[3]兵失期，遂力战死。行间事闻，特赠武经郎，并以承信郎录其三子邂、逊、迪。"志犹载其告词。申屠氏世居夏山，有自来哉！

惟申屠氏由梁迨宋，再以武显，仕则蹈难死节，处则捐躯狥义，家有官勋，世服忠毅，可谓豪杰之士矣！夫豪杰之士，赋资伟而禀德专，受材劲而用物强。已亡而不亡，已屈而不屈，焄蒿凄怆[4]，盖有存者。而其数百年不易姓之土疆，今为斧堂马鬣之封，吾虽藉资以得，不由彼之积衰以失之欤？马蚕猫虎，无废明灵；坊庸邮畷，厥有彝祀[5]。乃因作庵，以严飨荐，并修申屠氏之

---

[1] 没：康熙志作殁。

[2] 斨（qiāng）：斧的一种，古代指装柄的孔为方形者。

[3] 授：当是援字之误。

[4] 焄蒿凄怆：意指在祭奠时升腾的香气中，人们感到悲伤。焄同"熏"。香气。

[5] 马蚕猫虎，皆卑微之物；坊庸邮畷，偏僻之地。意谓卑微之物，皆有神灵；偏僻街巷，也有崇祠。畷（zhuì），田间的道路。

祀事，将立五公之主而祀焉。斯义也，不表而出之，其何以祛流俗之疑乎？祠成不鄙，缄辞请记。

昔予乡先生节愍梅公尝志义乌吴圭彦成之墓，有云"宣和二年冬，圭待次京师，闻青溪盗日炽，亟命舟东归，曰：'吾州有申屠大防者，强力绝人，少习为儒，不得志，去。习武技而精，平居饮酣无所施其勇，动数近刑，辄幸得脱，圭实遇之。归致此人，盗不足破矣。'其后盗平，闻大防果尝驰保圭家，自言当杀身以报圭恩。而圭弟待之不以礼，忽谢去。自遮护其所居，左右乡盗无一敢近。既而，破灭数十洞，杀获不可胜计，军前功第一，授官至武功大夫。其子弟、其奴并入赏典。"苟使圭在乡里不出，出而亟归，必大捐金收召武勇，而得屠为之倡，威著远近，盗必不敢窥，婺守令必不逸，他盗必不起矣。圭之有德于大防，与大防之不忘报圭，诚有古任侠之风焉。圭虽弗获遂其事，若大防者，不可谓之豪杰之士哉？墓志谓大防以功授官，至武功大夫，而县志以为战死，特赠武经郎，纪载各不同。然子弟、奴并入赏典，即与录其三子相应。梅公在朝，当时所书，宜若可信不诬者矣。

梁大同中，交州人李贲实以众叛扰边，转战合浦，死者十六七。征南将军申屠狄不见于史，洪公遵于郡志书其"征蛮航海而终"。梁之世史为李贲屡书蛮事，狄果以征南之节越海讨贲，则史当备书之。当书不书，史亦安得而独遗之哉？遵号称博洽，岂他有所考而失之耶？抑传疑姑以旧志为足据耶？征南远矣，乃若大防之特起田间，轻身以重乡里，卒能自致，战多论功受爵，征诸祀典，合于勤事捍患之义，然则申屠氏数世五公之神，俨然著见。而慨想之诚，在乎人心，是焉可诬？而况即地而祠，方之社主，盖为近之。

予闻山川之英，韬奇蓄秀，积久而一发，虽豪杰之士，有不能以独当之，而必以俟夫有德者之遇，然后披豁轩露而无余遗。天爱道而地爱宝，迹其盖藏覆护，必有司其阖辟之权于冥冥默默之中者矣。怀师不知何以名，从其字音之近，题其庵曰"怀思"，示不没其实也。谷城府君讳吉相，字迪卿，仕为典用监知事襄阳路谷城县尉。卒年四十八，怀奇负智，百不一试。有子承宗，既能礼葬府君，又能因义起礼，重祠五公，以系乡人之思焉，亦悉其为能子矣！玄盖字若晦，学于吾友白云先生许君谦，尊闻行知，而不懈于进修，蒋氏之宗，其有裕哉！

诗八首

许益之讣至恸余有作五首

贤兴宁论世，道大欲侔天[1]。圣路无迁辙，师门有绝弦。全归成此志，不朽待他年。逝水西风急，空林落照县。

宿学滋沦坠，微言亦混茫。绝韦方未厌，占鹏竟为殃。正使群签在，其如一签亡。吾衰用亦无恸，有泪忽盈眶。

朱铅销日力，义理析秋毫。折衷群言定，离微独见高。谁能同酌醴，更复竞哺糟。此道关休否，吾非苟誉髦[2]。

珠光分后乘，骥足仰前尘。故想身无事，犹如德有邻。五穷偏害道，二竖[3]不怜贫。敛服深衣去，初何愧古人。

---

[1] 侔（móu）天：与天等齐。
[2] 誉髦：指有名望的英杰之士。
[3] 二竖：病魔。

世岂无精鉴，人惟重所从。只应茅季伟[1]，偏善郭林宗[2]。午馆闻升复，宵邻辍相春。乡枌日凋瘁，蜡社哭相逢。

游耆阁山因怀君采

马影风吹度石梁，松云冉冉昼生凉。俗尘不占清虚境，僧榻初投曲密房。几道飞泉添涨水，半林残雨漏斜阳。北山重忆栖霞侣，新种艺苗若许长？

寄赠陈君采二首，时闻宴坐西岘山中

翠岘高千仞，峰蹊步步迷。令人通履屐，藉子立阶梯。欲点青云破，须寻白石题。是中观万象，轩豁露端倪。

明明删述轨，本始数千年。龟玉初谁毁？麟胶合更煎。如将求杪忽，自可制方圆。微子孤吾望，申歌意惘然。

---

[1] 茅季伟：二茅君名固，曾官拜执金吾，听说兄长茅盈学仙得道，遂弃官渡江，从兄入句曲山学道，后得道仙成。

[2] 郭林宗：名泰，东汉著名学者、思想家及教育家，为东汉太学生领袖，以不愿就官府的征召而闻名于世。

六、虞　集[1]

题胡古愚诗集序

　　昔故宋渡江，大臣世家从焉，若韩、吕、晁等氏，皆居东阳。而论学之懿，若朱、张、陆三子，又由吕氏会合，学者见闻，于斯为盛，文献之征，庶或在此乎？而二百余年矣，故老皆无在者，集又不得身至其处，常因郡人士以咨绪余，是以如胡君古愚之气韵清雅，集所以敬爱而不忘者。廿年前，尝以所著示集，又为言平日与清河元复初、四明袁公伯长，所讲说而告之。今二公往矣，乃独见古愚之文，譬如昆山之玉，质既美矣，雕琢而弥文；邓林之木，材既良矣，缔构而益固。方将以其淳古之器、春容[2]之音，以合奏乎咸章磬濩[3]之间，不亦盛乎？噫！孰谓文献之邦，遗风故习之不远也？

　　致和元年五月十日，蜀郡虞集书。

---

[1] 虞集（1272—1348），字伯生，号道园，人称邵庵先生。元代著名学者、诗人。少受家学，尝从吴澄游。成宗大德初，以荐授大都路儒学教授，李国子助教、博士。仁宗时，迁集贤修撰，除翰林待制。文宗即位，累除奎章阁侍书学士。领修《经世大典》，著有《道园学古录》《道园遗稿》。虞集学与揭傒斯、柳贯、黄溍并称"元儒四家"；诗与揭傒斯、范梈、杨载齐名，人称"元诗四家"。
[2] 春容：指钟声从容优雅。
[3] 咸章磬濩：尧乐《大咸》汤乐《大濩》的并称，指典雅的古乐。

诗一首

赠朱万初

朱万初以艺文直长，以年劳恩赏出佐帅幕南海，转丞东阳。东阳文物之邑，俗第以名酒归之，岂其山川之望哉！韩文公讥"丞不负余，余负丞"。今丞凡邑之风俗、教命、刑狱、科赋无不得言。言之当无不可行，存乎其人而已。万初勉之。

延阁晨趋接佩声，又纡朱绂向江城。丹心要似东阳水，酿作官壶彻底清。

七、黄镇成[1]

诗二首

东阳道上[2]

出谷苍烟薄，穿林白日斜。崖崩迂客路，木落见人家。野碓喧春水，山桥枕浅沙。前村乌桕熟，疑是早梅花。

题墨菊

江南九月秋风凉，秋菊采采金衣黄。近时丹丘出新意，却洒淡墨传秋香。青城学士曾题藻，散落人间共传宝。卷舒造化入毫端，回首东篱自枯槁。东阳傅君心好奇，何处得此秋霜枝。湖湘衲子远相贶[3]，笔势迥与丹丘齐。香英细蹙玄玉屑，老干拗断乌金折。不随粉黛学时妆，自与幽人同志节。渊明已逝屈子沉，晚香纵有谁知心。感君画图三叹息，为君长歌楚天碧。

---

[1] 黄镇成（1287—1362），字元镇，号存存子、紫云山人、秋声子、学斋先生等。邵武（今福建邵武县）人，元代山水田园诗人。初屡荐不就，遍游楚汉齐鲁燕赵等地，后授江南儒学提举，未上任而卒。著有《秋声集》四卷、《〈尚书〉通考》十卷。

[2] 见《全元诗》。

[3] 贶（kuàng）：赠给，赐予。

八、王 祎[1]

东阳县新建文昌祠记[2]

文昌祠者，所以祀梓潼之神。神之发祥，应异显，有灵迹，锡谥封爵，载在祀典。而近世复加辅元开化文昌司禄宏仁帝君之号。古传科名有录，神实司之。以故郡邑之间莫不严设祠房，以为妥灵揭虔之所，且因即神号为祠名焉。

东阳县旧有祠，在县北栖真观之西庑，位置迫隘，且岁久废坏，未有能改作之者。龙凤六年春，金陵王君来为丞。明年，惠平政洽，县事简静，乃合邑士而谂之曰："维神之司科目，传记所载，信不可诬。今兹庙貌若此，殆非所以崇明德、惠斯文也，盍相与撤其旧而新是图？"众皆曰唯。

爰卜地于黉宫之东偏，其广袤可二亩，为殿宇三楹，间辟文会堂于其北，缭以周垣，缔构如式。且手植四桂于庭，而列以群卉，交映左右，曰"他日当有蒙其荫者矣"。既竣事，使来谒记于予。惟吾婺夙称文物之邦，异时由科第致位公卿将相者，项背相望。东阳婺属县，而常居其十六七，有父子世科、兄弟联第者，虽作人之功厥有由来，抑文昌之神阴相默佑之者，照然甚明。

---

[1] 王祎（1322—1374），字子充，号华川。义乌人。师柳贯、黄溍，有文名，与宋濂并称"浙东二儒"。元末隐居青岩山中。元至正十八年，朱元璋取婺州，召为中书省掾，迁侍礼郎，出知南康府事。明洪武元年（1368），出为漳州府通判。二年，与宋濂同任《元史》总裁官，拜翰林待制、同知制诰兼国史院编修官。五年，奉诏出使云南，次年遇害。著有《王忠文公文集》二十四卷、《大事记续编》七十七卷、《重修革象新书》二卷等。

[2] 以下见《王忠文公文集》，嘉靖元年刊本。

粤今武功既集，文运复开。王君从政于斯，不徒以民事为己责，而汲汲焉且以扶植教道为己任，新作祠宇，用扬灵休，其假宠于神明以嘉惠二三子者至矣！视夫盛宫室以奉异端，美台榭以事游观者，不既贤矣乎！维神有灵，洋洋如在。邑之人士三年之后，将必有拜君之贶者。

予虽不敏，尚当执笔屡书之，姑述其略以为之兆云尔。

君名恕，字庸道，由宪史以选来居今官。相是役以成君之美者，令尹陈君希颜、主簿脱君仲明、典史王裕也。

诗五首

重登南溪远怀亭

石径融积雾，桐檐散飞烟。良辰携佳友，登览思悠然。青山如故人，历历揖我前。独怜亭前松，岁晚含青妍。昔至始过膝，今来已齐肩。抚物动深慨，人生无百年。浮华已衰谢，流序倏徂迁。不朽或可托，吾将企前贤。

哭蒋季高

丁酉七月初，予作会稽客。有人东阳来，踽户遗书尺。讣音季高氏，死矣就窀穸。初闻意浑迷，旋叩气愈塞。此事岂有无，此理诚叵测。嗟嗟吾季高，禀赋甚殊特。短小精悍姿，英迈不可抑。沉潜理义窟，毕志究经籍。绪余乃外发，文辞舒蕴积。粲然春葩敷，涌若秋涛激。翱翔荐绅间，声誉比圭璧。渊源本家传，法度由师得。庶培远大业，用趾绵衍泽。人望嗟则然，天道慨何极。华年未三十，天夺无乃亟。譬如千里驹，竟毙盐车厄。又如荆山璞，砉碎樵斧击[1]。此冤孰从诉，此痛果难息。念昔与子交，寒暑将十易。子少吾

所畏，我长子所敌。大谊相切劘[1]，微辞共探别。异姓谐弟昆，深交契金石。杖屦华川晨，灯火南溪夕。从容见古道，岁晏期靡忒。熏风端阳节，别子双岘侧。临岐亦何言，彼此慎爱惜。岂期两月别，遽作千古隔。云深山水遥，日落关塞黑。梦中欲见子，精爽无处觅。风尘属浩荡，天地方逼仄。会归执杯酒，酹子泉下魄。溯风一长恸，洒泪满胸臆。

饮横城别墅

春华彼众卉，巨细皆敷荣。牡丹既舒葩，荼蘼亦含英。抚物惜芳景，开筵畅尘襟。时从石边坐，或复池上行。系花转侵袖，垂条动钩缨。心会言屡忘，理惬感忽生。游鱼何洋洋，鸣禽自嘤嘤。悠哉行乐意，契彼禽鱼情。

陪黄先生至东阳谒胡先生有诗次韵二首

壮游回首各成翁，犹忆当年共际逢。二老往来看鹤发，十年先后对鳌峰。由来元白名相并，归去疏杨迹更重。莫道山林足忘世，只今海内仰儒宗。

今代文名属两翁，况兼出处每相逢。秋风官马东阳道，春日肩舆岘首峰。酒盏未空浑觉醉，罗衣初试已嫌重。多应杖屦从容地，前辈风流得共宗。

---

[1] 切劘（mó）：切磋相正。

九、危 素[1]

书宋理宗赐王霆御札后[2]

　　右宋理宗赐王霆敕书一道。呜呼！先王之时，合文武为一道。故才备，而用周。后世岐而二之。逮于宋末，往往尊文士，而薄武人。故事功不立，而国步日蹙。然其所谓文者，岂尽古之文哉？王侯以书生数建勋名，故宠赉褒赞，异于他将，其名纪日历，曾备载诸史册。兹曾孙哲，又将赵王叟夫所为事状，征诸理宗，日历无不合者，乃立侯传于中。《宋史》亦既进上矣，又尝见潼川吴泳草侯制书载《鹤林集》中，思缮写以遗哲[3]而未暇，姑书此卷以归之。

　　故宋理宗，当炎运悬尽之世，而戒谕将士，丁宁切至。煦春然温，凛然秋肃。有可观者，宜其保有江左，以终厥位。

　　金华王公当扰攘之际，膺边阃之寄，其捍御抚绥之方，与夫报主之谊，必有可书者。方今奉诏修辽、金、宋三史，执笔者恒惧前言，往行或有遗逸。望乔木而遐思，求遗老而访问。王公曾孙哲，又能言其先世之功业，其可使泯泯也哉。

　　至正五年十一月长至日，危素书于京师仁寿里寓舍。

---

[1] 危素（1295—1372），字太仆，号云林。江西金溪人。元代著名书法家、历史学家、文学家。官至参知政事、翰林学士。

[2] 见《南里王氏宗谱》。

[3] 遗哲：指前代或已故的哲人。

十、杨维桢[1]

李庸《宫词》序[2]

　　大历诗人后，评者取张籍、王建，而建之宫词非籍可能也。宫掖之事岂外人所能道哉？建虽有春坊，才非其老，珬宗氏出入禁闼，知史氏之所不知，则亦不能颉美。于是本朝宫词，自石田公而次，亡虑数十家词之风格不下建者，多而求其善言。史氏之所不知，则寡矣。

　　东阳李庸仲常为宫词四十首，流布缙绅间，不特风格似建，间有言史氏之所弗知，如金合草芽、胡僧扇鼓、汉记琵琶、兴隆巢笙、内苑籍田室蚕缲事，是已盖仲常以能诗，客于馆阁诸老者且十有七年矣。其吏于徽政及长信得闻见宫掖者亦熟矣。然则代之善为宫词者，岂直慎怨兴象之似建为得哉？观是词者，尚以是求之。

　　至正戊子八月甲午序。

---

[1] 杨维桢（1296—1370），字廉夫，别号铁崖。诸暨人。擅草书，独创“铁崖体”，诗名擅一时。泰定间举进士，累官江西儒学提举，未上，会兵乱，避地富春，徙钱塘。张士诚累招之不赴，入明亦不仕。著有《四书一贯录》《五经钥键》《礼经约》《历代史钺》《东维子集》《琼台曲》《洞庭雪》《闲杂吟》等。

[2] 以下见《东维子集》。

《鹿皮子文集》序

言有高而弗当，义有奥而弗通，若是者后世有传焉？无有也。又况言庞而弗律，义淫而无轨者乎？自孔氏后，立言传世者不知几人焉？其灭没不传，卒与齐民共腐者亦不知几人焉？姑以唐人言之，卢殷[1]之文凡千余篇，李础[2]之诗凡八百篇，樊绍述著《樊子书》六十卷，杂诗文凡九百余篇，今皆安在哉？非其文不传也，言庞义淫，非传世之器也。

自今观之孔孟而下，人乐传其文者，屈原、荀况、董仲舒、司马迁，又其次王通、韩愈、欧阳修、周敦颐、苏洵父子。逮乎我朝，姚公燧、虞公集、吴公澄、李公孝光，凡此十数君子，其言皆高而当，其义皆奥而通也。虞、李之次，复有鹿皮子者焉，著书凡二百余卷。

予始读其诗，曰："李长吉[3]之流也。"又读其赋曰："刘禹锡之流也。"至读其所著书，而后知其可继李、虞，以达乎欧、韩、王、董，以羽仪[4]乎孔孟子。盖公生于盛时，不习训诂文而抱道大山长谷之间，其精神坚完，足以立事；其志虑纯一，足以穷物；其考览博大，足以通乎典故。而其超然所得者，又足以达乎鬼神天地之宜。其文之所就，可必行于人，为传世之器无疑也。

予怪言庞而义淫者，往往家自摹刻，以传布于世。富者怙资以为，而贵者

---

[1] 卢殷：唐范阳人。《全唐诗》存诗十三首。
[2] 李础：韩文公送李础序云："李生温然为君子，有诗八百篇，传咏于时。"
[3] 李长吉：唐代诗人李贺。
[4] 羽仪：古代表示被人尊重，可视为表率。

又怙势以为，意将与十一经、历代诸子史并行而无斁，不知屈氏而次，彼虽欲不传不得也。必藉贵富以传，则贵富灭而文亦灭矣。呜呼，贵富者不足怙[1]以传，而后知文字之果足以传世也。文如鹿皮子而不传，吾不信也。

予以鹿皮子同乡溯之东，而未获识其人，其子季持文集来，且将其命曰："序吾文者，必会稽杨维桢也。"

于是乎序《鹿皮子》。陈氏名樵字君采，金华人，居圄谷涧，常衣鹿皮，自号鹿皮子云。

---

[1] 怙（hù）：依靠，仗恃。

诗二首

题大拙小拙传后

大拙先生陈信氏，常骑款段客京师。空同邹忻重作传，轩辕弥明能赋诗。自信一愚游太古，须知五技有穷时。白羊山中藏石室，黄鹤仙人书制碑。

和陈奉使之赤城，谕方国珍途中作[1]

鲁连仗高义，帛书射聊城。陈君抚壮志，慷慨摅中情。奉辞使殊域，受命当轩屏。朝出赤松道，暮向苍苔行。春阳动天和，好鸟亦时鸣。仰陟崇冈巅，白云在高层。不惮途路艰，饥飡如啖饧。兼程到海隅，一笑开青冥。新诗写琼瑰，高谈吐峻嶒。粲粲珊瑚钩，英英玉壶冰。气压连城重，力视扛鼎轻。盟言日中决，归辕戒宵征。下以慰民望，上以宣皇灵。中兴造王业，黄钺麾天兵。四征以无敌，万邦靡不承。彼诚顺天道，保身乃其能。南国日告平，王心其载宁。

---

[1] 陈奉使，即陈显道，见前。方国珍，台州黄岩（今属浙江）人。元末割据浙东的武装首领。

十一、李 晔[1]

诗十二首

游岘山[2]

峰高插汉边，相接宝光连。游到通玄处，人间别有天。

徐孟玑送东阳酒

故人远送东阳酒，野客新开北海尊[3]。不用寻梅溪上路，春风吹气满乾坤。

杨仲彰见访次韵

十月荒山道，烦君着屐来。出诗多旧作，行酒只新醅。不负陈雷谊，兼夸鲍谢才。双株红树下，临别更徘徊。

---

[1] 李晔（《四库全书》作"李昱"），字宗表，号草阁。浙江钱塘人，元末避居永康、东阳间，于东阳之东湖、横城、昭仁授徒为业。与陈樵、杨苻、胡伯弘等交往。著有《草阁集》。
[2] 以下皆见《草阁集》。
[3] 北海尊：典源《后汉书》卷七十《孔融列传》，常比喻主人好客。此指酒坛。

宴许晋仲清晖亭

为客开幽径，临流坐小亭。水云浮槛白，野竹过檐青。胜绝诗难赋，凉多酒易醒。清晖安足拟，堪草太玄经。

嘲雪次胡叔敬韵

一冬无雪落，正月始花飞。未足成和气，唯能作冷威。飘飘欺雨重，淅淅弄风微。村舍多贫馁，阳春未解围。

寄胡伯弘

造物还同戏，为人不愿才。如何麟趾厚，翻受鼠牙灾。萱草春犹茂，荆花晚正开。时清无滞狱[1]，行李好归来。

宴蒋仲行水轩

层轩正在岘山东，竟日看山与画同。杨柳尚含春意绿，蔷薇更倚夕阳红。影挥豪客金尊月，香引佳人翠袖风。景物留连足欢赏，此生只合醉乡中。

题蒋伯康茧窝

蚕丛国内房偏小，鲛客机边构甚奇。日射坐毡如挟纩[2]，雨经檐瓦似缲丝。岂同蜗角虚名误，真与壶天乐事宜。许史金张何足美，千间大厦贮蛾眉。

---

[1] 滞狱：因积压或拖延未予审决的案件。
[2] 挟纩：披着绵衣，比喻受人抚慰而感到温暖。

题胡氏东轩

魁山东头构小轩，寻常风景总堪论。窗含沧海千秋月，槛拂扶桑半夜暾[1]。临水桃花争点树，穿泥萱草故生根。友于爱客如春暖，日日谈诗对酒尊。

咏菊二首

序：胡君伯弘贤昆季，雅好菊，一日以三本移植瓦缶，置诸东轩之下，白者对植如玉，紫者特立而不群，延玩久之，悠然有得。因制四韵，以彰其美云。

君家盆内菊花栽，三本偏能二色开。白玉仙童迎我笑，紫衣卿相为谁来。休嫌风景当迟暮，正倚文章逼上台。如此秋光莫辜负，倚阑欢赏且衔杯。

序：东轩紫白二菊，予尝赋诗以咏之矣。伯弘之令弟叔敬，复出红黄者三盆，于是争奇竞丽，照耀前后，书斋为之增贲，又安可默而无言耶？录拟一笑。

念子爱宾如爱菊，殷勤相赏坐无时。已知紫白能专美，更遣红黄为出奇。毕卓将螯须左手[2]，陶潜把酒只东篱。秋风满地皆萧艾，老眼看花且赋诗。

移　居

岘山西望翠蒙蒙，客子移居似画中。正喜孟郊家具少，不愁阮籍路途穷。昔时朝野青云士，今日山林白发翁。从此杜门甘寂寞，著书多暇教儿童。

---

[1] 暾：明亮。
[2] 毕卓将螯：毕卓，晋朝人，认为能持蟹畅饮，泡在酒池中，才是人生一大乐事。

十二、胡 翰[1]

白云亭记[2]

距婺之东百有五十里，其邑为东阳。未至邑四十里，其乡为怀德，其山有曰八华山者，故文懿先生讲学之所也。山之麓，邑人许氏居之。其兄弟曰和伯，曰晋仲，自以其生也晚，不及登先生之门，幸尝私淑诸人与有闻焉。顾瞻遗躅，流风余韵，又幸而未泯，山川草木犹将被其荣矣，则吾宁能已其兴起之情乎？乃作亭山中，书其匾曰"白云亭"。白云者，先生故所自号也，因其自号而匾之，尚德也。余闻之许氏，乃记之曰：

儒者之学，尊本明统。宋南渡以来，朱子尝以是传之黄文肃公，文肃传之何文定公，文定之后王鲁斋继之，金仁山又继之，至先生盖五传矣。延祐乙卯、丙辰之间，天下承平，诸公贵人方事文治，闻先生名者，争征辟[3]致为时用，先生固辞。而侍御史赵公宏伟自金陵寓书，愿率弟子以事先生。先生留金陵，逾年乃归。从游者益众，以目眚[4]不能见客，遂屏迹山中。诸生赢粮笥书，从者如故。去湫隘而就爽垲，畅湮郁而把清淑，境与心会，业以专工，固一时之盛也。先生既没，门弟子又自为学，逮今未六十年，何其微也！惟兹山

---

[1] 胡翰（1307—1381），字仲申，一字仲子。金华人。曾师从许谦，官衢州府教授。洪武乙酉纂修元史书成，赐白金文绮，辞归，卜居长山之阳，学者称曰长山先生。工书，王世贞《国朝名贤遗墨》有其书迹。

[2] 辑自《胡仲子集》卷七，后两篇也见《八华书院记》。

[3] 征辟：征召百姓出去做官。朝廷召之称征，三公以下召之称辟。

[4] 眚：眼睛生翳。

表著郡邑，苍莽百里间，余翘而望之，欲从和伯访其故躅，曾不能一至焉。若先生之门，则尝洒扫矣。方年少气锐，闻其所闻而莫究其所以闻也，见其所见而莫究其所以见也，又况其不得闻、不得见者，安能有诸身乎？

事往而世已殊，志存而力不逮，今老矣，独不能已者何哉？万物同宇以生，而人在天地犹一物耳，自幼至老，大都不过百岁，而百岁在天地犹须臾耳。以须臾眇焉之生，而欲并天地以立，与天地以为终始者，岂有他哉，惟尽夫人所以为人之道焉耳。人之所以为人之道，其理命于天，所以为性者五，著于人所以为伦者五，明而诚之，皆吾固有者也。虽先生之受于仁山，仁山之受于鲁斋，上溯朱子之传，有不得窥者，岂能外是以为教乎？由朱子等而至于河南二程子，又等而至于先圣人孔子，岂有异然乎！故曰以一物观万物，以一世观万世者，圣人也。圣也者，人之至者也；人也者，物之至者也。知其至而至之。吾虽不能以一观万，然去先生未远，其道可识也。和伯之所尚，固有不能已者矣。

和伯之弟晋仲，与余生同岁，学同志，又与余友吴君德基先生之仲子存礼相友善。他日登斯亭，二三君子试以余言观之，则凡兴起其高山景行之思者，不假他求而得之矣。故余于其登览之胜，风物之美，不暇摭而书焉。

安乐窝记

　　东阳多大族，子孙能亢其宗者有蒋氏焉。蒋氏居横城南溪间。而南溪之族，兄弟四人，长曰伯康，次曰仲启，曰叔夏，曰季高。其先君子晦父弃孤之日，藐焉皆幼也。唯母夫人延师教之。未几，皆踔踔[1]克自树立。曰：吾岂以吾父不存而贻母忧哉？凡可以悦其亲者，益致谨焉。其后伯康三弟又即世。伯康曰：吾岂以吾弟不存而贻母忧哉？凡可以悦其亲者，益致谨焉。

　　今母夫人七十有余岁矣，麋冠鹤发，颜色愉愉然，饮食起居宴宴然。于是伯康规堂之西为室于池水之上，取古之善事其亲者、善事舅姑与夫者，列而绘之室，以为法则。既成，则奉其亲居焉。曰：吾亲老矣！幸而安于斯，乐于斯矣！不可以他名也，遂名之曰"安乐窝"。又以安乐窝者，康节邵子之室尝有是名也，今袭之不题，乃谂于友范景先曰：在礼有之，乐其心不违其志，乐其耳目安其寝处，以其饮食终养之，孝子之事也。袭乎，不袭乎！何为而不可乎？伯康曰介景先属予以记。

　　惟君子不没人之善，余虽不敏，犹愿执笔，以从君子之后。乃言曰：在昔邵子之居洛，其寝室不过美，惟求冬燠夏凉，遇有睡思则就枕，此其为安乐者乎！则天下之处，皆得而有矣！不然，则弄丸余暇，闲往闲来，有不得而与知者乎！则天下之至理亦啬矣！邵子求学于古人，尽古今之情，求学于天地，尽天地之情，非私于有我者也。苟不私于有我，则其所谓安乐者，天下后世人得而同也，独伯康乎？今天锡子之母，以眉寿又康宁无恙，是亦一安乐也！子更多姑而能奉其亲，饮食寝处不违膝下，是亦一安乐也。今取之以名是室，岂人

---

[1] 踔踔：即卓卓，突出。

子之心哉，循乎天而已。

　　始予从文懿许公，识伯康之先君子，沉厚长者，礼致师儒，方规为义塾，绍复其先世之旧，有志不遂。及季高登黄文献公之门，余复见之，方著闾学，然亦不遂。后先数十年，见其父子如此。而予亦遂老矣。何幸于兵燹之余，又见吾伯康之独亢其宗哉！恒欲同游两岘，访其故家遗俗，过南溪谒吾伯康，尽发其先世藏书，以足吾生平所好，患未能也，伯康幸终惠之。吾闻孝子不过乎物，仁人不过乎物，此孝之大者，纯善若邵子可也，伯康加勉焉。不有得于余言，则有得于景先之言矣！余将登子之堂，执爵以为母夫人寿。

诗一首

桐谷书房诗并引[1]

东阳施生自邑至郡，数过余山中。余无以进其问学之益，闻生之居有桐谷书房，将朝夕修藏焉，不可无以语之。古之君子，非学无以广才，非静无以为学，盍亦归自求之哉？其见凤也有日矣，乃赋诗曰：

客从山中来，为言山中居。种树不作琴，清阴常绕庐。倏然窗几间，爱此竹素书。上窥圣人奥，下抉百氏殊。寥寥千古意，问子今何如？勿学臧与谷，亡丰苦多途。愿企心齐人，不远复尔初。归抚庭前柯，应见双凤雏。

---

[1] 东阳施生为三元施信厚，苏伯衡有《桐谷书房记》。

十三、余 阙[1]

诗八首

奉题隐趣园八咏

君子池

芙蓉照池水，粲粲皆玉色。子爱茄上花，犹愿房中蕙。

待月坛

明月如美人，欲来复夷犹。何缘双羽翼，飞上碧峰头。

蜀锦屏

机杼玉无声，丹青亦莫伦。少陵诗最好，不识蜀江春。

香雪壁

茶帘以酒名，风致殊不少。春融雪亦香，夜缟月偏照。

---

[1] 余阙(1303—1358)，字廷心，一字天心，号青阳山人。生于庐州(今安徽合肥)。元统元年（1333）
　　进士，累官至监察御史。至正九年迁翰林待制、浙东廉访司金事。余阙留意经术，五经皆有传注，
　　文章气魄深厚，尤擅长于诗文。有《青阳山房集》五卷留世。

天香台

名花传洛下，老去随所安。知君故园里，还同京国看。

晚香径

小径日日开，但自少来客。露菊行可采，临觞谁共酌。

岁寒亭

昨日绿方好，今朝已非春。独有凌寒植，长年如故人。

竹涧亭

涧水何泠泠[1]，谁云可濯缨。人间有渴者，六月道中行。

---

[1] 泠泠：形容声音清越。

十四、刘　基[1]

宋故处士素庵先生说[2]

　　宋故处士素庵先生说，先生生于宋不获没于宋，曷言乎？系宋处士先生之志不亡宋也。先生之志不亡宋，虽不获没于宋，并不获生于宋，犹之宋处士也。当是时宋已亡矣，曷言乎？先生之志不亡宋也。

　　先生始迁之祖后周建威将军溢，年十五仕后周，从世宗，征伐立奇绩，为后周建威将军。年二十三托疾归，不与石、高伍。太祖使其从子劝之归。宋不亡其五尺孤，卒逃之，隐于永宁，卒于宋之端拱元年，犹之后周建威将军也。其子大年生于宋之开宝三年，宋太宗物色建威后，终不应，卒于宋之天圣五年，犹之后周建威将军也。孙元真子，生于宋之淳化元年，见知于睦守，征为睦州儒教学授，终不受，卒于宋之皇祐元年，亦犹之后周建威将军也。当是时，宋历已九十一年矣，而建威将军之志不亡后周，子若孙之志皆不亡后周，故虽生于宋殁于宋，犹之后周建威将军。

　　然则宋处士之不获殁于宋，犹之宋处士也亦奚疑？曷言乎？犹之宋处士

---

[1] 刘基（1311—1375），别名青田，字伯温。浙江青田人。元末明初军事家、政治家、文学家，明朝开国元勋，与宋濂、高启并称"明初诗文三大家"。元至顺间中举进士，后弃官归隐。至正二十年，为朱元璋定计先破陈友谅，再灭张士诚，然后北图中原，受朱元璋赞赏，被比之汉张良。洪武三年，任弘文馆学士，封诚意伯。次年以老请归。

[2] 见《东阳沈氏宗谱》民国三十七年纂修。

也。先生之志不亡宋也。先生之志不亡宋，奈何先生之高曾祖考，宋人也，或仕，或不仕，皆宋人也。宋之咸淳元年先生生，先生为宋人十二岁，德祐二年，恭宗北狩，不得为宋人矣。不得为宋人而得为宋处士，先生之志不亡宋也。先生之志不亡宋，奈何先生之考松雪翁，悼宋祚日微，先生生十年，命从浦阳方先生凤韶治举子业，务先经济，而凤韶少与兰溪金先生履祥同受业于王先生柏，何先生基得考亭之传，尊其所闻，行其所知，为道学宗。先生从之游三年，恭宗北狩，不得为宋人矣。遂弃举子业，专用心于内。年二十七而方先生卒，遂从金先生游，友许先生谦。金先生者，仁山先生也。许先生者，白云先生也。之两先生者，皆潜心理学，不求闻达于世。

而先生之学，尤长于春秋。与所知言，尝曰："春秋者，治夷狄之书也。"或劝先生仕，先生曰："是求荣也，与其荣于外，孰若荣于内。吾治经以明吾心，荣之至也，又何求？"尝扁其所居之室曰"素庵"。有赵孟頫者，将以先生才荐于朝，入而访先生，指其扁而笑曰："子之素，非素也。素夷狄而不知行乎？夷狄，素也云乎哉。"先生怫然曰："子未之闻乎？孔子为素王，七十子篇，素臣皆素也。素东夷者舜，素西夷者文，得志行乎中国，若合符节，子未之闻乎？"遂隐几而卧，孟頫顾其左右，见两言焉，乃惭谢而出。

两言者，何言也？左一言曰"宁为晋处士"，右一言曰"不为莽大夫"。莽大夫者何？贬何？贬尔汉有杨雄者，字子云，才名与刘向、匡衡相伯仲，作《太元》以拟《易》，作《法言》以拟《鲁论》，累于虚名，仕王莽剧秦而美新。《纲目》书曰"莽大夫"。杨雄死，贬之也。晋处士者何？嘉何？嘉尔晋有陶潜者，靖节先生也，字渊明，其先人世为晋臣，不为五斗米折腰，义不仕刘宋。征为著作郎不就，著《五柳先生传》。夫耕妇锄。以终其身。《纲目》书曰"晋处士"。陶潜卒，嘉之也。贬之者何？嘉之者何？杨雄汉亡而亡汉，陶潜晋亡而不亡晋，是故一贬之，一嘉之也。先生之志，宋亡而不亡宋，见于此两言矣。此两言者，先生之考松雪翁见之而喜曰："吾之子终为宋人，死瞑目矣。"先生之考之志不亡宋也，先生之子见而志之曰："吾不可以不为子。"其伯子终于澹居，先生之志也。季子老于松斋，亦先生之志也。抑先生之孙亦见而志之曰："吾不可以不为孙，当轩种菊敷十本，日灌治乐，靖节之乐先生之志也。"龙凤四年戊戌，师克婺州。人曰："可以仕矣。"孙曰：

"可与处矣。昔也鳞介[1]，今也衣冠，可与处矣。"终种菊以乐其天年，亦先生之志也。先生之志，宋处士之志也。父作之，子述之，子之子又述之，宋亡而不亡宋，是以宋亡而宋不亡也。先生之志不亡宋，犹之后周建威将军之志不亡后周也。后周建威将军本于宋以其志不亡，后周而系之后周。然则，宋处士素庵先生卒于宋亡之四十有二年辛酉四月四日，而系之以宋处士，其趋[2]一也。一者何也？宋亡而不亡宋，是以宋亡而宋不亡也。

　　龙凤四年十一月既望，青田处士伯温刘基就征主于其家。见其家世谱牒有宋处士素庵先生墓志铭，予喜宋之多处士也，乃备为之说。

---

[1] 鳞介：原指有鳞和介甲的水生动物，这里指地位低贱的人。
[2] 趋：同趋，快走。

十五、刘 诜[1]

诗一首

和张观光见贻[2]

群公冠盖趋承明，至治四海鸾凤鸣。天门阊阖[3]云五色，日照明堂韶九成。张君才华振夕秀，纵靶自可驰勋名。豫章隐林困万石，当春不及苕之荣。吾闻黄河之水昆仑来，奔流万里喧霆声。从君直上观其澜，秋风吹我冠上之琼英。

---

[1] 刘诜（1268—1350），字桂翁，号桂隐。吉安庐陵人。年十二能文章，成年后以师道自居，教学有法。江南行御史台屡以遗逸荐，皆不报，四方求文者日至于门。卒私谥文敏。有《桂隐集》。
[2] 《桂隐诗集》嘉靖刊本。
[3] 阊阖：传说中的天门。

十六、吕文荧[1]

蒋氏南园书院后记[2]

　　庚子（1361）之秋，东阳蒋君伯嘉以书来曰："吾先祖友松居士创南园书院，蓄书数万卷以训子弟。其后屡毁于兵，鞠为榛莽。今子孙之居多其故址，而故书所存犹且万卷。吾今即吾居之西偏加以旧廛，聚书其中，使族人之知学者咸得以兴起焉。愿吾子之记之也。"

　　某惟今之所谓善继先志者，能不失其遗业亦足矣。其视家学之废兴，盖邈然若无与也，而君之用心如此，其事亦可书矣。某虽不敏，诚窃乐以所闻，为君诵之。夫道无古会之殊，而学有邪正之异。盖自孟氏之殁而正学失传，士大夫伥伥焉，莫知所止，高者论难空有，卑者驰骋辞华而其弊久矣。至关洛以来，诸子继作。然后圣贤不传之蕴，一旦复明于天下。然自是之后，道之载于书者，虽炳如日星，而栖于人心者，其昏蚀犹故也。今诸子莫不家传而人诵之，然不过钻研采掇以为发策决科之利耳。甚者，至有未能遍观其书，即谓尽通其道，自相标榜，傲然矜大，而于尽心行己之实，则概乎其未有闲也。故其论愈奇，而其心愈下；其辨益力，而其趣益污。考其所归，又反出于钻研之下者，其以文人自处而不此者，犹不与焉。

---

[1] 吕文荧（1334—1384），字慎明，号双泉，从叔祖吕浦游，长从黄溍门人朱纯斋学。明初为周府左长史。著有《双泉小稿》。
[2] 见《太平吕氏宗谱》，此文不见于《泰里蒋氏宗谱》，记南园书院藏书后事，颇具资料性。

呜呼，世之论学者如是而已，则何怪乎人材之不美乎？诚使登斯堂者皆能以此自反，勿以口之所诵与心之所存、身之所践，判为二途，无慕乎虚远，无溺乎畀近，真积力久而自得焉，则其渐磨成就之功，岂直贤于今之士哉？

然则，蒋君所以拳拳于此者，其意盖有在矣，故不敢辞而书此说以俟。

图书在版编目（ＣＩＰ）数据

元代东阳文选 / 东阳市政协文史和学习委员会编.
北京 : 中国文史出版社, 2024. 12. -- ISBN 978-7
-5205-4948-6

Ⅰ. I214.71

中国国家版本馆CIP数据核字第20241BS488号

责任编辑：王文运

出版发行：中国文史出版社

社　　　址：北京市海淀区西八里庄路69号　　　邮　编：100142

电　　　话：010-81136606　81136602　81136603（发行部）

传　　　真：010-81136655

印　　　装：东阳市传媒集团有限公司

经　　　销：全国新华书店

开　　　本：710mm×1000mm　1/16

字　　　数：340千字

印　　　张：23.25

版　　　次：2024年12月北京第1版

印　　　次：2024年12月第1次印刷

定　　　价：128.00元

文史版图书，版权所有，侵权必究。

文史版图书，印装错误可与印刷厂联系调换。